ROMANCE & LETRAS

PATRONUS

© *Vindictia*, 2018

Diseño portada: Miguel Ángel Garrido Burgos
Imagen de portada: Lorena Garrido Burgos
Corrección: Pamela Díaz / Teresa Tiznado Estrada / Andrea
Valenzuela Araya

Primera edición, diciembre 2018
©Editorial Pamela Díaz Rivera E.I.R.L
Briones Luco 0910, La Cisterna
Santiago, Chile

SERIE LEGADO LUNAR

PATRONUS

VINDICTIA

Para Tere, desde el otro hemisferio, tanta es la lejanía y siempre apoyándome, el primero, el regalón para ti.

Informativo

1. Existen tres ciudades importantes en este sector del continente.

   - **Fójalex** es la ciudad capital donde viven las dos familias reales.

   - **Etepna** es la ciudad capital dirigida y gobernada por Cyan Auciber.

   - **Kaproli** es la ciudad de Silfrid Rainar, fue la primera en caer cuando se quedó sin gobernante.

2. Anet es la hija del rey vampiro Yalex Anirak, y Lust es el hijo del rey licántropo Astriu Lascad.

3. Este mundo es nuestro mundo, pero los licanos y vampiros se niegan a utilizar los nombres que les han dado los humanos a los continentes y a las ciudades. Ocupan muchas lenguas antiguas como el latín.

4. Los licanos y vampiros tienen como creencia a dioses menores y a entes lunares. Pero también han optado por festividades humanas gracias a las mezclas de sangre.

5. RMP, Base *Patronus*. Sigla de Refugio y Movilización *Patronus*.

6. BEL, Base *Venatrix*. Sigla de Base Exploración Licántropa.

GLOSARIO

Ayo: Maestro o «dueño». Algunos vampiros transformados tienen Ayos a los que les deben respeto.

Domina: Señora.

Dux: Jefe para los militares. Le deben lealtad por sobre todo; negarlos es una falta grave.

Oppugnare: Objetivo. Una ley vampira que permitía a un vampiro marcar a un licano o a un humano como suyo.

Patronus: Guardián. Militares vampiros.

Praetoriana cohor: Guardián personal. Es una rama *Patronus* antes de tomar a los *Dux* como jefes.

Praesidium: Guardia militar. Un nombre más viejo y formal para los *Patronus.*

Strix: Vampiro

Venatrix: Cazadores. Militares licanos.

Rango Militar Vampiro

Patronus Elite de guerreros.

PRIME: Protectores reales.		
GEN: retaguardia. Estudiantes o encargados de sacar a sus compañeros heridos.	VIDET : espías. Encargados de recopilar información. Alfa: Asesinos.	IMPER: comando. Es la rama de ataque físico.
	BELL: estrategas. Omega : Carne de cañón.	Beta: Protectores.

Escalafón racial

Vampiros / Strix	
Purix	Nacidos de vampiros
Non Purix	Humano convertido
Mestizo	Nacido de vampiro/humano

Licántropo / Licano	
Nacidos	Nacidos de licanos
Cruzados	Nacido de licano/humano
Cambiantes (*non purix*)	Humano convertido por otro cambiante o cruzado

Ciudad capital Fójalex en el Nuevo Continente.

Vampiros, un mal mundial.

Plaga de incordios. Gusanos sociópatas. Afeminados luju-riosos. ¡Uy! La ponían de tan mal humor.

No le gustaban. Los encontraba pestilentes, mal pensados y, ciertamente, muy, muy creídos por ser altos, elegantes y finos; unos incordios en conclusión. Pero desde que la guerra había terminado hacía algunos años, y el «*Te soporto sólo porque…*» era una de las mentalidades que le habían impuesto a la mala, no significaba que vampiros y licanos fueran por el mundo cocinan-do barbacoa de humanos e invitándose mutuamente a fiestas de cumpleaños, como si la amistad existiera desde el nacimiento de las razas. Ambos eran linajes sobrevivientes y los reyes se mos-traban bastante gráficos con sus amenazas.

Lo cierto y lo bueno —ya que debía haber algo bueno—, era que las noches eran más tranquilas. Ya se podía salir sin esperar que un loco colmilludo saliera de la nada e hiciera su comida *gourmet* con cualquiera, tan solo por estar pensando en otra cosa, y no husmeando el aire en busca del olor a muerte con que ellos se anunciaban.

El odio era casi tangible pero, por todos los Dioses, que nadie quería morir bajo las manos de los reyes. Tanto el rey vampiro, como el licano, habían dejado muy en claro todas las torturas que harían, si alguien llegaba a tocar a uno del equipo contrario, ni tan solo por casualidad.

¿Y por qué sucedió esto luego de años, siglos y milenios de constantes guerras? Fue el día en que Anet, la hija del rey vampiro y Lust, el hijo del rey licántropo, habían sido secuestrados por una bien organizada comitiva de humanos. Humanos sin escrúpulos que deseaban hacer investigaciones en dos de los especímenes más puros. Ambos, príncipes de largos e inmaculados linajes. Anet y Lust habían sido secuestrados, torturados y casi asesinados durante un año. Mas luego de meses de búsqueda, de muchas peleas, discusiones e intermediarios, se había creado la primera alianza licano/vampira vista en siglos, y con algunos asesinatos en la bolsa, intrigas y espías, volvían a estar de vuelta en sus hogares.

Dos torturados e inestables jóvenes habían trabado una de las amistades más extrañas vistas hasta ese día.

Esos dos habían comenzado el cambio de una manera tan opresiva, invasiva y obstinada, que lo habían logrado, consiguiendo remover tierras, leyes y nuevas órdenes para encaminar a sus tropas a un solo fin en común: destruir a la sociedad de humanos que había comenzado a surgir como un peligro.

Y ella, en las sombras, se había retirado hacia la exclusión.

Ella que, por todos los malditos demonios, había derramado fuego, sangre y sudor por su príncipe, simplemente, se había retirado a una vida anodina. Lo más interesante que podía pasarle al día era buscar pelea con un cliente.

Había sido testigo de ese vínculo, esa perpetua búsqueda entre los dos, de esa relación dependiente que había comprometido a los reyes a mantener conversaciones por puro amor a sus herederos. Por ende, comenzaron a formarse alianzas, discusiones políticas y pactos generacionales, y ella se alejó, destruida psicológica y anímicamente. No volvió a reunirse con esa familia. Cansada, agotada, se había largado y su familia lo había entendido… solo Lust —maldito psicópata—, no; podía vivir con eso.

Ahora era la paria, la enajenada, la que públicamente se había desterrado de cualquier contacto con la familia real. No era parte de la familia como alguien de sangre real —de sangre *rex*—, no, tan solo había sido la «adoptada», la mejor amiga de su heredero, la que se había convertido en una asesina el día en que supo que los humanos se habían llevado a su hermano; La que casi pierde la vida por ir a buscarlo, la que peleó con el rey, la reina y todo el mundo por intentar recuperar al heredero, y la que se enfadó tanto cuando volvió con esa niña vampira como si nada hubiera pasado; la misma, que se marchó en la oscuridad de la noche para nunca, jamás, volver a hablar con ninguno de ellos.

Tenía orgullo, herido sí, pero orgullo al fin y al cabo. Dramático también, pero así vivía ella, siempre en el drama puro. Y a causa de todo esto, ni siquiera recordaba qué había estado pensando en un principio. La cosa es que, ahora, la vida le parecía un asco, y de esa que solo incentiva a lanzarse de la ventana del undécimo piso, para morir bien aplastada.

Bufó y se sentó, comiéndose un helado en la fría estación que se alzaba sobre ella. Nevaba y había un viento de los demonios, pero le gustaba comer helado en tales condiciones.

Los humanos que pasaban la miraban perturbados, mientras seguía lamiendo su cono triple sabor menta, piña y chocolate, porque no había licántropo que no amara el chocolate como su segunda religión. ¿Y qué hacía allí a esas horas de la noche con una nevada y comiéndose su helado triple? Porque justo hoy, en dos minutos, Lust llegaría a su casa, patearía la puerta, entraría, y si la pillaba allí, estaba muy consciente que el licántropo era capaz de amarrarla a una silla hasta que hablara.

Lust no era el príncipe heredero encantador que cualquiera podía pensar que saldría en un cuento de hadas. No. Lust era, simplemente, un bruto creído de que el mundo giraba a su alrededor solo por respirar, y que todos le debían atención y, ciertamente, ella no le iba a hacer ni un mínimo de caso.

Gracias a los Dioses, la niñera de ambos le enviaba noticias de sus movimientos, porque desde hacía meses, —ya que el licántropo hacía lo mismo—, y por la forma en que había garabateado en su pizarra de anotaciones, la próxima vez no iba a ser tan generoso, ella no pensaba estar allí para verlo.

Soltando un largo bostezo, se levantó en su metro setenta sin ganas de volver. Sabía que caminando a su departamento a paso lento, y con la calma de un perezoso, llegaría, por lo menos, en una hora y media; lo suficiente para que Lust se deshiciera en maldiciones y destrozos, y se marchara con la venganza en sus facciones. Así era la vida, triste o no, para ella, justa.

Se abrigó un poco el cuello caminando por la calle central de la ciudad. Parecía que, mientras más tarde, más gente había, y más autos se veían ir de un lado a otro, como un millón de hormigas sincronizadas. Era sábado, noche de bohemia. Debería darse una vuelta por allí para despejar la mente, pero ¡nah!, tenía sueño; quería su cama mullida y calientita, con una buena taza de chocolate y un maratón de alguna mala serie de la red nacional, eso sí era vida. Eso era su vida. Además, podía hablar con las chicas de la cafetería y salir a algún bar para no perder la costumbre.

Encaminándose hacia la periferia, los autos ya no eran tantos ni los transeúntes visibles. Recorriendo desvíos, callejones y pasajes laterales, fue cuando lo sintió. Un humano. Uno de esos que huele a maldad pura, pasó por su lado con la cabeza gacha y el cuerpo medio inclinado. Sus manos enguantadas entre la larga gabardina le daban a entender que recién había cometido un siniestro asesinato. Y no le sorprendería, porque no vivía en la parte de la ciudad donde se bebía agua de pepinillos en la mañana. Pero, ¿qué le importaba a ella? Solo podía pensar en su chocolate caliente con un poquito de menta y ¡zas!, dormir profundamente en la cama para un día más de aburrida cotidianidad.

Soltó nuevamente un largo bostezo, cuando el olor le hizo atragantarse, fue como un azote de sangre, como si le hubieran puesto un plato de sustancia de vampiro justo enfrente de su nariz. Se irguió en todo su porte sintiendo el hedor demasiado cerca, erizándole los sentidos, sensibilizándose por el peligro. Giró en la esquina, desde allí provenía el olor, desde un callejón, alejado de la mano de los Dioses.

Sabía que debía irse hacia otro lado, girarse y tomar otro camino, como si no hubiera sentido nada, como si nada hubiera pasado, pero…

—¡Agh! —gruñó mientras se encaminaba lentamente para ver qué ocurría. Había cosas para lo que ella no estaba preparada, y una de esas cosas, la tenía ahora justo enfrente: El cuerpo casi mutilado de un joven vampiro.

La bilis se le subió a la garganta al ver el largo cuerpo tirado boca abajo, con una mano colgando por la baja cuneta, y junto a la cabeza un chorrillo de sangre espesa y negra cayendo sobre la blanca nieve. Había sido dejado allí para que lo mataran, en eso no había dudas. La luz del sol, un fogonazo, cenizas y nadie sabría jamás de su existencia.

El olor a sangre volvió a quemarle dentro, y al ver que no había desaparecido significaba que no había muerto. Sabiendo que dejarlo allí sería una abominación, aunque le doliera las entrañas aceptarlo, se acercó lentamente hasta acuclillarse a su lado, con una mano temblorosa dispuesta a moverlo un poco. Pero casi se mata de un paro cardíaco cuando el vampiro dio un medio respingo sobre sí mismo, girando de lado, mostrándole los afilados dientes tan blancos como la nieve. Tenía los ojos rasgados por el ataque que deseaba efectuar, la nariz dilatada y los penetrantes ojos eran casi un ribete de un turbio gris que le calaban hasta el alma. Se quedó hecha una estatua mientras el vampiro jadeaba, perdiendo el horizonte con la mirada, y con la sangre aun cayendo en una hilera entre su frente y sus ojos, se desmayó.

—Maldito —susurró, mientras su corazón, se detuvo por unos segundos, ante el susto. Ahora hacía una carrera de salida de ella misma. Se quitó la chaqueta, una chaqueta que, seguramente, tendría que botar luego, y con ella lo cubrió.

Asustada ante el hecho de que cualquier humano podría verla sujetando un prototipo de cadáver. Tuvo que tomar un par de impulsos para levantarlo y acomodarlo contra su pecho. Era enorme, le sacaba por lo menos dos cabezas, pero era relativamente liviano para el cuerpo que tenía. Y estaba muriendo.

Pudo haberlo llevado a un hospital de vampiros, de esas clínicas VIP, pero no tenía idea dónde podría haber una y mucho menos caminar hacia una. Por lo que, sabiendo que luego se arrepentiría mucho, lo llevó a su departamento, que a paso más rápido no se demoraría más de unos minutos entre callejón y callejón.

¿Qué había pasado? ¿Quién había dejado un vampiro moribundo así? El escalofrío de que, algo o alguien, le estaba observando, le puso más apuro a sus pies.

A medio camino comenzó a sentir el suave polvo caer por sus manos. ¡Oh por todos los Dioses Lunares, se estaba muriendo entre sus brazos y lo último que quería era terminar bañada en polvo de vampiro! ¡Iugh! Eso no salía con agua.

Como si la vida se le fuera en eso, llegó a su apartamento, abrió la puerta de una patada —con todas las que ya Lust le ha dado, ya se abría sola—, para su alivio su hermano no estaba allí, pero era obvio que había estado, ya que en su pizarra de notas había tantos garabatos que estos no pasaban desapercibidos. Pero en fin, lo importante ahora era que el muerto no se le muriera.

Por lo ilógico que sonara esa frase, era lo más normal que se le ocurría pensar con toda la adrenalina en el cuerpo.

Le dio otra patada a la pared en el momento en que retrocedía y una cama salía disparada con un gran estruendo delante de ella. Ni muerta dejaba al cadáver acostado en su cama. Se movió por su habitación de un lado a otro buscando cualquier cosas para curarlo, algo de lo cual tampoco tenía mucha idea, y hasta un tarro de kétchup llevó hasta su cama, esparciéndolo por la sabana añeja y húmeda.

—Bien.

Jadeó mientras le temblaba la mano y se sujetaba la barbilla. Trató de sacar todos sus conocimientos sobre medicina casera, limpió las heridas de la cabeza, los brazos y piernas que estaban hechos poco menos que jirones, como si se hubieran entretenido cortándolo como un pedazo de queso. La ropa que llevaba la trató de mantener donde estaba, no quería tener un vampiro nudista en su casa; aunque era ropa de hospital, de esas telas livianas y desechables. ¿De dónde había salido este sujeto? Acaso… ¡No! Mal momento para ponerse a pensar en eso.

Porque si había escapado de uno de «esos» centros, el pánico iba a mermar cualquier tranquilidad espiritual en este momento. El vampiro necesitaba atención médica… con lo que fuera que tuviera a mano.

Le arregló el largo cabello negro en una coleta de lado, le limpió el cuello y el corte bajo las orejas levemente puntiagudas. Lo mismo hizo con sus facciones, dispuesta a quedar pegada en la muralla si este abría los ojos de improviso. Tenía los labios firmes y hasta parecían sedosos, la nariz respingona, los pómulos un poco salientes, unas cejas tupidas y una frente ancha. Por un segundo, al verlo casi muerto y claramente tranquilo, le pareció guapo, algo que, menos mal, fue solo un segundo, porque si no, el undécimo piso de ese edificio, serviría perfectamente para sus planes suicidas.

Después de haberle limpiado las heridas y vendarlo en la forma más primitiva que conocía —y era mucha, ya que ella vivía de los parches—, se alejó un poco para apreciar su experimento de salvación. Por lo que veía, no había hecho mucho, lo obvio que necesitaba para la restauración instantánea de un vampiro era algo de sangre, pero no era donadora de ADN para darle de beber como si fuera un refresco, por lo que estaba pillada contra eso.

No sabiendo qué más hacer, se quedó allí parada, a su lado, moviendo y removiendo las «vendas» como niña pequeña, para ver si las heridas cicatrizaban. Pero la más pura de las verdades radicaba en que parecía tan igual de muerto que como lo había encontrado.

—En qué me he metido. —Suspiró melodramáticamente. Tendría que llamar a alguien para que viniera por él.

***

Se quedó observando la pequeña figura detenidamente. No era humana, eso estaba claro, nadie iba por allí tomando el cuerpo de un vampiro como si nada, en especial, no en esos barrios periféricos; podía jugar y decir que era una licana, pero aún, era muy raro que ambas razas se ayudaran. No imposible, pero claramente extraño.

Le habían ordenado deshacerse del cuerpo de aquel vampiro. Nada del otro mundo, se había tomado especial atención a esos guerreros, pero el sujeto se había cerrado y dejado de ser útil para la investigación física. Por lo que deshacerse de él, no resultaba nada especial, lo había hecho con otros, solo que esta vez había salido alguien en ayuda de este.

—¿Me hago cargo, señor? —preguntó el hombre a su lado. Enfundado en una gabardina de cuero negro, a simple vista, no parecía que debajo llevara un set completo de armas de asalto.

—No creo que viva lo suficiente, y si lo hace, no es demasiado importante, ya que no vio ni escuchó nada. Solo fue un conejillo de indias… pero me intriga ella. Síguela y entrégame toda la información que logres reunir.

—Con gusto, señor.

2

Había perdido, esa era la realidad. No había un camino, porque ya no había nadie que lo guiara. Morir por fin era la única salida que le quedaba. Había perdido.

Perdido.

***

Ella despertó de un salto sin saber exactamente qué sucedía. Su corazón latía errático y bastante trastornado. Se llevó una mano al pecho tratando de controlarlo, observando el bulto al otro lado de la habitación; no se había movido ni un milímetro, gracias a los Dioses, porque si lo hubiera hecho, estaba buscando que la mataran por confiada.

Respiró profundo. La habitación estaba aclarando, por lo que, en cualquier momento, amanecería. Tomó un poco de huincha adhesiva, y con ella, sus cortinas quedaron pegadas a los marcos para que la luz del día no se filtrara a través de ellas. El sol no era amigo de los vampiros y ella no quería tener su habitación con olor a chicharrones.

Se le acercó, había dejado de convertirse en cenizas, pero su tono ceniciento no era muy bueno. No se movía y, por obviedad, no respiraba. Solo sabía que estaba vivo porque no era una mancha en las sábanas. Nunca se había enterado demasiado de la anatomía de los vampiros y se estaba colocando nerviosa. Si no pensaba en algo, pronto iba a tener que contactarse con su familia. Cosa que no quería.

Si iba a ponerse en contacto con alguien para que viniera a sacar el bulto de su hogar, necesitaba despejarse un poco. ¿Y qué mejor manera que salir a correr? No es que estuviera evadiendo su responsabilidad momentánea, el vampiro ya no se había muerto, igual podría escapar vilmente un rato y... pensar qué hacer sin salir vapuleada por ello.

***

El aire era frío. ¿Todavía estaba embutido dentro de aquel pequeño *container* en el suelo? No podía moverse. ¿Otra vez? ¿No había terminado aún?

Abre los ojos, ábrelos.

No.

Ábrelos, ve la realidad que existe a tu alrededor.

No, no más. Déjame descansar.

Ábrelos.

No quiero más, no quiero seguir luchando.

A salvo. No es una ilusión.

Sí, lo es.

Ábrelos, ve la realidad.

No tengo futuro, ya no, he perdido. Mis compañeros, mi señora. Todos... todos han caído.

Ábrelos.

Fue como un calambre, un rayo que pasó por todo su cuerpo, despertándolo tan bruscamente como una explosión. Su cuerpo reaccionó de manera combativa, su sistema se convulsionó en dolores tan absolutos, que tuvo que reaccionar de la manera más mortal que podía: inyectando aire a sus pulmones para destensar su pecho.

Sus sentidos explotaron, sus ojos se acostumbraron a la penumbra, las sombras y los colores se iban definiendo. De pronto, su tacto tocó una tela áspera y rugosa, oyó ruidos lejanos, carros, el golpeteo leve del aguanieve. Su boca sabía ácida, el hambre lo atacó de una manera subnormal, erizándolo, listo para la caza como un *non purix*[1] neófito. Y el olfato... le dio un arranque de adrenalina tan exquisito que jadeó.

---

1 *Entre los licanos y vampiros, es un humano convertido. Un licano non purix, es también conocido como cambiante, y no tiene control sobre su transformación.*

Cerró los ojos, el calor comenzó a recorrer su sistema, desentumiendo sus miembros. No había peligro cerca, no había ruido, no había humanos, pero el olor, ese olor.

Una habitación pintada de azul claro. No creyó volver a ver colores desde que lo único que había visto era blanco y más blanco, hasta que una realidad lo golpeó. ¿Libre? ¿Era libre? No había cadenas, no estaba drogado. Esto era un cuartucho, pero distaba mucho de ser una celda o un *container* de reclusión. Era un cuarto o, más bien, un hogar.

¿Lo habían liberado? ¿Quién? ¿Cómo? ¿Dónde estaba?

Se levantó con cuidado y se concentró, admirando la poca decoración y advirtiendo, además, que ni un poco de luz entraba por la única ventana. Un televisor pequeño, una cama de dos plazas desordenada con un cubrecama de blanco nieve. Dos sillones, un mueble de ropa, un espejo. Allí no había nada más.

Otra ráfaga de olor le hizo mostrar los colmillos en busca de la suculenta comida. Cálida y sabrosa sangre.

Su adrenalina se disparó, sus músculos comenzaron a recuperarse. ¿Vendas? O algo así. Alguien lo había intentado limpiar. Podía sentir el tacto en sus adoloridos músculos.

Las cortinas estaban selladas para que ningún rayo de luz atravesara la habitación. ¿Quién se había tomado el tiempo para ayudarlo?

Otro arranque. El olor y el hambre lo quemaron por dentro, y entonces lo reconoció al fin. ¿Un lobo?, ¿una licántropa? Esos ojos almendrados asustados… la nieve caía a su alrededor. Imágenes lo azotaron, los humanos, los pinchazos, la luz.

Te ayudó. ¿Una enemiga? ¡Te salvó!

***

Le dio un mordisco a la manzana mientras acariciaba al gran chucho que se hallaba fuera de la frutería. Había corrido poco más de lo normal, y no solo por la fría mañana, ni por estar preocupada por el vampiro, sino de lo paranoica que se encontraba; había estado sintiendo que la seguían, y si era Lust prefería que la pillara en una calle concurrida que sola en su casa y, además, con un vampiro moribundo en ella. No, eso sería nefasto en cualquier sentido.

El perro le quitó la manzana de la mano y se la tragó, lo miró feo mientras movía su enorme rabo de un lado a otro, contento por la comida y las caricias.

—Has llegado más temprano que nunca —anunció la joven dependienta trayéndole su bolsa del día. Ella cabeceó, un pinchazo en su nuca y se giró hacia atrás, tan rápido que le sonó un hueso. Al final de la calle no había nada ni nadie—. ¿Estás bien?

—Sí —respondió, tomando su bolsa y pagando. Le dio un golpe cariñoso al perro que le mojó la mano con su baba—. Gracias. —Sonrió mientras volvía a mirar hacia atrás, y allí seguía no habiendo nada—. Nos vemos mañana.

Dio unas dos vueltas a la manzana hasta que se hizo obvio que debía volver a casa. El sol despuntaba en la cima, era tarde. ¿Ya se habría muerto? No, qué va. Bueno, tal vez sí, no conocía tan bien a los vampiros, y no tenía intención de conocerlos de todos modos.

Podría haberse demorado horas subiendo las escaleras a su departamento. Horas. Revisó hasta la pequeña fisura en el pasamano, esperando hacer algo más de tiempo. Jugó con las llaves otros minutos más, meditó sobre los aleros que había «arreglado» hacía unas semanas e inspeccionó el inexistente marco de la ventana del baño. ¡Qué va! Tal vez ni se había movido. Sí, seguramente era eso. Seguía siendo un bulto medio muerto allí, en su casa, nada de qué preocuparse. Por lo que abrió la puerta muy campante y muy llena de falsa confianza, desbordando valentía… hasta que lo vio.

Erguido en su metro noventa o algo así, sin su roñosa camiseta, con las heridas que ayer eran rodajas de piel y ahora solo líneas rojas de lenta curación latente, con su rostro tapado por sus cabellos largos, enredados y desordenados, irradiaba peligro. Salvaje, hambriento.

Las frutas rodaron por el suelo hasta que chocaron contra sus pies. Este miró las manzanas que estaban allí y las agarró entre sus letales, escuálidas y afiladas manos. Antes de que ella misma diera la orden estaba fuera de su puerta, cerrándola de un portazo y deslizándose con el corazón saltando como loco. Porque estaba bien, vivo, curándose y… estaba en su hogar. ¡En su casa!

***

El olor a licántropo le pegó de nuevo como un arranque de adrenalina; se levantó por completo mientras tiraba las improvisadas vendas y la roñosa ropa sobre la cama. Ni siquiera quiso mirarse, podía saber exactamente qué tan mal estaba con sus articulaciones convertidas en fierros oxidados. Necesitaba comida, saber qué día era y enterarse de lo que estaba ocurriendo.

El pelo le cayó como una cascada sucia y enredada hacia adelante, tapando un poco la luz que entró cuando la puerta fue abierta tan repentinamente. Escuchó el golpe de la bolsa al caer, el olor a fruta, un gemido asustado, el golpeteo errático de un corazón exaltado y la cálida esencia. El suave golpe contra sus pies lo hizo concentrarse en algo más que en ese cadencioso olor a sangre, a bosque y a tierra. Fruta, comida mortal, pero que en esos momentos era indispensable. El olor tan agradable tranquilizó un poco su inestable cuerpo y se contuvo para no saltar sobre su nueva compañía. Compañía que no alcanzó ni a ver cuándo desapareció detrás de la puerta, arrancando como debía ser.

Miró la manzana en sus manos y la pura realidad lo consumió.

Lo había salvado una licántropa. Había sido salvado por una enemiga de la raza. ¿Quién en su más sano juicio ayudaría a un vampiro moribundo? En especial una licana. ¿Qué era? ¿Una suicida?

La sangre lo pide. Tus normas lo exigen. Tu ocupación lo ordena. Había sido liberado y nuevamente encadenado.

Mordió la manzana con ansias, comió una y todas las frutas que la loba había llevado en aquella bolsa. Las tomó de pura ansiedad mientras su cuerpo se restablecía un uno por ciento. La comida humana no le ayudaba mucho, pero le servía para establecer su adolorido estómago.

Al dejar las corontas lo único que sabía era que la palabra «elección» lo había salvado.

DOMINGO 8 DE NOVIEMBRE, 18:55.

El sol ya se ocultaba y ella aún estaba sentada en las escaleras, esta vez, muy entumida, fumando lo último que le quedaba de la cajetilla, para pasar las ocho horas que yacía fuera de su propio hogar.

—Hace hambre —se quejó mientras su estómago gruñía, porque no había comido nada en todo el día y, además, no había sacado más dinero que aquel con el que había comprado sus amadas manzanas—. Condenado —gruñó molesta.

Estaba vivo, se había recuperado, tenía su casa para él hasta que la noche cayera, y ni siquiera sabía qué pasaría ahora. Tal vez, le gustaba su cuchitril y se quedaba allí, o tal vez se marcharía; esperaría hasta que ella fuera y le daría las gracias… Bueno, eso era esperar demasiado, ¿no?

¿Y si la mataba? No es que ella se dejara tan fácilmente, pero desde hacía años que no practicaba nada. Había dejado de matar, aunque lo único que había matado había sido humanos. ¿Matarla después que ella lo había salvado? Eso sería ser demasiado mal agradecido, pero los vampiros siempre son tan condenadamente arrogantes… ¿Quién podía conocerlos bien? Había conocido traidores, asesinos, leales y compañeros. No iba a tentar a la suerte con este.

—Hum —se quejó, botando la colilla escalera abajo. Le sudaban las manos tan solo de pensar lo que le esperaba en los pocos minutos que quedaban de sol. ¿Sangre o un agradecimiento? Quizás un poco de ambos... ¡Nah, eso era fantasear!—. Tal vez me regale algo bonito —susurró entusiasmada. Porque era bien conocido que, siendo tan ególatras, los vampiros amaban las joyas y las calidades exageradas. Bueno, ella no se quejaría si le regalaba un diamante.

Un fuerte golpe dentro de su casa hizo que en menos de cuatro segundos abriera la puerta de la entrada, completamente asustada de que el vampiro estuviera destruyendo años de esclavizado trabajo.

Por todos los Dioses, ¡él no estaba! La ventana del otro lado de la habitación se hallaba abierta en toda su extensión, las cortinas se movían levemente por la fría brisa que entraba. Corrió, la cerró de golpe y miró la callejuela trasera pegada al vidrio, donde un enorme edificio cubría la vista como un gigante congelado.

No había más olor a vampiro. Prendió todas las luces de su casa en un santiamén; la cama donde había dormido el vampiro estaba completamente cubierta de sangre negra y cenizas, las vendas que horas atrás ella había puesto afanosamente en su cuerpo estaban tiradas como si nada y todas sus ricas frutas se hallaban en el basurero, ya comidas.

Sintió la sangre hervirle, la cara azorarle de rabia por la indignación.

—¡Maldito mal agradecido de mierda! —gritó, pateando la cama con toda la ropa dentro, mientras ésta se escondía en la pared con un estruendo.

¡Y una mierda de vampiro de cuarta! ¡Que se pudra en el infierno!

3

Su vista estaba fallando, todo le parecía oscuro y difuminado. Las luces de los faros le daban golpes terribles en las sienes, un dolor punzante que jamás habría creído que existía. Le temblaban las piernas y no era capaz siquiera de moverse decentemente por los estrechos y húmedos callejones. Solo necesitaba llegar a un punto de control. Sabía que había uno por esa sección de la ciudad.

Un calambre le hizo trastrabillar. Temblores lo sacudían, por lo que intentó sujetarse a la pared para no terminar completamente desparramado allí. Este no era su cuerpo. Esos sujetos habían jugado con él como una rata... Iba a matarlos a todos, a cada uno de ellos.

Una arcada hizo que su pecho crujiera de dolor. Sangre, necesitaba sangre y comida. Debía pararse, debía ponerse en pie. No podía quedarse allí, era necesario ponerse a cubierto.

Su raza respiraba, respiraba cuando su cuerpo estaba exaltado o excitado —si no quería torturarse con la adrenalina a mil dentro de él—, pero no lo hacían notorio en la normalidad y, asimismo, podían pasarse minutos sin necesitarlo. También tenía un corazón que latía... o algo así. Desde pequeños les instaban a seguir con el mito de ser seres sin corazón latiente, porque provocaban más misterio para su raza, pero ya de por sí era difícil sentir su corazón, así que no había que esforzarse demasiado para que los demás creyeran eso. Pero, a pesar de todo, respirar era lo único que lo mantenía consciente, porque su pecho dolía como si su corazón buscara hasta en los confines más ocultos algo que le ayudara a seguir bombeando.

Se levantó y se arrastró otro poco, ocultándose de los ojos de vagabundos. No veía bien y no podía escuchar nada conciso, solo chillidos, el chicharreo de los autos, conversaciones mundanas y el golpe de algo lejano. Sus dedos arrastrándose por los muros era lo único que lo mantenía relativamente en pie, estabilizándolo. Debería haberse quedado… debía haberse alimentado de la licana.

Seguía moviéndose por pura voluntad.

El olfato era lo único que le servía, lento y torturante. Sus dedos estaban volviéndose insensibles, a punto de caer. Horas… horas transcurridas hasta que encontró un rastro, algo insignificante pero conocido. Unos últimos intentos, algunos metros más y la luz fluorescente de un letrero que conocía. Rojo y verde… «Shads», había llegado. Conocía el local: protegido con cámaras, marcos de plata, un sótano resguardado y un epicentro de control. Fue tal el alivio que sintió, que su cuerpo no lo soportó mientras intentaba bajar las escaleras.

Se quedó allí tendido, ansiando ordenarle a su cuerpo que reaccionara, pretendiendo enfocar sus sentidos, hasta que su figura se contrajo en cientos de calambres. Eso le provocó pánico como si su cuerpo estuviera ordenándose volverse pequeño para contraerse dentro de los containers de reclusión. Acto seguido, percibió unas manos sobre sus ojos. El frío tacto lo alteró, quiso abrirlos, pero le fue imposible. Solo escuchó las voces amortiguadas; notó que lo levantaban. Los olores los conocía, pero en ese momento no pudo darles cara.

Siseó lleno de dolor cuando lo situaron en un asiento y le amarraron las manos. Vio tres figuras a su alrededor, las mismas que le provocaron una angustia mareante al recordar a esos bastardos humanos, pero se concentró en el olor de sus hermanos vampiros, dejando que estos lo sujetaran, intentando no destajarlos con sus garras por puro instinto de sobrevivencia. Le abrieron la boca, desarticulada por sus colmillos, quebrándosela en el proceso. Pero no recordó mucho más cuando, finalmente, le inyectaron la primera ración de sangre…

En lo único que pudo concentrarse antes del ataque de adrenalina, fue en el suave olor a licano impregnado en su memoria, y en el hecho de que ella, su salvadora, ahora le pertenecía.

MARTES 10 DE NOVIEMBRE, 15:56.

Lanzó el montón de bolsas de compras sobre la pequeña mesa que se tambaleó inestable. Un paquete de servilletas rodó por la esquina y alcanzó a agarrar el pote de mermelada antes de que se desparramara por el feo piso de cerámica. Tenía la tarde libre hasta mañana a las siete, donde comenzaba su turno en la cafetería; un lindo turno de doce horas de esclavitud.

Tenía que hacer algo por su vida. Cuando vivía bajo la protección del rey, tenía una manutención que podía haberla dejado vivir en el mejor departamento de la ciudad y con dos sirvientes muy bien pagados. Pero al marcharse, apenas se había llevado lo que le había sobrado de un cumpleaños hacía años atrás, y con ello, había hecho maravillas. Se consiguió este cuchitril pagando todo por adelantado y rogándole al dueño que cuando consiguiera más le pagaría en el instante. El viejito, un hombrecito muy amable pero negligente, no se hizo problemas, ya que en realidad era ella, una drogadicta y un camello los únicos que vivían en esos cuartos perdidos y alejados de la mano de la civilización. Aún todavía existían siete habitaciones vacías... o con algún muerto yaciendo dentro.

Ahora trabajaba en lo único que alguien que había sido criada para ser dama de compañía podía hacer, trabajar de mesera. Por lo menos, en lo único en lo que se veía útil, porque sus estudios no servían para nada más en el mundo humano.

Sus estudios habían sido en casa, y ya más grande, en la Academia Licana, solo había podido unirse a los pocos y tristes cursos de estrategia y planificación. Era lo único en lo que no estaba introducida con los guerreros en armas y explosivos, solo para tranquilidad de su madre que no quería verla envuelta en conocimientos de armamento. Y como estratega era buena, muy buena, fue por eso que había salido relativamente bien parada en el rescate de su hermano.

Pero bueno, no tenía mucho qué hacer, así que se lanzó sobre uno de sus sillones y prendió la televisión luego de algunos golpes precisos sobre los cables y la pantalla. La pequeña chatarra tenía sus detalles.

Inmediatamente, su vista se dirigió a aquel rectángulo vertical que había en la pared, al lado de uno de sus sillones, la cama que venía con el departamento. Esa cama que pocos días atrás había resguardado a un vampiro infeliz y malagradecido. No es que le hubiera importado quitárselo de encima, de hecho, lo esperaba, pero hubiera deseado por lo menos un: «Gracias por salvarme la existencia», o algo así. No le importaba, pero aquel sujeto además de haber infectado su cama con su olor por lo que quedaba de eternidad, comido sus frutas y haberle tenido fuera de su hogar por horas, se había esfumado, escapado, huido, sin siquiera expresarle un miserable «Gracias». Y por los Dioses que no había podido dormir tranquila desde que ese suceso ocurriera.

Suspiró y apagó la televisión.

Mejor dormía un rato aprovechando que era de día.

***

Una sala blanca. El pánico lo atacaba cada pocas horas, pero lo tranquilizaba el olor de la sangre. Estaba a salvo, a salvo con los suyos.

Le habían proporcionado los últimos tres chutes de sangre las últimas horas. Los calambres se habían detenido, su vista, oído y olfato ya habían vuelto, no en su mejor estado, pero ya nada le daba vueltas. Su pecho estaba distendido y sus músculos funcionaban relativamente bien. Pablick y Fritzyk habían querido llevarlo a un hospital, se había negado a ello; demasiado control y demasiadas preguntas. Tendría un poco más de tiempo antes de que los generales llegaran y lo atosigaran. Kalbra, el gerente de *Shads* le había apoyado solo porque le caía sumamente mal Axals, uno de los tres generales.

Escapar de las manos de los LMG era algo que ocurría, para ser sinceros, nunca. Los malditos LMG eran humanos dedicados a investigarlos de las más variopintas maneras. Su siglas significaban «Limpieza y Manipulación Genética», y no se lo escondían a nadie los muy cabrones. Sabían lo que hacían, se peleaban por detenerlos.

La puerta se abrió, dejando que un poco de luz entrara en la habitación. Pablick se movió hasta su lado, rubio con el cabello desordenado de manera poco casual, sus ojos pardos casi verdes, tal cual como lo recordaba desde antes de su secuestro. El vampiro, un *patronus[2] purix[3]*, con designación *Imper[4]*, tenía la misma sonrisa socarrona y sus maneras juguetonas.

—Eres un bastardo suertudo. —Sonrió de lado, cansado—. Fritzyk logró acallar los rumores, pero estoy empezando a dudar sobre lo que quieres hacer.

—Tiempo, necesito tiempo.

—Aundrey. —El vampiro se sentó a su lado y él se tensó. Sabía lo que venía ahora, y solo saberlo, le provocó un nudo en el pecho—. Tenemos que hablar. —Asintió mentalizado en las sorpresas y tragedias que venían—. Vuestra cuadrilla real, los *prime[5]* de la princesa, fueron secuestrados hace cuatro años. —Miró al vampiro asombrado. Había creído que había estado fuera solo un par de meses. Reconocía que había entrado en suspensión, pero no por tanto tiempo—. Y la guerra con los licanos terminó hace tres y algo más. Ellos ahora son nuestros aliados.

Aliados. ¿Qué?

***

El salón central de la Mansión Licana, era exactamente lo que se podía pensar de una casona tan vieja como la residencia de los primeros licanos reales que pusieron sus pies en estas tierras. Una cantidad exagerada de ancestros habían pasado por esa casa, su familia había llevado el poder por generaciones. Con altos y bajos, como se espera de cualquier familia gobernante. Rebeliones, conspiraciones y asesinatos que habían mermado el árbol familiar, pero allí estaban, volviendo a su curso caídas tras caídas. Los Lascad eran y serían los reyes; el pueblo, mal que mal, siempre les habían apoyado.

La mansión tenía tres pisos de mármol crema, blanco y negro; una biblioteca digna de una universidad y un salón de baile con acceso principal al costado izquierdo de la edificación. Cuartos por doquier y tres alas. El ala derecha que daba a los jardines, era de los familiares; el ala izquierda servía para los invitados, cocinas y algunos cuartos especiales, también se hallaban allí y, por último, el ala central donde solían juntarse las seis familias

2 *Guardián. Militares vampiros.*
3 *Vampiro puro, nacido de vampiros*
4 *Vampiro Comando. Es la rama de ataque físico.*
5 *Protectores reales.*

restantes para ver tratados, negocios o, simplemente, pasar el rato. Justo en el medio se situaba un pasillo largo y bien protegido que llevaba a la Academia Licana, un largo túnel que se perdía bajo la tierra.

Cuidada por más de dos docenas de *Venatrix*[6] en funciones, y un muro de cuatro metros, era una pequeña fortaleza.

Sus padres se hallaban en uno de los saloncitos, mientras su madre peinaba el cabello de la más pequeña de sus hermanas, y su padre leía uno de sus antiguos libros. A ninguno de los dos le importaba que estuviera haciendo un hueco en la alfombra. La única que le hacía caso era Misa; alzaba los bracitos en su dirección, para apartarse del calvario de ser engominada al muy estilo de «su madre». Mala suerte para la pequeña, ese no era su día.

—¡Hijo, por los Dioses! —se quejó su padre a los minutos, cuando él ya se estaba cansando de refunfuñar—. Debes dejar de hacer eso. Es obvio que no quiere verte, de una u otra manera sabe qué días vas y se va.

—¿Es que no están preocupados? Puede estar muriéndose de hambre o qué sé yo.

—Ella está bien —aseguró su madre, dejando a la pequeña en el suelo, que con una mueca salió corriendo como si su alma se la llevara el demonio. Ante ello su madre bufó y sus ojos verde agua lo miraron con cariño—. Está teniendo una vida normal.

—Pero no fue criada para eso —contestó altanero.

—¿Y para qué fue criada? ¿Para seguirte por lo que quedaba de eternidad? —espetó su padre levantando una ceja. Él sintió que se le azoraba la cara.

—No, claro que no, pero yo no le iba a negar nada si estaba conmigo.

—Eres tan posesivo, hijo —soltó su madre con un suspiro. Él hizo un ruidito como si se estuviera desinflando. ¿Él, posesivo? Jamás.

—Además, ¿cómo saben que está bien?

—¡Por los Dioses, Lust! —gruñó su padre y se levantó lentamente—. Es una hija para mí y para tu madre. ¿Crees realmente que no sabemos lo que hace? ¿Cómo se haya o qué tan bien está de salud?

—La han seguido.

—No. Tenemos una pequeña conexión con ella y eso nos basta, debería bastarte a ti. Es mayor, es madura y responsable.

---

6 *Cazadores. Militares licanos.*

—Claro que no, yo quiero respuestas —exigió enfadado—. Ani se fue, así como así, como si no hubiéramos estado juntos toda nuestra vida. ¡Se fue! —se alteró, gruñendo, dolido por la desaparición de su hermana. Ella lo había dejado.

—Hijo, sabes que no debes salir. Y deberías dejarlo si no quieres que te coloquemos una guardia.

—Ya te perdimos una vez, Lust, es mejor que le hagas caso a tu madre. Los humanos siguen buscándote, y no permitiremos que te encuentren.

—Al carajo con los humanos. Eso ya pasó.

La cara de su madre palideció un poco y su padre lo miró mal.

—¡Cuida tu vocabulario y respeta a tu madre! —exclamó su padre cabreado.

Lust sabía que no era el vocabulario, si no el año que había pasado cautivo.

—Perdón, madre —susurró arrepentido, haciendo una pequeña reverencia. —De todos modos, no estaré tranquilo hasta que hable con ella.

—Hijo... —murmuró su padre masajeando su cejo fruncido con dos dedos.

Y sin decir más, salió por el pasillo en dirección a su cuarto.

Tenía veintisiete años y había crecido con esa necia. Hacía tres años que no la veía, y por todos los Dioses que la necesitaba ahora que estaba tan confundido. Él, que había sido un cambio para su pueblo; él, que junto con Anet habían conseguido detener la guerra. Y aunque era cruel matar a tus propios hermanos, éstos debían entender que su guerra era ahora contra los seres humanos.

Escuchó los pasos lentos de una mujer ya mayor, se giró en el pasillo para ver a Nanan redecorando un florero con lilas blancas.

—Son hermosas —comentó mientras se tranquilizaba. La mujer sonrió a las flores y luego se giró. Sus ojos estaban blancos, Nanan era ciega por opción.

—Sí, son las más lindas del jardín. —Sonrió yendo hacia él y tomándole una mano. Él la giró a su propio cuarto—. ¿Cómo te ha ido, cariño? —preguntó, acariciándole una mano.

—Se me ha escapado otra vez —expresó enojado. La mujer soltó una risita.

—Deberías dejarla descansar un poco.

—No hasta que me dé respuestas.

—Aún parecéis unos niños pequeños —recordó mientras su largo cabello blanco caía en cascada por la espalda; antiguamente tan brillante como el sol.

Se mantuvieron en silencio hasta que llegaron a su cuarto.

—La necesito, *nan* —susurró, tomando la mano de su vieja niñera.

—Lo sé, cariño, pero debes darle tiempo al tiempo. Debes comprender que se sintió desplazado con la llegada de la niña Anet.

—Yo no la desplacé —refutó, la mujer le besó los nudillos con cariño y se alejó perdiéndose por los pasillos—. No lo hice.

MIÉRCOLES 11 DE NOVIEMBRE, 21:36.

Se hizo una coleta baja y se sentó en el sillón. Hacía frío, pero su raza estaba acostumbrada, y al menos que le cayera una nevada encima, sus cuerpos se mantenían cálidos y estables, por lo que no necesitaba gran calefacción. Se desperezó, vio la habitación a oscuras y supo que era temprano. Abrió las cortinas con un desmadejado bostezo y se refregó los ojos. Observó la parte de atrás de su casa, no había nada más que un montón de nieve y basura, tampoco había ningún vampiro psicótico por allí, gracias a los Dioses.

Necesitaba un baño. Uno bien caliente. Fue así que tomó una toalla nueva desde el mueble, puso su reproductor con la música bien alta y se encaminó a la más maravillosa cosa que le ocurrió cuando llegó a estos cuchitriles: acceso al agua caliente de las tuberías estatales.

***

Se irguió contra la ventana, sintiendo la sangre en su sistema. Luego de dos días de chutes de sangre estaba relativamente decente, curándose lento, pero haciéndolo de alguna manera. Se amarró su largo cabello en una coleta alta y miro a través del cristal.

La sangre lo exigió. Tú lo has aceptado. Es tu amargo destino.

***

Se ató una toalla alrededor del cuerpo y dejó el cabello suelto rozar sus hombros desnudos. Abrió la puerta del baño mientras el vapor salía y su calor se impregnaba en ella, se giró hacia la ventana y el corazón se le paralizó. El vampiro estaba allí, sentado en el alféizar de su ventana, mirándola con sus deslumbrantes ojos grises. Amenazador y hechizante.

***

Habría gruñido con fuerza si no le hubiera tomado por sorpresa. Estaba semidesnuda, recién salida del baño con el cabello castaño, mojado y adherido a su esbelto cuello moreno. Algo dentro de él se fundió en chispas de colores.

Que fuese vampiro no significaba que no fuera hombre, que ella fuera licántropa no significaba que no fuera una hembra, y por los más bajos deseos, fue un despertar demasiado brusco. Se sintió perturbado cuando los ojos almendrados de la joven hicieron contacto con los de él. Una agradable sensación le bajó por la espalda.

No la había visto nunca. Sí, había identificado su silueta cuando había estado parada en la puerta y tenía recuerdos borrosos de cuando lo encontró en la calle, moribundo, pero, claramente, esta no era la manera en que debía de haberla visto, para algo como una unión de servicio, su pago de sangre.

No era respetable. Tenía hambre y no necesariamente de sangre.

Cuando la vio girarse y correr con claro destino de salida, él se movió antes que ella, interponiéndose en su camino. Menos mal que miró hacia otro lado cuando casi se le cae la toalla, no necesitaba más incentivo del que ya tenía. Era demasiado para él. Pequeña, morena y ese cadencioso olor a bosque, tierra y calor. Y después se preguntaban por qué eran unas golosinas tan apetitosas...

—Vete —demandó con la voz ronca, asustada, erizada. Sus ojos lucían como monedas de oro, relucientes y salvajes.

—No —negó rotundo, ansioso por lo que veía, y olía. ¡Dioses, era deliciosa!

Aún puedes escapar. Vete, hazlo, ella te ha dado la oportunidad.

Pero no pudo, un tirón detrás del cuello lo hizo tragarse el orgullo. Décadas de aprendizaje, de mantener su palabra, siempre cumpliendo sus promesas. Sin un *Dux*[7], un señor, y con una deuda de sangre, no tenía opción.

Se irguió en toda su imponente altura y dio un paso hacia ella. La licántropa, entretanto, frunció el ceño y se agachó. ¿Una postura de ataque? Sus ojos todavía destilaban miedo, pero el brillo de la decisión aún estaba en ella, y eso le gustó.

—*Praetoriana cohor*[8] —declaró, haciendo una media reverencia, llevándose la mano al pecho. «Guardián personal» en la antigua lengua, una deuda pagada como protector.

Ya estaba hecho, ya lo había realizado. Estaba amarrado… una vez más.

Ahora solo veía el piso a sus pies, esperando el típico «¿Qué?», el cual debería explicar su nuevo papel como protector. Ya no tenía maestro ni señor y ella lo había salvado, debía pagar su deuda como lo reclamaba su profesión.

—Ni en mis más escabrosas pesadillas voy a aceptar a un *praesidium*[9]. Y mucho menos a un *Strix*[10].

Se asombró un poco al ver que tenía cierta habilidad con la lengua madre, utilizando los términos «protección» y «vampiro» en el tono cadencioso de su pronunciación. Los civiles pocas veces los manejaban, algunos ya la habían olvidado, por lo que decidió alzarse, mirando a la licántropa que, mientras más cerca estaba, más pequeña se veía. Sus ojos destilaban desconcierto y molestia. El miedo se iba perdiendo.

—Mis leyes lo exigen, tú me salvaste, yo te doy mi protección. —La piel morena se puso levemente rosada, y eso le mandó otro tirón a su sistema, ya que la sangre de la licana fluía locamente y a él se le hacía agua la boca. No pudo dejar de advertir que tenía unos labios rosados y agradables para largas sesiones de besos.

—Te la niego, no la necesito. Y mucho menos la de un militar.

—No es mili…

—Vete. No necesito tu protección ni la de nadie.

—Tengo que pagarlo, no es tu decisión, yo ya la tomé.

—Me importa una mierda lo que tú hayas decidido, no quiero un protector, ni ahora ni nunca. Vete de aquí.

---

7 *Jefe para los militares. Le deben lealtad por sobre todo; negarlos es una falta grave.*
8 *Guardián personal. Es una rama Patronus antes de tomar a los Dux como jefes.*
9 *Guardia militar. Un nombre más viejo y formal para los Patronus.*
10 *Vampiro*

Solo para cabrearla más, hizo otra reverencia larga y molesta.

—Lo que la señora pida. —Desapareció por la ventana mientras escuchaba una larga y vulgar despedida.

4

«Maldito bastardo de pacotilla», pensó mientras se escondía aún más en su bufanda y se frotaba las manos de nervios y frío, porque ese día estaba particularmente helado. La nevada que caía encima suyo apenas la dejaba mirar hacia adelante, pero el olor siempre estaba muy cerca, rondándola. No lo veía, porque apenas si veía a dos metros, pero lo sentía... vaya que lo sentía.

—Maldita sea, déjame en paz —susurró para sí, girándose levemente hacia atrás, cuando se dio un golpe terriblemente fuerte contra algo—. Lo siento —se disculpó, mirando al encapuchado.

El hombre sonrió como si nada, unos extraños ojos verde petróleo la observaron tras la bufanda, mientras le ponía una mano en el hombro, aceptando sus disculpas. Sintió un leve pinchazo, pero no lo tomó en cuenta, más sí notó ese extraño olor, como a mezcla de químicos, además de un escalofrío recorriéndole la espalda, pero que decidió ignorar.

—No importa, querida, no importa.

Se perdió en la nieve. Soltando un suspiro comenzó a trotar en dirección a su trabajo, ya llegaba tarde.

Era una cafetería céntrica, de esas con sillones cómodos, revistas y periódicos al día, con sitios privados para tomar largas y agradables horas de descanso. El local era privilegiado, y siempre tenía un olor a chocolate en el ambiente que, a veces, saturaba su olfato impidiéndole reconocer a los más lejanos del lugar.

Su jefe le hizo una mueca que era entre un regaño y un menos-mal-que-no-te-atropellaron detrás de su mesa de registros. Una de las tres chicas que atendían le pasó un delantal y la apremió con una bandeja de cafés cortados.

—A la cinco —le informó rápidamente—, y hola.

Ella rodó los ojos, dibujó una sonrisa y llevó los pedidos como era debido. Rutina, su bonita y pacífica rutina.

El reloj dio las doce campanadas y los clientes seguían entrando como si fuera mediodía. Se tomó diez minutos de descanso mientras se limpiaba las manos y contaba disimuladamente las propinas. Los sábados siempre podía llevarse una ganancia más o menos aceptable a casa.

Faë, una joven de veinte años, entró echándose aire al rostro sonrojado como si acabara de ver a su actor preferido parado frente a ella. La miró alzando una ceja. Era normal verla así; era tímida y siempre que entraba un chico guapo se revolucionaba por completo. No podía sostener una bandeja debidamente por eso mismo, así que supo, que estaba frita.

Adiós minuto de descanso.

—¿Por favor? —preguntó con su vocecita, esa voz a la que no te puedes negar porque sería un crimen. Maldita chica tierna, ella caía rendida cuando hablaba con esa voz de súplica.

—¿Qué mesa? —formuló, levantándose cansada.

—La trece, junto a la pared de atrás. ¡Dios, es guapísimo! Viste medio raro, pero con clase.

—De seguro es un bastardo con dinero —contestó mordaz.

—Puede, pero sigue siendo guapo.

—Saldré por atrás —anunció mientras se volvía amarrar una coleta y se dirigía a la salida. El susodicho tenía un periódico alzado así que no lo veía—. ¿Qué se le...?

La esencia le pegó de golpe, las manos se le erizaron y el rostro se le engrifó mientras miraba los grises sonrientes del canalla. Maldito sea él por seguir siendo tan guapo, aunque no se estuviera muriendo. No representaba ninguna edad en concreto, por allí entre los veinticinco y treinta —ninguno de la raza de este lo hacía, al fin y al cabo, siempre era un niño, un adolescente, adulto o viejo—. Llevaba su lustroso cabello atado en una coleta y sus dientes blancos se apreciaban entre los labios semiabiertos. Maldito afeminado.

—¿Qué haces aquí? —preguntó en un siseo. Realmente se estaba apestando mucho su humor. No quería su propio *patronus* detrás de ella. Realmente no, quería pasar desapercibida de su familia, no que ésta se pusiera nerviosa porque tenía a un vampiro persiguiéndola por la ciudad.

—Vengo por una taza de café —contestó tranquilamente, apoyando su barbilla en una de sus elegantes y feas manos. Mentira, tenía unas manos muy bonitas, varoniles y elegantes, pero no se lo diría ni muerta. Y ahora entendía por qué Faë había dicho lo de la ropa extraña. Llevaba una gabardina verde petróleo y un polo oscuro. Parecía todo de una marca exclusiva... de la época colonial.

—Tú no comes —gruñó suavecito, apretando las manos en su delantal.

—¡Oh claro que sí, adoro la fruta! —Eso la pinchó enormemente, por lo que hinchó el pecho dispuesta a marcarle la cara con un puñetazo, pero él seguía irradiando peligro, y más ahora, que sabía que era un *patronus*. No se quedaría quieto así como así, porque los *patronus* tenían códigos de vasallaje.

—Bueno —soltó, respirando profundo—, aquí no vendemos fruta.

—Un café simple, entonces.

—Tú no bebes café, a menos que venga revuelto con sangre. El vampiro entrecerró los ojos y ella se volvió a erizar.

—Tal vez con un poco de la tuya...

Ante la amenaza le mostró los colmillos. El vampiro sonrió ligeramente, como si hubiera estado hablando del clima y no de su sangre.

—Vete —lo amenazó alterada, pero una mano en su hombro hizo que se girara demasiado rápido y que casi se cayera, no había sentido a su jefe a su lado. Trastabilló, cerrando la boca de golpe, tranquilizando «al lobo» para que guardara sus colmillos.

—¿Sucede algo malo, señor? —preguntó John, su jefe. Una sonrisa cordial y una mirada acusadora a ella.

Si perdía su empleo por este bruto lo iba a matar.

—No, señor, para nada. Solo que no la veía hacía años, éramos amigos cuando pequeños —mintió descaradamente, sonriéndole a ella, quien lo atravesaba con la mirada.

—Sí, pero, querida, no es hora...

—De hecho, estoy en mi descanso —lo cortó. El sujeto miró disimuladamente la hora, hizo un breve movimiento con la cabeza y se marchó—. Bien, has pagado la deuda —prosiguió, cuando el vampiro entrecerraba el cejo sin entender lo que decía—, me salvaste, ya no eres nada mío.

—Mi vida no vale un estúpido empleo humano; no la compares de esa manera —contestó con un breve gruñido.

—Mi vida es mi trabajo —respondió burlona, girándose, pero la mano de este le atrapó la muñeca. A pesar de que ella creía que eran frías y medio pegajosas, la piel la quemó al tacto. El vampiro también tuvo una mirada confundida por unos segundos.

—Estás en peligro —afirmó suavemente. Ella soltó una leve risita, retirando su mano del extraño tacto, y luego tuvo que frotarse la muñeca disimuladamente por la sensación que le quedó.

—Soy un licano entre humanos, no puedes ser más obvio.

—No me refiero a eso. Tienes la protección de la realeza. Estás en más peligro que muchos de los tuyos. —Lo miró asombrada porque había respeto en sus palabras, pero ni con eso, además, quién le había dado cuerda para que investigara sobre ella. ¿Y cómo lo había hecho? Literalmente, era un fantasma en las nóminas de licanos registrados para el trabajo fuera de los condominios. Solo un general licano sabía dónde estaba, además de Lust y su familia. ¿Cómo sabía el vampiro quién era?

—No te metas en mi vida. Yo sé lo que he decidido y, ciertamente, no es que un vampiro me siga como si le importara. He estado viviendo sola y he estado bien. Entiéndelo de una vez: Lárgate. De. Mi. Vida.

Obviamente, ni caso le hizo. Una de las otras chicas estuvo encantada de ir a verlo cada hora. Pedía una taza de café simple; no sabía si se lo tomaba, lo botaba o lo evaporaba, pero la cosa es que Faë siempre volvía con la taza vacía y un suspiro enamorado.

Ese día estuvo de un mal humor enorme.

***

No podía creer que lo estuviera haciendo.

Las piezas de música se alzaban en el cuarto mientras una vampira mayor tocaba con maestría. La mano sedosa de Anet estaba agarrada firmemente a la suya, y la otra, parecía una garra en su hombro, él estaba, ciertamente, aburrido, siguiéndola solo para alegrar sus caprichos.

Cuando la pisó por duodécima vez, la vampira se alejó y levantó una ceja. Él, en cambio, soltó un suspiro.

—De verdad, no sé por qué lo intentamos. Es evidente que no está funcionando. Además, llevamos… ¿Qué? ¿Dos años?

—Paciencia —dijo, rodando los ojos—. Siempre andas agobiado luego que intentas hablar con ella —gruñó, haciendo un mohín molesto en sus labios. Él sonrió un poco porque ella se ponía celosa—. ¿Porque no vas y te quedas hasta que regrese?

—Porque es tan testaruda como alguien que conozco —provocó, mirándola disimuladamente. La vampira le pegó en un brazo. Él volvió a sonreír—. ¿Por qué no vamos a dar una vuelta a los jardines? Es obvio que esto no está funcionando —sugirió, sonriendo de lado y tomándole una mano. La vampira soltó un largo suspiro y se alzó de hombros como quien no quiere la cosa.

—¿Quieres que te lance un palo de nuevo? —preguntó con una risita. Él la miró mal.

Cuando quiso lanzarse encima para un ataque de cosquillas, la vampira iba rauda y veloz corriendo hacia la salida con su suave y alegre risa detrás.

—Maldito sea el día en que me tuviste como a un tonto —suspiró, corriendo detrás de ella.

SÁBADO 21 DE NOVIEMBRE, 18:32.

Iba a anochecer y tenía que ir de compras ya que su alacena estaba vacía. Apenas le quedaba un kilo de harina mohosa que no había ocupado jamás desde que había llegado a esa casa.

Se desperezó mientras bostezaba, le crujieron algunos huesos y se giró hacia la ventana, levantando cierto dedo de su mano hacia allí, a modo de saludo.

El maldito seguía en frente de su casa.

—Acosador de pacotilla —murmuró, tomando su chaqueta y un poco de dinero. Tenía por lo menos unos veinte minutos de libertad antes de que el pelmazo comenzara a seguirla como todos los días que salía de noche.

El maldito ya era comprador habitual en la cafetería y aunque ella había tenido unas ganas tremendas se lanzarle agua hirviente encima, sus compañeras ya se turnaban para ir a servirle su asqueroso café. Si la hubieran dejado, feliz le habría colocado un poco de veneno para que dejara de molestarla, pero siempre una de sus compañeras, viendo el odio que le tenía, la vigilaba si le tocaba preparar los pedidos.

—*¿De verdad que no es nada tuyo, Animic? —preguntó Marian al tercer día que había llegado, y ella había estrujado uno de los servilleteros en su mano mientras él sonreía campante. Qué ganas tenía de partirle la cara con un palo de escoba, cortarle ese estúpido pelo más bonito que el de ella, o pincharle los ojos con un tenedor por ser tan grises. ¡Ah! Lo odiaba.*

—*¿Quién? ¿Esa cosa? Pues no, Marian, no es nada mío, gracias a todos los Dioses por eso —contestó mordaz. La mirada sorprendida y asustada de la chica le dijo todo lo que necesitaba saber: no le había creído nada de nada—. Lo siento, ¿sí? él, simplemente, me pone nerviosa.*

—*Es un poco raro ¿no? —preguntó, ordenando las tazas—. Aunque. —Sonrió—, es muy guapo, y no deja de mirarte en ningún momento.*

Y por todo lo que es bello y bueno en este mundo, que era verdad; el maldito no le quitaba la mirada de encima. Cuando atendía sus mesas y la miraba, siempre le dedicaba esa sonrisita socarrona que tenía preparada solo para ella, esa sonrisita de «*Te estoy jodiendo de lo lindo, lo sé, y lo disfruto*». Pero cuando ella volvía a la barra y lo contemplaba por los reflejos de las ventanas, esas miradas, ciertamente, decían otra cosa… lo que a ella aún le costaba entender.

Soltó un suspiro y cerró la puerta de su departamento, encaminándose por las frías calles. Tenía veinte minutos… aunque ya sospechaba que hoy no iba a ser un día normal.

***

Era una sección de la ciudad tan marginal, que era una sorpresa no pillarse un cadáver de vez en cuando en el pasillo. Antro de perdición, eso era. Por lo que, encontrar una habitación libre, no había sido ninguna maravilla. Tenía acceso a un edificio detrás de su hogar, con visibilidad a su ventana, por lo que podía verla durante el día cuando movía las cortinas; si es que lo hacía la pequeña descarada.

Su rutina era increíblemente aburrida. Dos días de noche, dos de día, uno de descanso. Cuando le tocaban sus turnos diurnos se ocultaba en un edificio que tenía una palomera vacía para cuidarla. No es que pudiera hacer mucho durante el día, pero así, por lo menos, podía saber que nada estaba acechándola. Bueno, nadie más que él.

Había logrado que Pablick y Fritzyk lo ayudaran a buscar información, ambos un poco gruñones, ya que querían dar la noticia de que estaba vivo a sus superiores. Pero él necesitaba un poco más de tiempo para volver a hablar de algo que, claramente, no quería recordar por ahora. Esa licántropa era mucho más entretenida que un carrusel de recuerdos, cortesía de los LMG y sus inventivas maneras de extraer información genética.

Los dos *patronus* le habían dado un reporte que no esperaba. Había creído que era alguna huérfana antisocial que se había exiliado de los condominios licanos. Una civil cualquiera que sería comida cualquier día de estos. Claramente, no lo era. Y por eso se sorprendió aún más que no tuviera ningún guardia oculto. Hija adoptada de los reyes, hermanastra de los grandes príncipes licántropos, una cosita media perdida entre sus hermanos. Hasta que había creado un gran escándalo político cuando, de alguna extraña e inexplicable manera, había tomado a unos cuantos *patronus* extraviados y *venatrix* leales y había creado la primera incursión salvaje sobre un laboratorio LMG, salvando a su hermano y a su princesa, creando una de las alianzas más firmes de ambos pueblos, la que, al parecer, fue la primera gran semilla, con la cual, ambos herederos jugaron para proponer un retiro de hostilidades que llevó a la detención de su guerra. Y luego de eso, desaparecida.

Sabía que era un fantasma, ya que los documentos no estaban para el acceso de cualquiera, pero Pablick le había mostrado un par de fotos de los licanos fantasmas, fuera del sistema. Más joven, menos gruñona, pero una princesa de papel de todos modos, con documentos accesibles por la matanza.

Así que esa pequeña cosita solo tenía la cara de no haber roto un cuello en su vida. Había visto algunas imágenes de las cámaras de video, la incursión había sido una aniquilación total de humanos.

La miraba desde cierta distancia y sonreía. Quería estar más cerca, ansiaba ver esos ojos dorados enfadados. Quería hacerla explotar y ver qué tan agresiva era. Eso lo provocaba y lo instigaba a ser recordado por esa licántropa, allí y ahora.

Observó el trío de hombres con placer, soldados en proceso de reclutamiento, pero útiles, al fin y al cabo. Por fin creía haberla encontrado, pero necesitaba un poco más de investigación para saber si era ella o no. No iba a hacer un plan de avanzada si solo era una humana o una licana que se parecía a su presa.

—No la maten, solo denle un susto. Recuerden lo que son, humanos asegurando su territorio. Quiero que me notifiquen todo lo que vean, cada cambio, cada segundo de mutabilidad.

—Sí, señor.

Si era ella, le aguardaban planes mucho más agradables.

***

Se acostó en la cama de la chica con una sonrisa enorme, sabía que esto iba a funcionar. Lo sabía porque no le había notificado a nadie dónde iría, por lo que la informante de Ani no alcanzaría a decirle nada.

Y se sentía pleno por esto. Al fin tendría las malditas respuestas. Demasiados años escapando, corriendo, ¿para qué? ¿Qué había hecho para que de pronto se hubiera largado? Respuestas a la buena o a la mala.

Percibió el vibrar en su pantalón mientras sentía los últimos rayos de sol pegarle en el rostro. Estaba radiante de felicidad y venganza. Sonrió al teléfono cuando vio el nombre en él.

—Hola —ronroneó.

—¡¿Dónde diantres estás, licántropo de pacotilla?! —le gritó la vampira con un tono bastante nervioso. Él sonrió.

—¿Me estás echando de menos?

—Idiota, aquí todo el mundo está hecho un lío de nervios, tus padres están vueltos locos. ¿Dónde estás?

Así que Anet estaba en su casa. Era un poco extraño cómo ella se pasaba tanto tiempo en su casa. Se sentía cómodo con Anet a su lado, aunque pusiera de nervios a los guardianes de turno.

—Vine a la casa de Animic. La estoy esperando —informó, desordenándose el cabello ondulado.

—¡¿Y por qué no le avisaste a nadie?!

—Porque alguien le ha estado informando de mis visitas. Así la tomo por sorpresa.

—Oh, gran zopenco, voy inmediatamente para allá a buscarte. No puedo creer que hayas hecho esto... —Y cortó.

Soltó un suspiro en el momento en que la puerta se abrió con un breve estrépito. Sonrió cuando la esencia le pegó de golpe. Allí estaba ella, alta, tan tostada como recordaba, con el cabello un poco más largo y sus grandes ojos dorados. ¿Asombrada? Sí, y mucho.

—Oh, por todos los...

—Gusto en verte, Ani. Te ves hecha un desastre —saludó, levantándose. Una sonrisa malvada le cursó el rostro y la joven soltó las bolsas que llevaba—. Ni siquiera se te ocu... ¡Mierda!

Gritó, mientras salía corriendo detrás de ella. La vio bajar las escaleras como alma que lleva el demonio. El estacionamiento estaba completamente vacío y una capa de nieve lo hacía muy peligroso. Mas no importaba, por lo que saltó la barandilla y la alcanzó a agarrar de un brazo, el movimiento hizo que resbalara y se la llevó al suelo con él.

—¡Já! —gritó victorioso, tomándole las manos que intentaban sacárselo de encima.

—No, Lust, cuidado...

—¿Qué...?

Un golpe en las costillas lo hizo rodar por el suelo. La esencia a vampiro lo golpeó tan fuerte que su cuerpo se transformó al momento. Los colmillos y los dedos se le engrifaron en el acto, sus mejillas se estiraron, al igual que sus ojos que se sensibilizaron en un segundo. De pronto, el olor se le hizo conocido, esa esencia estaba tristemente impregnada en el cuarto de su hermana. Aquel ser había estado merodeándola. ¡Sabía que estaba en peligro!

—¡No! —gritó ella, poniéndose en pie dificultosamente.

Vio al vampiro. Alto, oscuro y peligroso, con unos ojos casi blancos. Estaba delgaducho, pero en él, estaba inserta esa aura que reconocía en los asesinos de la raza. Conocía a los guardianes de Anet, este había sido uno, y ahora estaba acechando a su hermana.

***

De pronto ambos estaban involucrados en plena pelea.

¿Qué? ¿En serio? Esto no podía estar pasando. Los dos estaban peleando, el tonto de Lust y el otro tarado. Oh, no podía creerlo.

—¡Deténganse! —gritó mientras comenzó a lanzarles bolas de nieve. ¿Qué más podía hacer? ¿Involucrarse en plena pelea de dos machos de diferentes razas? Ni loca. Menos mal que ninguno de los dos llevaba armas, pero ver ambos colmillos y afiladas manos le estaba costando la calma—. ¡Deténganse, maldita sea! —volvió a gritar histérica—. ¡Estúpidos machos...!

El fuerte rechinar de un auto la hizo girar asustada, lo último que necesitaba es que humanos los encontraran en tales actos salvajes. Tal vez era un carro de polis para terminar con este pésimo día.

Mas solo sintió el estridente resonar de un disparo, el inminente dolor, el olor a sangre. Fue como si su perspectiva hubiera salido de sí y viera hacia adelante, a un auto callejero pintarrajeado con los colores de alguna banda territorial y a un par de humanos mirándola detenidamente. ¿Qué? ¿Por qué?

Las rodillas le dolieron cuando impactó contra el suelo, no podía mover el hombro izquierdo y la sangre cayó por sus dedos. Le habían disparado. No, en serio... ¿Le había disparado? ¿Unos pandilleros le habían disparado? ¿Qué había hecho en su otra vida? ¿Ahogar cachorritos? El dolor era conocido, pero no tan quemante. Una bala normal, no plata... pero dolía, y se sentía débil. Muy débil. Los contornos de su vista comenzaron a oscurecerse.

Unos fuertes brazos la rodearon poniéndola de espalda. Los ojos grises del tarado número uno la miraban asustados, como si algo realmente malo estuviera pasando. Ella solo tenía sueño, nada más, y un poquito de frío, pero estaban en invierno, ¿qué más podía esperar?

—¿Por qué me miras así? —preguntó mientras este se quedaba estático, no sabía qué hacer, porque sus ojos mostraban la misma expresión que cuando la miraba en la cafetería, pero había dolor en aquella maldita mirada tan asombrosa que tenía.

Dioses, ¿cómo alguien podía tener unos ojos tan alucinantes? ¿Por qué un vampiro tenía que tener unos ojos así de preciosos? Tan expresivos, tan agradables…

***

¿Porque te estás muriendo desangrada? Lo mejor era no incordiarla mientras estaba herida.

¡Oh! ¿Qué estaba pasando? Su cuerpo comenzó a resentirse al verla cerrar los ojos.

—Abre los ojos —ordenó mientras las manos le temblaban y la voz le sonaba atropellada.

Esa herida de bala en su hombro que sangraba estrepitosamente, parecía haberle dado justo en la arteria subclavia de su hombro izquierdo. Puso su mano sobre este, taponeándola lo mejor posible. Los ojos a la deriva, ese dorado tan raro como la miel estaban fijos en él.

—No te desmayes, ¿me escuchas?

El otro licano había saltado sobre aquellos humanos con una furia ciega. Él, solo al ver el cuerpo de la chica cayendo, se había abalanzado hacia adelante para sujetarlo. No podía morir así. Vamos… apenas estaba conociéndola. Se había convertido en su *praesidium* hace apenas unos días.

—Eres un idiota —susurró y los ojos se le perdieron un poco—. ¿Cómo te llamas? —le preguntó suavecito, como si importara en este momento.

Otro auto derrapó por la vía, dos más, el olor a vampiro y a licántropo lo tranquilizó. La abrazó contra su cuerpo para no tenderla en el frío suelo; estaba perdiendo calor demasiado rápido.

—Qué importa eso —desestimó con la voz ahogada. El calor se iba perdiendo. ¡No! ¡No! Vamos, ¿dónde estaba la ayuda?

—Me importa —prosiguió—, me aburrí de llamarte tarado. —Volvió a sonreír cuando se le cerraban los ojos—. Tengo un poco de frío... —El olor a su sangre, a su deliciosa sangre se impregnaba a su alrededor, pero su hambre y su necesidad no importaban en ese momento. Estaba muriendo. Allí, en ese sucio suelo del aparcamiento.

—Puedes llamarme como quieras si tan solo no cierras los ojos —le respondió, al mismo tiempo que sentía ese olor a hierbas de menta. Giró el rostro perturbado hacia la figura que se acercaba rápidamente—. Aundrey. Me llamo Aundrey.

—Aundrey... —repitió.

***

Había salido del hogar licántropo con sus *patronus* y una seguidilla de dos autos más en camino. Los reyes no estaban nada contentos, y Lust, se merecía una maldita guardia *venatrix* que lo siguiera día y noche por tozudo.

Los *venatrix* y ella no tenían idea de dónde vivía la hermana de Lust, fueron los padres de esta, quienes le dieron la dirección, ya que ni el mismo licano se lo había dicho. Y bueno... fue impactante que, durante esos años, nadie le hubiera pegado un tiro, porque no eran exactamente los suburbios más limpios de la ciudad.

Y tampoco estaba preparada para llegar y ver una pelea en pleno apogeo. Los guardianes de ambas razas saltaron fuera de los autos, mientras la mitad corría hacía donde Lust acababa de lanzar a un humano contra un auto, y la otra parte, se disponía alrededor para contrarrestar posibles enemigos. Lust estaba medio convertido, enfadado hasta rabiar. El cuerpo de dos humanos, más allá, era parte de su ataque y no sabía si estaban vivos. Pero su vista se vio atrapada por algo más, una figura delgada, de largo cabello negro, vestido con una chaqueta que se le hizo conocida. Inclinado sobre el cuerpo herido de una licántropa. Por un momento de pánico se imaginó que algún rezagado vampiro había matado a la hermana de Lust, hasta que se acercó corriendo y notó el olor, esa esencia conocida.

Fue como un mazazo hacia sus recuerdos, por lo que se petrificó mientras veía su perfil consumido por años de prisión humana. Aundrey había sido uno de sus cuatro *patronus* reales, aquellos que la habían protegido por décadas, quienes habían sido atrapados, separados y torturados. Pero ella había liberado a sus *patronus* para que buscaran un medio de escape sin mirar atrás, y no había sabido nada de ellos desde esos días. Extrañamente, él ahora estaba allí, taponeando lo que parecía ser una herida de bala y mirando con ojos preocupados a la joven hermana de Lust.

—Aundrey...—susurró con la voz quebrada, y fue cuando el vampiro la miró. Sus ojos, esos ojos impresionantes que habían llamado la atención de muchos a su alrededor se abrieron asombrados.

—Mi señora...

Algo le ocurrió al cuerpo de la licántropa, consiguiendo que volviera su atención a ella, tomándola en brazos mientras Lust llegaba corriendo a su lado.

—¡Tú! ¡Quítale las manos de encima! —Cuatro *venatrix* venían detrás de él. Sus *patronus* se movieron alrededor.

—Lust, detente —ordenó—, hay que llevarla a un hospital. —El vampiro asintió, encaminándose con la licana en brazos.

El licántropo iba a saltarle encima, a lo que ella se interpuso, Lust, con ese cabello indómito y los ojos negros como la noche, tenía una aureola parda en el interior cuando la luna llena estaba en pleno apogeo. No tenía idea qué pasaba, pero necesitaban salir de allí. Le tomó un brazo y se calmó, aunque miraba salvajemente al vampiro que, ignorándolos, se adelantaba a otro coche.

—No sé qué diablos está pasando —le gruñó, entrando en el auto junto a ella. Observó sus dedos largos y morenos llenos de golpes.

—¿Qué pasó con los humanos? —El licano no le respondió, llevaba la vista pegada en el auto delantero donde iba Animic.

—Los tres muertos, mi señora —respondió uno de sus *patronus*.

—¡Lust! —regañó.

—Le dispararon a mi hermana.

—¡¿Por qué?! ¡¿Lo sabes?! —preguntó acelerada. El licano volvió a negarle la mirada—. ¡No puedes ir por ahí...!

—Le dispararon a mi hermana. Tal vez miró feo a alguien, o con esa boca que le gusta tanto maldecir, le dijo algo a alguien. Mira el cuchitril en el que vive, no me sorprendería. Pero lo que me sorprende es que esté viva aún...

Ella no dijo nada y solo lo contempló. Habría que tomar cartas en el asunto y sabía exactamente qué hacer al respecto.

Casi cuatro días… cuatro días y una maldita bala le había perforado la arteria subclavia como había pronosticado. Si no le hubiera taponeado la herida, si no hubiera hecho el frío que hacía, él estaría viendo ahora mismo su lápida.

Te importa.

Llevaba días caminando por el pasillo, y sabía que él ponía nervioso a todos los licántropos que pasaban por allí. Aunque tenía un permiso especial —súper especial, la princesa vampira y el príncipe licántropo habían intervenido para ello— los licanos no permitían el tránsito de vampiros en sus instalaciones. Pero él no pensaba irse porque era su *patronus* y había jurado protegerla.

Aunque no hayas hecho lo debido.

Necesitaba escuchar sus maldiciones, sus tarados y todo lo que quisiera decirle. Ella podía pedir su dimisión porque no había hecho bien su trabajo, pero… ¡Si solo hubiera sabido que aquel licántropo que había entrado tan campante al cuarto, no era más que el príncipe heredero, habría pensado mucho mejor involucrarse en una pelea con él! ¡¿Pero cómo iba a saberlo?! ¡Había estado años confinado por los humanos! No lo podían culpar por querer protegerla.

—¡Aundrey! —llamó una voz desde el pasillo. Allí estaba ella con sus fabulosos ojos azules, su piel de marfil, su cabello negro y lustroso. Impecable y etéreamente hermosa.

—Señora —respondió, con una reverencia.

—Oh, por lo que más quieras, levántate —susurró su princesa Anet mientras el otro licántropo, el heredero, el tal Lust, venía a su lado mirándolo cejudo.

Alto para ser licano, pero más bajo que él, moreno con una leve sombra de barba que le daba un aire despreocupado. De ojos y cabello negro, tenía pequeñas marcas de cicatrices y un efluvio de poder, de alfa y de príncipe.

—Debes descansar —continuó, tomando sus manos entre las suyas. Era tan extraño verla viva…

—No, no puedo. Lo siento, yo…

—No es una orden. —Le sonrió con cariño—, dejaste de ser mi *patronus* hace años.

Ya no era su *patronus*. Al ser atrapados, Anet los había reunido y les había quitado su mandato sobre ellos, obligándolos a sobrevivir si tenían la oportunidad de hacerlo, a dejarlos atrás si podían escapar, pero solo ella y él lo habían hecho. Lamentablemente, sus otros tres compañeros habían muerto bajo las manos de los LMG.

—Pero, mi señora…

—No —interrumpió, alzando una mano de manera dictatorial. Él inclinó la cabeza, siempre lo habían enseñado a no rebatir las órdenes reales.

—Creía que la habían matado, luego de todo… —El dolor era aún demasiado horrible. Cuando se la habían llevado, cuando a él lo habían metido dentro de un *container* pequeño y lo habían encerrado por meses, pasando temporadas de increíble dolor, mientras lo mantenían apenas consciente.

—Logramos escapar —dijo la muchacha, tomando la mano del príncipe licántropo—, salimos de allí con ayuda. Pero tú ya no estabas… todos los demás, todos… —La voz se le consumió y a él le cruzó un escalofrío, porque había visto morir a sus compañeros, usándolos y después abandonándolos, le habían mostrado las cenizas de ellos. Él había sido el único que había sobrevivido—. ¿Cómo…?

—Ella —murmuró Aundrey con la voz agarrotada, volteando hacia la habitación donde descansaba Ani—, ella me ayudó.

—¿Animic? —preguntó el príncipe, él asintió—. ¿Por eso me saltaste encima cuando la había atrapado? —Él volvió a afirmarlo con el mismo gesto de su cabeza—. Bueno, eso suena más normal.

—Creí que le haría daño.

—Daño le haría, claro que sí —gruñó y la vampira le dio un codazo—. Bueno, nada muy fuerte. Solo un susto y unas cuantas respuestas. Me las debe desde hace tiempo.

—Eso no te lo creo —se quejó alguien desde la puerta. La licántropa estaba en pie con esa larga y sosa bata blanca de hospital. Tenía el cabello despeinado y el color le había vuelto un poco. Él solo pudo sentir como su cuerpo se revolucionaba al sentirla y verla despierta. Una plácida sensación se extendió por su pecho.

—¡Oh por todo...! ¡¿Qué haces de pie?! —increpó Lust yendo directo hacia ella.

—¡Hey! —No alcanzó a decir nada, cuando él ya se estaba interponiendo entre ella y el príncipe—. ¡Hey...! —volvió a alegar—. ¿Te llamas Aundrey? —interrogó como si nada. Él se giró con un escalofrío—. Es un poco raro.

—No me digas, Animic —se mofó burlón, sintiendo el calor de su presencia.

—Pero me gusta más el tarado —continuó, haciendo una mueca y tomándose el brazo herido.

—Vuelve adentro —le ordenó al verla. Apenas si alcanzaba su pecho, y se veía increíblemente frágil.

—Sí, hazle caso —lo apoyó Lust, haciendo un movimiento con las manos para que entrara.

La habitación era de color verde pálido y la cama estaba completamente desordenada, mientras el príncipe ayudaba a la licana a acostarse nuevamente, casi a empujones. Sintió una mano en su brazo, y la mirada azulada de su señora, parecía claramente malévola. Se engrifó un poco tras dirigirse a la chica.

—Bueno, creo que es hora de darles la noticia —informó su princesa con un movimiento de manos un poco exagerado.

—¿Ahora? —preguntó Lust con la voz estrangulada, su mirada irradiaba pánico.

—Sí —aseguró la princesa, alisando las falsas arrugas de la sábana blanca—. Como no queremos que esto se repita, y siendo usted muy importante para este macho —continuó Anet, mostrando al príncipe que tenía la expresión desconcertada—, tú. —Se giró hacia él—, serás de ahora en adelante, su protector. —Él iba a decir algo como «ya lo soy»—, por decreto real, vivirás con ella y te serán entregadas tus armas y tus honorarios... como antes.

—¡Ni en la más remota de las islas! —gritó la joven con la cara sonrojada. Él estaba, simplemente, mudo, y un poco herido por las palabras de la licántropa.

—Oh sí —siseó Lust con una sonrisa, claramente, más tranquila. Al notar que no eran las noticias que él creía—, también es un decreto real desde nuestro pueblo, no puedo perder a mi querida —se burló, tomando una mejilla de la chica y apretándola con fuerza, pero Animic le dio un palmetazo, adolorida—, hermanita por una tontería. Estarás protegida. ¡Bien protegida!

—Pero...

—Nada de peros, es un decreto real... uno doble.

***

La dejaron sola y con mil preguntas en la cabeza.

Un *patronus* como una sombra. No podía creerlo. Y, además, ¡ese sujeto! ¡Ese estúpido y desagradable vampiro! Le chirriaron los dientes y golpeó la almohada sintiendo los tirones del balazo. Malditos humanos, maldito vampiro, ¡maldito Lust!

¡¿Por qué no la dejaban sola?! Estaba formando su vida lejos de los reyes, lejos de la política y esas cosas. Y ahora tenía una guardia. ¡Un guardia vampiro! No es que tuviera problema con los vampiros, había sido la primera en tomar la mano de un vampiro en son de paz y ayuda, pero este... este tarado la ponía nerviosa y malhumorada. ¡Ay, Dioses, no quería tenerlo cerca! Ya era difícil no quedársele mirando como una idiota detrás de las máquinas de café cuando no la estaba observando. ¿Cómo lo iba a hacer ahora?

«Estúpidos decretos reales», pensó.

SÁBADO 28 DE NOVIEMBRE, 19:12.

En serio, esto era realmente malo.

¿Qué iba a hacer ella con un vampiro en su hogar, un vampiro que realmente le producía ataques nerviosos con tan solo mirarlo? La irritaba, la molestaba... ¡la volvía loca! No lo había atacado durante su presencia en la cafetería, porque no quería terminar como una demostración de lo que ocurría si se atacaba a un «aliado por fuerzas mayores», pero ahora, todo el día, toda la noche... Oh, Dioses...

Maldito y estúpido Lust.

Su humilde departamento no tenía mucho, solo lo indispensable para ella. Ni siquiera tenía un cuartito de aseo para poder instalarlo en un perchero, a menos que el vampiro deseara dormir en la cocina —cosa que no creía—. ¿Qué diablos iba a hacer con él?

No le había hablado en todo el camino; estaba claramente trastornada. Esto era demasiado para ella. Había pasado de estar sola, a vivir con un vampiro acosador.

Se masajeó levemente su hombro perforado e hizo una mueca mientras caminaba a su contestadora.

—¿Te duele? —le preguntó él desde atrás, cerrando la puerta con un pie y mirando la cerradura con escepticismo cuando esta quedo desnivelada y suelta.

—No.

Once mensajes. Casi todos de su jefe y dos de Marian. Marcó hasta el último y dejó que la voz enojada resaltara por las silenciosas paredes.

—«¡Estás despedida!».

—Como si no lo supiera —contestó mordaz, apagando el aparato de un manotazo. Se giró hacia el vampiro y él la miró con una ceja alzada.

Se miraron, ¿por cuánto?, ¿unos diez minutos?

—Esto va a ser horrible —pronosticó con un suspiro.

—Eso es obvio —le contestó él, viendo el rectángulo en la pared donde había estado muriendo algunas semanas atrás, en la cama plegable.

—¡Oh, no, claro que no!

Aundrey la miró como si esperara que le diera la respuesta.

—En la cocina o en el baño pero, ciertamente, no dormiremos en una misma habitación sin una pared entre nosotros.

—No voy a dormir en el baño ni mucho menos en la cocina, así que si no quieres que duerma aquí tendremos que cambiar de domicilio.

—Claro que no, esta es mi —cargó bastante la palabra—, casa y no me voy a cambiar para darle el antojo a un vampiro.

—Como quieras.

Golpeó la pared, y la cama, con un fuerte estallido, chocó contra el suelo.

El vampiro alzó una ceja.

En la cama no había ni siquiera un colchón. Ella lo había botado todo.

—Tú olor me estaba asfixiando —contestó con una sonrisa tremenda mientras se encaminaba a su propia cama, echándose muy complacida.

—Me alegra saber que ahora te asfixiaré aún más —gruñó él, abriendo su nuevo teléfono y comenzando a hacer algunas llamadas.

—No más que yo —respondió Ani como si nada, acomodando su hombro izquierdo.

Porque esto era una guerra. Una guerra silenciosa hasta el cansancio.

Esta, sin duda, había sido la noche más incómoda de su existencia.

No había podido pegar un ojo, ¿y por culpa de quién? Por ese tarado de Aundrey que estaba tirado en su cama a solo cinco metros de ella. El tipo ni siquiera usaba pijama, solo bóxer, unos ¡maldita sea! muy sexys bóxer negros.

Y no había ni un maldito biombo para separar sus camas.

El sujeto había dormido, estaba segura. Al parecer, aún no se recuperaba del todo, porque sabía de buena fuente que los vampiros normales apenas dormían unas cuatro horas al día —si es que estaban alegres y aburridos—, pues podían pasar días sin pegar un ojo los muy subnormales. Pero lo había pillado dándole la espalda en el colchón que había comprado el día de ayer, tranquilo e inamovible, durmiendo como un tronco.

Y bueno, se había dedicado a mirar su espalda. Esa atractiva espalda de hombros anchos. Aún se le veían los huesos, porque no había pasado ni un mes desde que lo había encontrado tirado en una cuneta. Aunque debía destacar la agradable sombra que surgía del hueso de su cadera, siempre le había parecido de lo más agradable mirar y él no la había defraudado.

Mentalizándose en que ya no lograría pegar un ojo, y sabiendo que tenía una larga jornada buscando trabajo, se levantó.

Los grises fueron inmediatamente a ella y gracias a ello se inclinó con el cejo fruncido.

—¿No conoces los pijamas? —le preguntó Aundrey mientras ella se estiraba y la larga camisa le llegaba hasta sus muslos.

¡Qué sufriera el cabrón por lo mismo que él le hacía a ella!

—Mira quién habla, señor bóxer —le contestó tratando de no mirar en esa dirección.

—¿Qué? ¿Te gustaron? —se burló, sonriendo de lado de manera insinuante.

—Ni en tus más calientes sueños —respondió, yendo a la cocina, sintiendo que se le incendiaban las mejillas.

—Já.

Calentó agua y tostó algo de pan. Se sentó, se bajó la camisola hasta el pecho y comenzó a desenredar la venda que yacía allí. La maldita bala había perforado todo el músculo, pero la herida cerraba rápido en comparación a otras. Dolía y bastante, pero no tanto como los primeros días, y mucho menos que el dolor de las balas de plata que había recibido una vez. Aún sentía el dolor fantasma en el bíceps del brazo izquierdo, luego de haber sido perforado de lado a lado, y tenía esa fea cicatriz en la cadera donde una había pasado rozando y quemando su carne.

Esta solo era una fea costra marrón con una aureola amoratada que se convertiría en algo pequeño... esperaba. Estúpidos humanos liantes. Todo porque habían visto a dos lunáticos pelear en su territorio.

Quienes la habían atacado habían sido unos humanos vándalos, de esos que vagabundeaban mucho por allí donde vivía. Muchas peleas entre bandas rivales. Cuando estos veían algo que no estaba dentro de sus movimientos, usualmente, hacían algo como lo que pasó con ella... balas perdidas. Lust se había hecho cargo, aunque su exceso de brutalidad le había acarreado varias peleas, por lo que había escuchado. Ahora, para su equilibrio espiritual, el maleante de su hermano tenía una guardia real de *venatrix*, licántropos entrenados como protectores. Así que el equilibrio espacial existía.

Limpió la herida con agua caliente y un poco de desinfectante que le hizo gruñir por lo bajito. Ahora lo problemático era la venda. El no poder mover el brazo era una muy mala ayuda.

Lo intentó, sí que lo hizo, pero no estaba funcionando. Gruñó, maldijo e invocó a los demonios... hasta que apareció uno.

Cuando la mano grande y blanca le quitó la venda, casi se quiebra el cuello para mirarlo, y fue una muy mala opción, ya que el sujeto aún no se ponía nada sobre ese interesante pecho y solo iba con unos pantalones. Gracias a los Dioses por ese pequeño regalo.

—¡Hey! —alegó tratando de zafarse y no parecer atolondrada, porque lo tenía a menos de treinta centímetros y medio vestido. ¡Maldito vampiro! Su corazón se aceleró de inmediato.

—Deja, obviamente, no lo puedes hacer sola —le gruñó tras comenzar a vendarla. Ella no replicó, porque hacerlo era tratar de mirarlo y bueno, eso no era una buena opción por ahora. Tal vez, cuando estuviera a unos quinientos metros de distancia…

Lo hizo rápido y sin tocarle un pelo. Todo un maestro de las vendas. Al terminar dejó el brazo sobre la mesa y se alejó hacia la habitación.

—Gracias —manifestó sin mucha voz, lo había dicho, si él no escuchaba era problema suyo.

—De nada…

Idiota.

***

¿Cómo podía dormir con eso? Era un crimen. Esa camisola media trasparente obviamente era para molestarlo, porque no podía ser cómoda y tan corta. Casi pudo escuchar su corazón latir cuando se estiró allí, frente suyo, y esas malditas piernas no tenían fin y su piel tenía un agradable color caramelo. Trató de hacerse la víctima, pero ella también lo había visto cómo dormía. Y era mucho, él solía dormir desnudo, el problema era que no quería incomodarla tanto.

La ayudó con la venda porque no podía sola. Aunque la delató su corazón errático cuando se acercó hasta estar a su lado. Le gustó lo que vio y eso le hizo hinchar el pecho de orgullo, tal vez no había vuelto a su cuerpo anterior, más músculos y más delineado, pero no estaba hecho una gelatina, se había alimentado bien estos últimos días, más de lo que se había alimentado en los últimos años de confinamiento y eso le estaba regresando su constitución anterior.

Sonrió mientras se sentaba para abrir el maletín de sus armas. Sus dos semiautomáticas *Glock* centellaban en sus fundas. Se sintió tranquilo, tomando una de ellas, sus dedos tocaron las líneas de la empuñadura negra y el gatillo de acero. Las sentía como una parte más de él, equilibradas y perfectas para sus manos. Las había echado de menos, los *patronus* habían guardado estas, que eran sus repuestos. Perfiló una a la altura de sus ojos y se fijó en quién estaba del otro lado de la mira.

—*Ok*. Sé que no me he portado bien, pero ¿puedes bajar la chuchería esa? —formuló la licántropa levantando levemente las manos—. Ya me dispararon una vez, gracias. —Siguió caminando a su mueble.

Él las bajó con el ceño fruncido.

—¿Sabes? Deberías tomarlo más en serio.

—¿Más en serio? —preguntó, mirándolo con mofa—. Lamentablemente, estaba allí cuando dos pelmazos se pusieron a pelear en media calle. No era a mí a quien buscaban.

—¿Cómo estás tan segura? —prosiguió, tomando las huinchas donde usaría las armas y las probaría.

—Bueno, es obvio — replicó relajada. Tomó una toalla y se la puso en el hombro—. ¿Por qué me buscarían a mí?

¿Además de haber sido la inquisidora de uno de los primeros ataques a los LMG? Pero no quería sacarle eso en cara, no ahora.

—Eres una extraña en territorio humano. Eres una presa si no estás con tus aliados o familia.

—Los humanos no saben que yo soy licántropa —rebatió como si nada, abriendo la puerta del pequeño baño.

—Cuando tu amiguito le dio por destripar a tres de ellos… Creo que ahora están más que informados.

—Lust puede ser un poco salvaje —admitió despreocupada. Entró al baño y luego se giró—. Es mejor que te metas dentro de la cocina cuando yo salga. Allí adentro es casi imposible vestirse y no me voy a contorsionar para hacerlo.

—¿Y si no quiero moverme? —preguntó, cruzando los brazos detrás de su nuca. La licántropa frunció el ceño y sus labios se transformaron en una línea. Mas luego, sonrió.

—Es tu problema. —Siseó con una sonrisa maliciosa, cerrando la puerta del baño con un golpe.

Diablos.

***

Mientras dejaba que el agua le recorriera el cuerpo, sin tocarle las vendas, sonrió un poco. No iba a cambiar sus deberes porque el vampiro estuviera allí. Ni mucho menos hacer de hiperlaxa para vestirse dentro de ese dos por dos que era su baño. Si él no quería moverse, era su problema, no el de ella.

Dejó que el agua siguiera corriendo mientras se enjabonaba. Tendría un muy largo día de búsqueda de trabajo. Y ahora, ¿en qué podría emplear sus pocas facultades para hacer algo útil?

Se amarró la toalla alrededor del cuerpo y salió campante del baño. A ver qué sucedía ahora.

***

Aundrey la observó detenidamente cuando sonrió y se encaminó al mueble. La maldita toalla se le pegaba a las curvas.

Maldita toalla.

La contempló sacar un montón de ropa y se quedó estático en su lugar cuando sacó la ropa interior. ¿Tenía que mostrarla así? Dioses… ¿eso era encaje?

—Si vas a mirar, quiero que sepas que no se toca — susurró, dejando caer la toalla por completo.

DOMINGO 29 DE NOVIEMBRE, 10:12.

Maldita ella, sus horribles curvas y su maldita piel y… ella. Toda ella. ¿Cómo se le ocurría? ¿Cómo… le hacía eso? Había tenido que salir corriendo, corriendo como un niño humano en plena adolescencia. Había tenido que ocultarse en la cocina, escondido de la luz del sol y las provocaciones, con unas terribles ganas de probarla como no lo había hecho en años. Esto se lo pagaría, sí, y con la misma moneda. A ver qué tanto aguante tenía. Se vengaría. Nadie lo dejaba así, sediento.

—Bueno, ya me voy —anunció desde la puerta, mirando dentro de su bolso como si se le hubiera perdido algo. La maldita ropa no lograba opacar las imágenes de antes. Sintió un gruñido subirle por la garganta y su cuerpo rebelarse contra su mente.

—¡No puedes salir! —gruñó. ¿Esa era su voz? ¡Oh, Dioses! ¿Qué le había hecho? ¡Estaba gruñendo como un animal!

—¡Claro que puedo salir, no me quedaré aquí a ver la vida pasar! Además, tengo que buscar un trabajo, no voy a vivir de la caridad de nadie.

—Yo puedo…

—Termina esa frase y no me verás en mucho tiempo, vampiro.

—No puedes salir, debo cuidarte, pero no puedo hacerlo de día, así que no, no saldrás —ordenó, acercándose acechante hacia ella. Animic levantó la mirada con una ceja alzada, pero sonrió un poco cuando escuchó su corazón dispararse de golpe.

—Bueno, te quedarás sentando aquí, esperando, porque no voy a hacerte caso —respondió, tomando sus cosas muy respingada, y acercándose a la puerta, altanera.

Donde la luz del sol no lo dejaría protegerla, y eso no lo iba a aceptar, aunque tuviera que perder el juego.

***

El golpe no fue exactamente fuerte, por lo que no fue por eso por lo que se quedó congelada, si no por esos malditos ojos grises como la tormenta que desprendían lujuria bruta y pura. Y su cuerpo, siendo no de palo, reaccionó.

***

La apretó contra la pared sin dejarla respirar demasiado, atrapándole los brazos, subiendo una de sus muñecas hasta arriba de su rostro, cubriendo su cuerpo contra el de ella, sacándole varios centímetros de diferencia con nada más que pura dominación. Simplemente, había dejado salir todo lo que se había acumulado minutos antes. Su mente era vívida, y gracias a ello podía recordar cada curva pecadora.

—¡No vas a ir a ningún lado! —siseó, apretando su pecho contra el de ella. Sus pechos eran perfectos para sus manos, lo sabía con solo sentirlos contra sí. Su mente se obnubiló de placer. Años… años sin sexo.

Animic lo miró con esos ojos dorados, los ojos del lobo llenos de sorpresa e incredulidad. Su respiración se contraía, sus labios estaban sonrojados y perfectos, y cuando los lamió, inconscientemente, él gruñó en su interior, provocativamente. Su mente se disparó hacia ellos y los besó. Sintió una descarga de adrenalina y gruñó mientras le mordía la boca y la obligaba a recibirlo.

Una boca dulce, sabía deliciosa, suave y caliente. Su respiración acelerada le acariciaba las mejillas y cuando se separó, a pesar de lo que esperaba, ella protestó de muy sugerente manera.

—¿Y qué vas a hacer al respecto?

Sonrió mientras sus incisivos crecían excitados. Podía oler su anticipación y fue como carbón. Se lamió los labios, respiró profundo y dijo:

—No creo que te desagrade.

8

Le lamió el cuello y sintió cada terminación nerviosa erizarse de placer. Oh, Dioses, ¿por qué se sentía tan bien?

Su cuerpo pegado al suyo, lo sentía por completo. El solo hecho de percibir lo que había allí abajo la estaba volviendo loca, porque su cuerpo reaccionaba al olor, a la excitación que crecía entre ambos, y olía tan condenadamente bien. ¿Por qué un vampiro olía tan bien? No debía ser así…no debía de hacerla sentir así.

Soltó un gruñido suave, mientras los colmillos de este se deslizaban en su garganta y subían hacia su boca. Sus manos ascendían y descendían por su espalda hasta su trasero y la apretaban, logrando que se quedara sin aliento en cada movimiento. Sus propias extremidades se movieron por su largo cabello, suave, increíblemente suave para luego clavarle los dedos en los omóplatos, urgiéndolo a que se moviera más; quería sentirlo con ella.

Cuando estaba por empujarlo a la cama, cualquiera que fuera, alguien aporreó la puerta con tanta fuerza que ambos dieron un salto, separándose aturdidos.

—¡Animic, soy yo! ¡Tu amigo/hermano/señor, lo que quieras! ¡Vengo a hablar contigo, y estoy siendo educado al no abrir la puerta a patadas, solo porque él está allá dentro!

La voz de Lust sonó terriblemente clara, mientras movía la manilla de la puerta de entrada como si quisiera sacarla de su lugar. Miró al vampiro, quien la admiraba con su cabello todo desordenado. Ella, en cambio, ni siquiera era capaz de moverse.

¡Oh, por todos los Dioses! ¡Oh, por el universo entero! ¿En serio casi se acuesta con *ese* vampiro? ¿En serio estaba así de caliente por un jodido vampiro? ¿Qué mierda le pasaba por la mente?

Se irguió atontada, peinándose con agilidad, su mente iba a mil por hora entre las maldiciones y la confusión, y sin demorar más abrió la puerta de un golpe.

—¡¿Qué te pasa, zopenco?! —le ladró a su amigo, mientras este daba un pequeño paso hacia atrás.

—¿Molesto? —preguntó él con una sonrisa burlona. Ella soltó un suspiro y no lo dejó entrar, apoyándose en el umbral, cerrando brevemente la puerta. Tenía la piel increíblemente sensible, todo en ella estaba a flor de piel.

—¿Qué quieres? —preguntó bajando el tono. Había sonado bastante agresiva y no quería sentirse molesta por haber sido interrumpida—. Y hablo serio, tendrás que arreglarme la puerta.

—Bueno, bueno… —le quitó importancia con un movimiento de manos—. Quiero llevarte a tu nuevo trabajo.

—No he aceptado ningún nuevo trabajo —gruñó, mirándolo con el cejo fruncido—, y no me vengas con decretos reales.

—No es un decreto real, pero puede serlo. La cosa es que te he conseguido un trabajo y me lo agradecerás porque te va a encantar.

—¿Y qué es, si se puede saber? Pero ten por seguro que no he aceptado nada tuyo.

—¡Agh! Andas de un humor de perros —la regañó tratando de mirar dentro del cuarto, pero ella cerró completamente la puerta—. ¿Qué pasa? ¿Está desnudo en tu cama? —preguntó con una sonrisita pervertida—. ¿He interrumpido algo? Puedo volver después para que termines lo que...

El licano no vio el golpe llegar, porque si no se hubiera movido. Lust se acarició el estómago adolorido, donde le había caído el puñetazo. Se había dado cuenta que su humor ácido no la ayudaba, no ahora, ni nunca y jamás con un tema así. No él.

—¡Ouch...!

—Por lo menos sería valiente y le diría al mundo que tengo de novio a un vampiro, no como otros —le soltó más enojada que nunca. Sabía que no debía ir por esos lares, pero estaba molesta y adolorida. Además de incómoda con su cuerpo, luego de esos pocos minutos allá adentro; la frustración sacaba lo peor de ella.

Lust la miró pálido, como jamás le había visto. Sabía que había dado en el clavo, pero ¿por qué justo había llegado ahora? ¡Dioses! Todavía tenía el corazón errático. Había tenido la oportunidad de olvidar y él, nuevamente, se lo quitaba.

—¿Cómo sabes…?

—Joder, Lust —maldijo cansada, ejecutando un movimiento tembloroso con el cuerpo para quitarse las fuertes sensaciones de allá adentro—, estuve presente cuando te sacaron de la celda. ¿Creías que no nos íbamos a dar cuenta que protegías con tu cuerpo a Anet?

Al licano le tomó tres segundos entender lo que acaba de decir. Al parecer, sus padres no le habían dado detalles al respecto. Raro…

—¿Estabas allí? —le preguntó con la voz muy suave, entrecerrando el cejo, confuso, como si hablar del tema aún fuera doloroso.

—Claro que estaba allí, zopenco —le gruñó todavía enojada—. ¡Dioses! —respiró profundo. ¿Nadie le había dicho?— Sí, estuve allí, en la matanza. Estuve cuando saliste disparado con la vampira en brazos y no hiciste caso de nada más. Entonces, no me vengas a molestar…

—Imposible… tú no —los ojos se le desviaron—, tú no estabas… ¿Qué hacías allí?

Miró a su hermano con ojos enormes. Claramente, nadie le había dicho nada. Casi tres años ¿y el licano no tenía idea de lo que había hecho? Imposible. Casi había repudiado a su familia, ¡a la familia real! Había sido nombrada *venatrix* por las siete familias para tomar a una serie de guerreros leales y trabajar con los vampiros. Su hermano no podía no haberse enterado… imposible, ¿o sí? Joder, había videos. ¡Material gráfico del ataque!, informes, hasta los generales sabían quién era ella.

—Lust, simplemente, olvídalo, ¿ok? No estamos hablando de eso de todos modos, si no de tu inminente, pero inestable relación con una vampira.

—Desde que Lord Silfrid y la pequeña Aina…

—Esos son cuentos…

—Están sus lápidas en los bosques del este, y sabes perfectamente que no son los primeros.

—Eran un vampiro antiguo y una chiquilla *non purix*. Una transformada.

—¿Y? ¿Desde cuándo te has puesto elitista?

—Nunca, pero… ¿te vas a casar? ¿La vas a hacer tu pareja? Mira, Lust, ni siquiera es el tema.

—¿De verdad estuviste cuando nos sacaron?

Ella respiró profundo y vio el cielo tratando de tranquilizarse.

—Hubo una masacre y tú…

—Maté, Lust. Ya, déjalo.

—Pero tú no…

—¡Lust! —le cortó enojada—, ¡¿qué quieres?!

—Yo…

Justo en ese momento, el celular del macho sonó. Él simplemente la miraba con esos ojos oscuros y perdidos, como si no supiera dónde estaba ni qué pensar. Se acercó, le quitó el celular del bolsillo de la chaqueta y vio el identificador. «Anet».

Claro que era ella. Sonrió con amargura y abrió el móvil para ponérselo en el oído.

—¿Dónde estás? —preguntó la voz femenina molesta.

—Conmigo —respondió con un suspiro.

—¡Oh, joven Animic! Lamento si molesto.

—No, para nada, pero me haría un favor tremendo si mandara a que lo vengan a buscar porque, al parecer, ha venido solo de nuevo y no quiero que lo agarren por allí. Sus *venatrix* no están haciendo un buen trabajo.

—Sí, claro que sí, le incrustaré un GPS, que es lo más seguro. Ya iré por él —y colgó.

—La odias —susurró Lust, de pronto, mirándola dolido— Yo creí…

—Maldita sea, Lust —contestó, entregándole el teléfono casi de lanzada.

—No la mirabas, no le hablabas. ¡Contéstame! —ladró el macho. Ella sintió que el cuerpo le bullía porque esta era la conversación, la declaración de un dolor que había intentado evadir muchísimas veces—. ¡Y dime la verdad! Te fuiste por ella, ¿no es así?

—Me cambiaste —siseó con los ojos lagrimosos al recordar aquel día—, de un día para otro. —Alejándose de la puerta y acercándose a su hermano—. Me maté buscándote, volví a tomar un arma cuando jamás pude hacerlo de pequeña. Asesiné por información. No dormía, no comía, me volvía loca día a día. ¡Por los Dioses, fui con las siete familias para que me dieran permiso de convertirme en *venatrix*! ¡Y no me lo negaron! ¡Algo vieron! Me convertí en aquello de lo que mis padres deseaban alejarme, por miedo a perderte. —Su corazón se hizo trizas en ese momento—. Lust, te adoraba y me dejaste por ella. Los Dioses hubieran permitido muchas cosas, pero tú no sentías lo mismo que yo.

—Yo...

—No quería estar más cerca de ti, me cambiaste. Eso... es la verdad.

—Yo puedo... Ani, perdón. —Nunca había visto a su hermano tan perdido. ¡Oh, mentira! Sí lo había visto, años atrás con una vampira en sus brazos.

—Ya no importa, de todos modos ya no importa. Ya no siento lo mismo. —Se cruzó de brazos sintiendo viejas heridas abrirse, tratando de formar una barrera entre él y todo lo que había pasado, pero era difícil y dolía. Habían sido más de quince años sintiéndose atraída por él. Le estaba costando respirar, hablar... Abrir, estrujar, botar y patear su corazón, se moría en ese momento ante los recuerdos de su adolescencia, de una vida juntos.

—Yo no sabía...

—Vete, Lust, por favor.

El licántropo no la miró y bajó los peldaños lentamente. Ella, en cambio, sintió el cálido roce bajar por su mejilla y notó que estaba llorando. Dioses, ¿por qué? No quería. Respiró profundo y entró en la habitación a oscuras. Vio a Aundrey sentado en su cama, mirando un lugar vacío frente a él. Si la miró o no, no lo supo. Simplemente, se metió dentro de la ducha y abriendo el agua fría como el hielo, se quedó bajo ella y con el mundo derrumbándose a sus pies.

Lloró sintiendo viejas heridas abrirse con fuerza, ¡había matado por él! Cuando pequeña no pudo salvar a su familia, porque no tuvo la fuerza necesaria para apretar el gatillo del arma de su padre, pero por él había hecho una matanza. ¿Y qué había recibido a cambio? No una mirada de agradecimiento o cariño, sino una de súplica, de clamor por salvar a una vampira que se moría en sus brazos.

Esa vampira se había llevado la mirada que ella siempre quiso para sí. Y en la familia nadie la había detenido cuando se marchó, porque todos sabían lo que pasaba con un *paris* descartado.

Todo el mundo lo sabía.

Sabía que él había entrado, pero no se quería mover, aunque su cuerpo punzara de dolor por la herida abierta. Allí, escondida del mundo, todo era más simple. No quería volver. Había sido un golpe a la realidad de la que había escapado.

¿Por qué no podía ahogarse en su humillación? Según sus leyes naturales ni siquiera debería estar viva de todos modos. ¿Por qué entre todas sus rarezas también lo tenía que hacer en lo que era un pilar genético generacional?

Había escapado tratando de no aclarar las cosas porque, simplemente, ella no era así. No estaba resentida por haber sido «cambiada» cuando, en realidad, jamás lo tuvo. Y escapar sin hacer tanto drama era lo único que la había salvado de la humillación pública. Había sido alejada por una vampira, esa era la realidad. Mantenerse al margen, hacer algo por su propia cuenta... dejar de estar allí esperando algo que no iba a pasar. Aceptar lo que sobreviniese, porque así su naturaleza lo había escrito.

Siempre pensó que la vida había sido cruel con ella, solo que no había esperado que volviera a golpearla.

—Ya es de noche.

Lo escuchó hablar y sintió la cálida tela caer sobre ella; el efluvio de su olor la orientó hacia la realidad. La puerta se cerró suavemente y quedó mirando el umbral. Qué manera de comenzar un buen primer día... casi se acuesta con un vampiro, y terminó cerrando la puerta amorosa de la que había salido corriendo.

No sentía las manos ni los pies por el frío. La herida punzante en su hombro era su manera de mantenerse cuerda. Se tomó con todas sus fuerzas del monomando y se jaló, solo para dar botes de un lado a otro dentro del baño. Sus piernas eran de goma y tarde se dio cuenta que no la sujetaban.

Cuando cayó estrepitosamente contra el suelo, botando el cepillo de dientes y otros accesorios, la puerta volvió a abrirse; él la miraba desde allí. No sabía exactamente qué tenían sus ojos, pero era humillante mirarlo a la cara. ¿Vergüenza? ¿Arrepentimiento?

—Estás patética —le siseó a boca jarro y ella sonrió, soltando un largo suspiro que la hizo temblar. Muy licántropa sería, pero estar bajo el agua, quien sabe por cuánto tiempo, le acarreaba males a cualquiera.

—Lo sé. ¿Y qué? ¿No te vas a burlar? ¿Sacar una foto? ¿Una grabación? ¿*Hashtag*?

—Tal vez —contestó. Ella estaba sintiéndolo casi encima, mirándole las pantorrillas enfundadas en su traje— pero prefiero que estés en ti para que te puedas defender. No es gracioso patear al que yace muerto.

Un vampiro con cierto sentido de dignidad, ¿quién lo habría pensado?

—Eres toda una caja de honradez, ¿no? — le contestó, pero no pudo hacer nada cuando la levantó como si nada. Ella soltó un grito, asustada.

—¿Qué haces?

—¿Qué crees, genio?

—Estás de un humor horrible.

—Mira quién habla, *miss* Buenaventura.

Se calló ante eso, dejando que la sacara de su desastre y la lanzara así, cual saco de papas, sobre su cama. Lo miró mientras daba un paso hacia atrás y se giraba hacia la puerta. Sus dedos estaban metidos dentro de sus pantalones, pero parecía, por la tensión en sus músculos, tener ya los nudillos blancos, y la verdad la golpeó.

El corazón se le estrujó mientras sentía un breve ataque de pánico. Aundrey la miró y ella comenzó a sentir la necesidad de respirar profundo para no ahogarse.

—Ha estado en su auto, afuera —le informó. Su voz era neutral, desinteresada—, con mi señora.

—No quiero que entren...

—Y no lo harán. No por mí, al menos.

—¿Los mantendrás afuera?

—No permitiré que nadie te haga daño. —Hubo algo en esa frase tan cliché, que era, al fin y al cabo, para lo que él estaba allí, lo que la reconfortó notablemente.

Aundrey la contempló otro segundo y salió del departamento, cerrando la puerta lentamente, perdiéndose en la oscuridad de la noche.

Hubiera deseado llamarlo. Realmente deseó que su nombre saliera de su boca para pedirle que se quedara con ella, porque no quería estar sola. No ahora. Pero, seguramente, se reiría o le diría algún comentario despectivo, y no lo aguantaría. Simplemente, no esa noche.

Ese vampiro era solo un guardián, no era su amigo, ni su confidente. Y lo que estuvo a punto de pasar entre ellos solo había sido un montón de estrés al estar juntos, encerrados en una caja de zapato. Una vil, pero agradable treta para aceptar lo que él quería que hiciera. No eran nada, no podía pedirle algo así. Y no a un vampiro.

Aún más triste ante esa realidad, se quitó la ropa mojada, ya que el calor volvía a ella y sus dientes comenzaron a castañear. Le dolían las extremidades de una manera cortante, como si miles de calambres sucumbieran ahora que su cuerpo volvía a tener calor. Su herida, la cicatriz estaba blanda, y al remover la ropa, había desaparecido, dejando que un hilo de sangre cayera por su brazo. Se puso una venda improvisada y, cambiando de lado, se ovilló bajo las mantas, mientras trataba que su cuerpo se controlara por los espasmos.

—Dioses, realmente doy pena...

***

El aire frío le refrescó la mente. Sus ojos hicieron un recorrido del perímetro hasta enfocarse en el auto, al otro lado de la calle. Lo reconoció inmediatamente, ignorándolo, buscando su lugar de vigilancia.

Tomó una larga inspiración y algo de ese sentimiento incómodo se desvaneció. Se lamió los labios e intentó borrar los recuerdos de los minutos que estuvo con ella, antes de que la licana se desmoronara por completo, porque si no hubiese aparecido ese licano, ahora estaría disfrutando de una larga sesión de placeres. Una experiencia nueva y, por las malas lenguas, muy placenteras, aunque la conversación había sido como una buena ducha de agua fría.

Un escalofrío le pasó por la espina y se enderezó, incómodo. Ahora todo tenía más sentido. ¿Qué hacía una hija real adoptada fuera de la seguridad de una comunidad? Escapando del macho que no quería cerca. Si bien se sorprendió de las insinuaciones hacia el príncipe licántropo con su señora. Anetlena con sus doscientos veintisiete años no era ninguna virgen consagrada, cosa que nadie de su especie le recriminaría jamás, pero con el príncipe licántropo… eso ya era un asunto político fuera de su radar. Lo que también le hacía entender la presión que se había creado para que ambos lados aceptaran la culminación de una guerra tan milenaria. Si los dos príncipes estaban prontos a tomar el mando como regentes, iba a ocurrir tarde o temprano, y más si los estaban cazando los humanos.

La unión hace la fuerza, en especial contra los humanos que los superaban por millones.

Olfateó el aire en busca de cualquier anormalidad en el sector, mas lo único que sintió fue el aroma de la licana en su ropa. Y se encendió como un neófito. Dioses… necesitaba algo más que un par de refregones, y si no quería dramas, debía alejarse de la pequeña licana.

Licántropo es igual a monogamia. Había escuchado sobre ellos. Una pareja única, una pareja con la cual tenían una mayor probabilidad de tener hijos, una pareja para toda su vida. *Paris*, le decían. *Horror*, le decían ellos.

Muchas veces esa selección involuntaria no era aceptada por la otra y comenzaba el decaimiento, la depresión y el suicidio, o la muerte natural. Una gran probabilidad de que ocurriera lo mismo cuando el licano o licana se enamoraba de un humano o humana que no aceptaba la naturaleza vinculante. ¿Qué sucedía con él o ella? El licántropo terminaba por consumirse, ya que para ellos la muerte era algo tan normal, tan mortal, pero para él, el pensamiento de morir a manos de los LMG le había provocado un acceso de adrenalina que lo había instado a intentar escapar, cayendo en un estado de catatonia que lo tuvo en suspensión por meses. No podía entender ese pensamiento de una muerte natural... ni mucho menos tener una sola pareja para todo ese viaje.

En su raza la poligamia era algo común, normal, y nada criticable, porque la heterosexualidad, la homosexualidad o la bisexualidad, era algo tan del día a día que se sorprendería de haber visto a un vampiro monógamo. Por lo que no entendía todo lo que le pasaba a esta raza. ¿Por qué no poder disfrutar del sexo con quien te complementa? La satisfacción plena de estar con quien quieres estar, aunque fuera por una noche.

No podía entenderlos. No del todo.

Un suave ruido en el interior.

Ella llevaba casi tres años fuera. Tres años aceptando que había sido reemplazada.

Se movió por el techo hacia la parte trasera. Se inclinó por el alero y observó por la ventana.

Estaba ovillada en su cama con el cabello húmedo, oscurecido sobre las almohadas, temblaba un poco y se movía nerviosamente. Parecía más un cachorro triste bajo la lluvia que la licana malhumorada y agresiva que conocía. Y eso no le gustó, porque le encantaba su fuego, sus miradas venenosas y sus mohines cabreados. Ella no estaba para convertirse en un porcentaje más de esos licanos suicidas, no pertenecía a ellos.

Se sentó sobre el tejado y fijó la mirada en el auto, más allá.

Nadie le haría daño. Eso lo podía asegurar.

LUNES 30 DE NOVIEMBRE, 2:33. MANSIÓN LICANA.

La mansión licana, la casa de sus padres, estaba en medio de la nada, a casi cuarenta minutos de la ciudad y en medio de un frondoso y peligroso bosque nativo. Había pequeñas casas en los límites pertenecientes a los sirvientes, y un muro de piedra blanca de cuatro metros que rodeaba todo el sector.

Un kilómetro hacia el sur, en un pequeño valle, estaban las inmediaciones del cuartel BEL —Base de Exploración Licántropa— y la Academia Licana, donde cualquier niño mayor de doce años podía entrar para practicar y llegar a ser un *venatrix*, guerreros de la raza que se encargaban de proteger a los licanos civiles de cualquiera, fuera el problema del momento o, en su caso, ser nada más que una molestia. Había logrado convencer a sus padres que no necesitaba una guardia después del ataque, que se iba a portar realmente bien como el nuevo regente que era, hasta que había ocurrido el accidente de Ani. Debido a ello, le habían acarreado a dos licanos reales que eran muy buenos… aunque él era mejor. Y ahora ambos lo miraban enojados… Bueno, ambos no, porque tenía la penetrante mirada azul de la vampira pegada a su nuca. Anet había logrado colarse en el auto de sus *venatrix* para venir a buscarlo. No había dicho ni una palabra cuando habían estado casi dos horas fuera del hogar de Ani, mirándolo de vez en cuando. Y eso le ponía los pelos de punta, porque hoy ni siquiera tenía un mínimo de sentimiento de consideración.

La había ignorado la mayor parte del viaje. Estaba enojado, además de confundido y espantado. Ahora entendía todo y por qué sus padres no hablaban de los guerreros que los habían ayudado, o cómo se había creado una alianza con sus mayores enemigos. «*Nuestros herederos estaban en peligro*» decían, «*se hizo lo que se tenía que hacer*». Mentiras, solo mentiras.

Había sido Ani con su terrible carácter la que había logrado instigar a los guerreros, mover a las siete familias para que le dieran autorización y poder. Ni siquiera sus padres, los reyes, podían ir contra los mayores *venatrix*, no podían darle el poder a alguien así como así, solo las siete familias centrales de su raza, aquellas que movían dinero, política y estrategias militares, solo ellos podían darle un título «*venatrix*» a alguien. A alguien con poder que pudiera pedir ayuda a sus enemigos y crear esa masacre… esa que los sacó del cautiverio. Ani, su Ani, su hermana, quien había sido su mejor amiga, su media alma allí donde iba. Tenían la misma mentalidad peligrosa y salvaje. Reconocía sus méritos de estratega. Era increíble tener una mente que sabía y podía predecir los movimientos de sus enemigos. Con su sangre era posible, pero todo lo demás… que había estado enamorada. No, eso no. No Ani. Llevaba tres años fuera. Si hubiera sido un *paris* debería haberse marchitado hacía tiempo.

Se detuvieron frente a su hogar, y cuando iba a bajar, Anet se aferró a su brazo.

—Tenemos que hablar.

—No. Ahora tengo que hablar con mis padres —murmuró, bajando rápidamente del auto. Anet saltó fuera, parecía indignada.

—Lust, espera…

—No ahora —gruñó. Sus padres le debían un montón de explicaciones. ¿Cómo lo habían permitido? ¿Cómo lo habían hecho?

Estaba bien que no quisieran contarle sobre el ataque, él personalmente tampoco se había enterado de mucho, porque pensar en ello le provocaba pequeños ataques de pánico, pero ¿omitir completamente la verdad? ¿Que su hermana había estado involucrada? Necesitaba respuestas.

—Lust, detente…

—¿Mis padres? —le preguntó en un gruñido a uno de los sirvientes, abriendo la puerta.

—En el despacho, señor… está… bienvenida, señora.

—Lust, vuelve. ¡Maldita sea, espera…!

—Anet, solo dame un maldito segundo, ¿sí? Necesito hablar con…

—Sí, pero…

Abrió la puerta del despacho de un golpe. Sus instintos saltaron cuando una sombra se movió hacia él. Atrapó al vampiro del cuello y lo estampó contra las puertas de acceso del salón principal, donde sus padres y los padres de Anet lo miraron asombrados.

—Mis padres vinieron a una reunión. —Anet le puso una mano sobre el brazo, con la que sujetaba al vampiro, quien al parecer solo había querido abrir la puerta o algo así—, eso quería decirte.

Miró a los cuatro mayores allí y se le subió la sangre a la cara. Su padre, el rey Astriud, tenía la mano sobre los ojos como si una repentina jaqueca lo hubiera atacado. Su madre, en cambio, se echaba aire con la mano a la cara y lo miraba con reprobación. Y nada que decir de los padres de Anet, ambos lo observaban impresionados. Sus grandes ojos azules, no se apartaban de él.

El rey Yalex, con su metro noventa, era uno de los vampiros más impresionantes que había visto en su vida. Con el cabello corto y en punta, ojos azules oscuros y piel de porcelana en sus eternos 30 años. Dramáticamente, el viejo le caía bien. A su lado y unos varios centímetros más baja, con el rostro agudo de alguien que sabía que era una de las vampiras más importantes, con un rango de sangre puro como la nieve, se hallaba la reina Ettel Rice. Los Rice eran la familia que llevaba el reinado vampiro en los últimos quinientos años.

—Bueno, nos preguntábamos dónde estaban ambos —sonrió la madre de Anet, caminando hacia ellos.

Él se fijó en la madre de su compañera, era una mujer hermosa, como un ángel diabólico. Tenía el cabello negro como la noche y sus ojos azules eléctricos con su tez un poco morena la hacían irreal. Esa mujer lo ponía nervioso, había... algo mágico que lo envolvía y lo hacía crisparse.

—Lo siento —contestó y miró a sus padres, ambos negaban como si fuera una bala perdida.

—Te hemos estado llamando —comentó su madre, acercándose y tomándole una mano más fuerte de lo normal—. Estamos en una conversación importante y ambos deben estar aquí.

—Sí, pero yo... —comenzó y se detuvo, recordando la mala pasada de esta tarde.

—Después...

—No —negó y nuevamente se detuvo—, necesito hablar con ambos. Es urgente.

Ambos licanos, viendo que no tenían mayor opción, se excusaron ante los reyes vampiros y pasaron a una habitación contigua. Cuando la puerta se cerró, él finalmente explotó.

—¡¿Por qué dejaron que Animic participara en la masacre?! —gruñó ofuscado, sintiendo cómo las manos se le ponían tensas al recordar breves evocaciones. Las luces parpadeantes, el olor a sangre, humo y antisépticos. Los cuerpos quebrados, desmembrados...

Sus padres lo miraron con ojos enormes y fue el monarca quien se acercó a él, serio y levemente enojado.

—¿Querías que la detuviéramos? —preguntó con la voz siseante—. ¿Qué querías que hiciéramos? ¿Encerrarla?

—No me hubiera molestado...

—¡Estaba destrozada, Lust! —susurró su madre con la mirada perdida. Sintió el pecho desinflarse cuando notó que ocultaba los ojos negros, brillantes por las lágrimas.

—No hubiéramos podido. Estaba volviéndose loca —continuó su padre y carraspeó tratando de volver en sí—. Adoramos a Animic, pero estaba tan sedienta por noticias y venganza que ya no la reconocíamos. Encerrarla la hubiera matado. Buscó, mató, creó alianzas con aquellos que jamás hubiéramos creído posible. Te encontró, te sacó y se marchó. Eso es todo.

—Hoy... —manifestó y la voz se le comprimió—, hoy me dijo... no puedo. Yo... no.

—Déjala, Lust. Desde ahora, solo déjala superar el pasado. Está viva. Está bien. Nadie ha venido a buscarla por algo crucial. —Su padre le puso una mano en el hombro y salió de la sala—. Está viva, eso es lo importante.

—Déjala descansar, hijo. Tu futuro es otro y tú lo has aceptado. Vamos...

Dejarla, ¿cómo podría hacerlo? Era su hermana.

***

No había que tener un súper poder para escuchar los gritos de Lust desde el saloncito. Su padre la miró intensamente, mientras su madre tenía el ceño fruncido, no le gustaba que la hicieran esperar.

—Se enteró que su hermana fue una de las implicadas en sacarnos de ese lugar.

—¿Animic? —inquirió su madre. De pronto, su rostro se suavizó y miró a su padre, quien le sonrió de lado.

—Sí, ella —respondió, mirando intensamente a ambos. Eso era algo que no esperaba, que su madre se mostrara abiertamente complacida de escuchar el nombre de una licana.

—No solo estuvo implicada, Ane, ella fue quien dirigió a nuestros hombres para encontrarte.

—¿Qué?

Por el mal humor de Lust se había imaginado que algo realmente malo estaba pasando, pero no que había sido por eso. No tenía muy vividos recuerdos del ataque que los sacó de las celdas, y tampoco había visto los videos del asalto. Ni siquiera sabía el nombre de algunos de los *patronus* implicados, pero no se imaginaba a la menuda hermana de Lust provocando una conmoción de ese tipo.

—Fue ella quien habló con nosotros para que la ayudáramos. No preguntes cómo, hubo mucho caos cuando apareció de la nada dándoles tumbos a algunos de nuestros guardias.

—Yo la he visto, no tiene la constitución de una guerrera.

—Tiene la sangre de un guerrero, y eso, en los licanos, va en los genes —comentó su madre.

—Ella venía con un plan. Nosotros teníamos un amigo con poder, a quien jamás le había importado trabajar con licanos. Y ellos te sacaron de allí.

—¿Quién era su amigo con poder? —preguntó extrañada. Lust le había contagiado la curiosidad.

—Viene del lado de mi familia. Un amigo que se mueve en el norte —respondió su padre.

—Eso no me dice mucho.

—Eso es porque no podemos hablar de él.

No dijo más y solo los miró. Sus padres, al parecer, vivían en el misterio mismo. Tenía demasiados años para creer que algo de eso iba a cambiar ahora.

MIÉRCOLES 2 DE DICIEMBRE, 19:30.

Haber cambiado toda su rutina para que el vampiro no comenzara con sus amenazas había sido horrible para sus horas de sueño. Dormía ya cuando el sol estaba en lo alto a las once en punto, para despertar a las siete de la noche, cosa que hacía que se perdiera buena parte de todas sus series, y eso la tenía de muy mal humor. Además, las tiendas departamentales cerraban a las ocho y media, dándole muy poco tiempo para ir de compras con tranquilidad, especialmente, en invierno, ya que era una tortura.

Lo bueno… Tenía un nuevo empleo conseguido por ella misma, no por movimiento de nadie más que sus caritas de «necesito empleo» y unos cuantos coqueteos con el administrador que se dejó de buena gana. Además, el tonto de Aundrey se había quedado quieto sabiendo que sus turnos, «TODOS», eran de noche, por lo que podía hacer su papel de vampiro de seguridad. ¿Y cuál era su gran empleo? Lo que había conseguido en tiempo record y con un sueldo descarado que, simplemente, era casi igual al de camarera. Y pues, nada más y nada menos, que de auxiliar de limpieza en un súper y mega bonito edificio que se aplicaba a su sección, a la firma de abogados más importante de la ciudad.

Su trabajo tenía cierta categoría y eso le alegraba tanto como un buen picante a los ojos, no todos los días uno recogía los papeles llenos de porquería de un montón de pseudos humanos que habían vendido su moral y criterio al diablo.

—¡Si no te apuras te dejo atrás, y mira que no me importa! ¡Voy a engordar haciendo nada aquí!

—Ya estás gordita, ¿cuál es el problema? —le preguntó el vampiro desde la puerta con una botella de agua, tendiéndosela como quien no quiere la cosa.

—Já, chistoso —gruñó, quitándole la botella de las manos. No estaba gordita, estaba bonita y sana, que el fuera un esqueleto sexy no era su culpa.

—¡Corres y fumas! ¿Qué es lo beneficiosos de eso? —formuló cuando ella se ponía sus nuevos audífonos en sus oídos.

—Muerte natural y crearte un problema con los reyes. Esa es la razón de mi existencia.

JUEVES 3 DE DICIEMBRE, 10:50. LUNA LLENA.

—¿Qué tal esto? Dame un arma y juro que no lavaré los platos cuando te estés bañando.

Aundrey la miró con una ceja alzada mientras inspeccionaba los libros que tenía en una esquina, acumulando polvo.

—¿Por qué tendría que pasarte un arma? — le preguntó cuándo ella se levantaba para ir a la cocina en busca de algo que comer antes de obligarse a dormir.

—Para protegerme de ti, por ejemplo.

—Veo más probable que te pegues un tiro que yo «atacándote».

Iba a replicar algo inteligente cuando sintió el primer ramalazo de mareo. La cocina se le vino encima, mientras una explosión de olores le revolvía el estómago. Se sujetó a su coja mesa e intentó dar un paso hacia el calendario. La vista se le desenfocó, enviando al carajo su sentido de profundidad, y cuando quiso dar otro paso su rodilla no hizo bien el movimiento y supo que el golpe inminente iba a doler.

Golpe que no llegó, porque tenía a un vampiro agarrándola contra su pecho. Cerró los ojos e intentó concentrarse en su cuerpo y no en lo cerca que estaba de él… atrás impulsos de idiotez, ¡atrás!

—Me parecía curioso que no hubieras tenido malestares.

—Eres un… ¡ughh! —se quejó mareada mientras el vampiro la llevaba a su cama, donde se arrastró lo mejor posible bajo las mantas.

¿Cómo había sido tan estúpida? ¡Luna llena! Esa noche era luna llena… Lo que le faltaba.

**

Fue un día en guardia. Había esperado malestares desde el día anterior, pero Animic se había visto tan vivaz y acelerada como todos los días, así que cuando la había escuchado trastabillar dentro de la cocina, había entendido al momento que los malestares la habrían de golpear pronto.

Y lo hicieron. La escuchaba bajo sus mantas, acurrucada y respirando con problemas.

Luna llena, toda una fiesta para los licanos puros, *non purix* y cruzados[11].

Si hubiera estado encerrado en esta caja de zapatos con un *non purix*, un transformado, habría llamado por refuerzos al primer segundo. Los transformados eran el tipo de seres que comenzaban a sentirse mal para luego convertirse en máquinas asesinas en sus primeros años. Tenía que reconocer que la sociedad licana había logrado controlar en su mayoría a los transformados, le habían dado casas de aislamientos y tenían, más o menos, una integración dentro de los parámetros normales de actividades. Eran operadores y sabía por conocimiento general que eran los encargados de los CR, «Conocimiento de Redes», los mejores hackers dentro de la institución *venatrix*. Pero Animic era una Nacida, una pura o *purix* en la antigua lengua. Significaba que sus dos padres también lo eran, y significaba también que el gen licántropo había ido degradándose hasta ser controlado. No se convertían en grandes bestias, pero el dolor de la transformación era parecido, con garras, dientes y ojos.

—Vampiro —jadeó la chica de pronto, era tarde ya. Unas pocas horas más de sol y saldría la luna llena.

—Estoy aquí.

—Cuando se ponga el sol, necesito que te vayas.

Se tensó al momento, hasta que esta levantó levemente las sábanas. Sus ojos resplandecieron como los de un gato, dorados, brillantes, como unas malditas monedas de oro pulidas. Estaba sudando y su sufrimiento le provocó malestar. La verdad, no quería incordiarla en un momento así.

—Tu olor... —susurró de nuevo. Esa voz baja y tersa, sintió un escalofrío por la espina.

Asintió, sin querer hacerlo más difícil.

—Muy bien.

***

Sintió su sangre arder, sus colmillos desarrollados y la amplitud completa de sus sentidos.

Sus músculos adoloridos por la tirantez en la cara, manos y piernas. Sus garras destellaron en la noche, dedos articulados

---

11 *Nacido de licano/humano*

terminados en afiladas garras. Sus colmillos entrechocaban entre sí en una boca levemente mutada hacia adelante como un hocico, mientras un suave pelaje recubría sus mejillas y cuello. Su nariz ampliada sobre sus facciones dejaba el olor más agradable y torturante de todos: el del vampiro en toda la habitación.

«*Oh, maldición*», se regañó mentalmente, intentando ocultarse en las mantas. Estaba bastante segura que los vampiros no debían oler así de bien. Podía recordar perfectamente que los vampiros, con quienes había estado anteriormente, eran más propensos a oler como las malditas flores de un cementerio. Pero su vampiro no. ¿Su vampiro? Maldita sea, claro que no. El jodido vampiro olía a… no sabía a qué, pero era tan agradable, tan jodidamente agradable.

Se ahogó bajo sus mantas y se gritó mentalmente toda la noche.

***

La luna llena se ocultó unos minutos antes del amanecer, pero no quiso aparecer por la casa hasta que el sol estuvo a punto de quemarle. A una casa que olía demasiado bien. Una de las razones del por qué la guerra licana/vampira existía era por esa deliciosa sangre. La sangre licántropa para ellos era un maldito elixir, un golpe de energía, de adrenalina y placer en su punto más álgido. Y el olor… el olor de Ani era algo tan caliente. ¡Cómo deseaba ponerle las manos encima!

—Juro que no voy a morderte —resopló una voz desde debajo de la manta. Ani sacó la cabeza, toda chascona y pálida. Una voz bastante ansiosa gritó un: «Por favor, hazlo» que acalló antes de ponerse en evidencia.

—¿Necesitas algo? —preguntó, dejando sus armas de lado, concentrándose en cualquier cosa que no fuera ella en esa cama.

—Un chocolate.

—Algo que no te haga andar saltando por aquí y por allá cuando, claramente, necesitas descansar. Además de ello, se te acabaron la noche anterior.

—Eres un aguafiestas —murmuró enfadada contra sus almohadas. Rodó los ojos, incapaz de negar que se le hizo un poco adorable.

Le lanzó una barra de chocolates que había tenido reservada, Ani se revolvió para atraparla y le sonrió. Una sonrisa enorme con dientes y todo.

Ah, Dioses... lo estaba matando.

—Juro que no volveré a lavar la loza cuando te estés bañando.

10

Era una vista hermosa la que se podía admirar desde ese piso, el ambiente sofisticado, los lujosos muebles y el aire cálido, mientras la nieve caía sobre la ciudad; le daban unas ganas tremendas de tener algo así.

Depositó con cuidado los papeles en la mesa, sin desordenar nada, para pasar el trapo de limpieza por todos los escondrijos existentes. Después de ello, sacó la bolsa de basura del carrito y comenzó a pasar la aspiradora, dejando que la música inundara su cabeza.

Llevaba pocos días allí y se había acostumbrado a la rutina. Limpiar, subir y bajar. Revisar las bodegas por si faltaba algún implemento y notificar sobre cualquier objeto roto. En fin, cosas de mantenimiento. No le molestaba. De hecho, era sumamente agradable estar sola durante sus jornadas laborales. Podía bajar hacia la planta baja, a una cafetería, y salir al balcón a fumar un cigarro, si es que el odioso vampiro no se los había escondido. El mismo vampiro que había logrado entrar y salir del edificio por alguna ventana porque, a veces, le daba los sustos más horribles. El sujeto había inspeccionado por completo las plantas, por lo que sabía dónde se hallaban las cámaras de seguridad. Por ende, iba por allí tan campante como si fuera completamente normal para él.

El muy pesado, ya ni siquiera tenía fuerzas para discutir con él. Se había acostumbrado a una tensa existencia sexual, en que ambos se molestaban de una u otra manera. Pero no habían llegado a nada más que un par de roces ocasionales. Lo que estaba bien. Lo último que le faltaba era tener algún rollo loco con su guardián. No, no, no. Solo mirar y odiarlo, porque parecía cada día más sano y atractivo. Dioses… ese hombre le hacía mal a la mente.

Refunfuñar era lo único que podía hacer. Vivir con él estaba siendo de lo más peculiar. Desaparecía todas las noches una hora para ir a su centro de abastecimiento, siempre llegando con un leve color en las mejillas y el rostro complacido, así como quien ha tenido un chute de adrenalina. La mitad de las veces entraba a dudar de que fueran reposiciones de sangre, pero pensar que el vampiro salía corriendo para tener algún encuentro carnal por allí solo la ponía de mal humor, así que intentaba mantener esas emociones para ella.

—No tiene nada de sano —habló para sí mientras observaba el despacho.

Los abogados aún no se habían ido, lo sabía porque había escuchado al administrador diciendo que había una importante reunión con uno de sus respetables clientes, y que terminarían aproximadamente como a las tres de la mañana, por lo que le había dado autorización para limpiar los despachos en ese tramo. Pero cuando sintió que su máquina ya no funcionaba, se enderezó y miró su problema.

Un hombre estaba allí de traje, veintitantos y pocos, al parecer, un humano alto y bien parecido, con unos ojos que no había visto nunca, eran amatistas, como la piedra pulida; de cabello rubio y corte a la moda. En sus manos tenía el enchufe de su aspiradora.

—¡Perdón! —se disculpó haciendo una breve reverencia. En su comunidad era muy aceptada una reverencia como signo de disculpa. A veces se le olvidaba que estaba en una sociedad de humanos. Cuando el sujeto rio, ella se sonrojó, tenía una risa profunda y agradable. Los ojos le brillaban.

—Le he pedido, por favor, tiempo para poder sacar unos papeles de mi mueble. No quiero interrumpir —informó, entrando y dejando el enchufe en sus manos. De inmediato, su colonia le pegó con fuerza y volvió a sonrojarse. Oh, Dioses, olía muy bien. A madera y hombre.

¿Estaba olisqueando? ¡Contrólate, *mujer!*

—Lamento la molestia —contestó un poco aturdida. Este hizo un movimiento con la mano, quitándole importancia. Si el humano se quejaba tendría que volver a buscar empleo en otro lugar.

—¿Le gusta la vista? —preguntó, agarrando unos papeles dentro del mueble, sin mirarla.

—Es bonita. —El sujeto la observó y volvió a sonreír mientras se acercaba.

—Sí, pero es mucho mejor cuando uno apaga la luz. —Y fue cuando todo quedó a oscuras, al mismo tiempo que cerraba la puerta. Cuando observó por la ventana se quedó boquiabierta.

—¡Dioses! —susurró, tocando el vidrio y viendo los cientos de miles de luces de la ciudad bajo un manto de nieve, y el viento moviendo los copos en un hermoso vals. Era una vista que podría apreciar por horas.

DOMINGO 6 DE DICIEMBRE, 5:40. EDIFICIO EMPERATRIZ

Aundrey estaba esperándola afuera mientras ella salía completamente abrigada. Le lanzó los guantes que, al parecer, él sí había recordado llevar. Se aferró a su chaqueta y apenas lo miró, no porque tuviera un problema, sino porque se veía increíble en su gabardina azul. Casi se había caído cuando lo había visto medio inclinado contra el muro. Ese día llevaba el cabello suelto, lo que lo hacía ver sumamente atractivo. Sus ojos grises estaban oscurecidos y ese leve rubor le decía que ya había ido a comer. No nevaba, pero hacía un frío del demonio, y tenían que caminar casi quince cuadras.

—¿Podrías pensar en el automóvil que me estaban entregando los *patronus*? —le preguntó el vampiro, situándose a su lado.

—Claro que no. Esto nos hace bien a los dos.

—Yo no necesito caminar tanto para mantenerme.

—Así lo veo, genio —respondió, mirando atentamente sus mejillas levemente rosas. El vampiro le frunció el ceño—. ¿Tienes que ir todos los días?

—¿Por qué? ¿Me extrañas?

—Já —se burló.

—Es un permiso especial, hasta que me establezca en mi cuerpo como antes. Después solo será una vez a la semana y luego dos veces al mes, que es el consumo normal.

—¿Qué quieres decir exactamente con tu cuerpo de antes?

—No este cuerpo de neófito flacucho. Mi verdadero yo.

Lo miró extrañada, para ella Aundrey era bastante grande, no flaco, pero sí esbelto. No se lo podía imaginar más musculoso o algo así. Le parecería raro. Además, se había acostumbrado a ver esos vampiros un poco afeminados que circulaban tanto por allí.

—Tienes libre esta noche —comentó el vampiro de pronto.

—Sí, tú puedes tomarte tu noche también. Sé que tienes días libres y no nos hemos puesto de acuerdo con ello.

—No confío en dejarte sola.

—Vampiro —gruñó—, he estado viviendo sola por tres años… ¡Tres años! Y a excepción de ese día, no me había pasado nada.

—De todos modos, veré si puedo traer a un compañero.

—¡No voy a permitir a otro va…! —se cortó al ver que iban en medio de la calle—, ¡en mi casa!

—No tiene por qué estar allí contigo. Además, voy a hacerlo de todos modos. —El sujeto se adelantó varios pasos mientras sacaba el celular de su gabardina. Ella gruñó molesta cuando, de intempestiva manera, giró en la esquina, enfrente de su ex trabajo. Para su sorpresa, las dos humanas amigas suyas iban saliendo de su turno nocturno. Estas no la vieron y no sabía si acercarse o no. No supo qué hacer hasta que Faë resbaló peligrosamente a causa de lo frío del pavimento y cayó pesadamente, por lo que saltó hacia adelante, trotando hacia ambas. Y cuando Marian la miró, sus ojos se agrandaron con asombro.

—¿Estás bien, Faë? —preguntó, ayudando a la pequeña humana a levantarse.

—¡Ani! —gritó la chica, abrazándola con fuerza—¡Oh, Ani! ¡Qué bueno que estás bien! —La chica curvó sus labios, dedicándole esa sonrisa enorme que le iluminaba los ojos y que a ella le encantaba ver. Maldita chica tierna.

—¿Cómo están?

—Bien, bien, ¿y tú? Dime, por favor, que ya encontraste trabajo. Intentamos convencer a John, pero estaba enojadísimo. ¿Qué te ocurrió?

—Un accidente. Nada grave, pero me tuvo un poco incomunicada.

—¡*Aw*! Te hemos extrañado —dijo Marian, Faë sonrió, dándole la razón—. Oh, Dioses, ya lo sé, y tienes que decir que sí. ¿Podemos, Faë?

—Claro que sí.

—¿Qué cosa…?

Y así terminó aceptando salir esa noche a un nuevo club que estaba a algunas cuadras de ese lugar. Aundrey… jamás se enteraría.

DOMINGO 6 DE DICIEMBRE, 18:05. DEPARTAMENTO DE ANIMIC.

Iba a anochecer en poco menos de una hora y Animic se encontraba recostada sobre su cama con un plato de palomitas frente a su horrible televisor. Parecía absolutamente relajada y sin ninguna intención de salida, pero algo raro se olía a la distancia, demasiado complaciente e interesadísima en lo que estaba haciendo. Arregló sus armas y las ocultó bajo su gabardina. Luego de ello, la miró. Iba a reunirse con Pablick para un par de copas, quien además, le tenía noticias de sus superiores, ya que querían que volviera para realizarse algunos chequeos médicos. Chequeos que él no quería, ni le importaban. Fritzyk había tomado su turno con Animic, aunque su inusual entusiasmo lo estaba poniendo de malas.

—Así que no vas a salir.

—No.

—¿Vas a descansar?

—Aquí en mi cama toda la noche. —La observó detenidamente, recostada sobre la cama con el cabello suelto sobre las blancas colchas. Arrullada sobre sus mantas, se veía linda y pacífica, lista para que él le saltara encima… mala línea de pensamiento. Lo que le hizo gruñir un poco por lo bajo y girarse hacia la cocina—. ¿Llegarás mañana? —le preguntó con un grito desde el otro lado, cuando él respiraba profundo y se calmaba.

—Antes del amanecer.

—*Ok*.

Algo en su tono no le gustó, así que se inclinó por el vano de la puerta y la miró. Ésta estaba mirando en dirección hacia su mueble con ropa, y cuando la pilló, abrió los ojos con desmesurada inocencia.

—¿Qué estás planeando?

—Nada, vampiro. ¡Dioses! ¿Siempre eres así de desconfiado?

—Solo contigo.

Ella rodó los ojos, pero no dijo más.

***

Aundrey demoró un siglo en marcharse. Solo por seguridad, se quedó media hora más acostada por si a él le daba por espiarla. Le había dicho que un compañero la iba a «cuidar», lo que no le molestaba si este no se le acercaba. Las chicas iban a esperarla en la esquina del local que habían estado rondando últimamente. Era domingo, pero eso daba igual. Mañana podía ser el apocalipsis y los locales seguirían abriendo.

Se vistió con su atuendo más provocativo, que no eran nada más que unos ajustados *leggins* negros, una camisola roja con vuelos y encajes, botines, y su chaqueta cálida más acinturada. Tomó su bolso y salió disparada de casa para acercarse a la calle principal, donde podría coger un taxi pasando lo más desapercibidamente posible. Pero, claramente, su suerte no era esa, porque el nuevo vampiro apareció por el lado, como si hubiera estado allí en medio del aparcamiento vacío.

Era alto, aunque un poco más bajo que Aundrey. Llevaba el cabello negro, corto a los costados y largo en medio, como un mohicano mal ordenado. Tenía el rostro moreno, de rasgos duros pero atractivos, lo que le dijo que era un *non purix*, o un transformado. Aun así, su sonrisa juguetona era un poco agradable. Parecía haber pasado los 30, aunque se veía realmente bien.

—Aundrey me deberá la mitad de un sueldo por esto.

—No me interesa lo que tengas que cobrarle. Voy a salir, así que, si decides venir, mantente alejado.

—Y cascarrabias como dijo. Soy Fritz, por si quieres saberlo.

—Animic, aunque ya lo sabes.

El vampiro hizo un breve movimiento con la cabeza y no dijo más. Tres metros detrás, con un aire de despreocupación total, algo que, claramente, no compartía con su compañero, porque Aundrey siempre estaba tenso cuando se hallaban al aire libre. Lo miraba de refilón buscando cualquier indicio de que se chivara con el otro, pero en silencio, y sin inmutarse, la acompañó.

Estuvo atenta en el trayecto en taxi, así que se sorprendió cuando su celular sonó con un tétrico timbre de llamada. Miró al vampiro, quien le sonrió con toda inocencia. Ella le colgó a Aundrey.

—¿En qué momento le has avisado?

—Tenemos nuestros secretos.

El teléfono volvió a sonar y contestó.

—¿Sí? —preguntó con voz dulce.

—Sabía que ocultabas algo —le gruñó suavecito. A ella se le erizó la piel de manera instantánea, porque había algo sexy en esa voz enojada—. ¿Dónde vas?

—Agh, vampiro —maldijo, rodando los ojos—, déjame en paz, es tu maldito día libre. ¿Por qué tengo que escucharte?

—¿Dónde vas?

—A un maldito club. Y si te veo por allí, Aundrey, voy a...

Le colgó. El maldito vampiro le había colgado. ¿Qué se había creído? Fritz se movió en su lugar y golpeó algo en su oído.

—Sí. No. Claro que sí. Prehistórico, sé cuál es mi trabajo. No, aunque quisiera, pero es interesante. Es broma, no me gruñas. Sí, sí…. Dioses, espero que te ahogues en alcohol.

Silencio. Fritz sonrió, una sonrisa maliciosa con colmillos incluidos.

—Está enojado.

—Genial. —Sonrió Ani encantada.

***

El «Shads» era un centro de comunidad para los *patronus*, y ningún lugar mejor para beber y estar al tanto de las noticias.

Pablick lo miró, rodando los ojos. Entretanto, él se enfurruñó, erizándose por completo. Lo sabía, jodida licántropa. ¿Por qué no podía darle tranquilidad? ¿Por qué tenía que ser tan obcecada?

—Llevamos menos de media hora sentados, Aundrey. Quiero mi maldita bebida, no pienso ir a ningún lado.

—Tendré que ir.

—Fritz es un buen *patronus*.

—No me fío de ella. No me fío de nada que la rodee, la verdad.

El rubio dio un largo suspiro y se acomodó en su butaca. ¿Qué estaría haciendo? ¿Se encontraría bien? ¿Por qué un club? ¡Ah! Las amigas de la mañana, claro. Por eso parecía tan sonriente, tan sumisa y tan tranquila.

—Deja de pensar en ella.

—No estoy pensando en ella —mintió. El rubio rodó los ojos sin creerle.

—En fin, tengo noticias y no muy buenas. Quieren hacerte chequeos, ver cómo estás, qué te hicieron, qué recuerdas. Axals ha estado preguntando mucho por ti.

—No quiero recordar ni pasar por un hospital nunca. Dile que le enviaré un informe de lo que recuerde.

—No creo que eso les importe, Aundrey. De hecho, deberías tomarlo más en serio, no están contentos. Desde que el Consejo se disolvió, los *Dux* son los que toman las decisiones sobre nosotros. Déjate caer por el Refugio, habla con Axals, ve qué puedes hacer antes de que se te lancen encima por información. Los LMG son un problema cada vez más grande, y tú saliste vivo de allí.

—No salí vivo, tuve la suerte de ser encontrado…

—Por una licántropa…

—Por una licántropa…

—A quien le diste tus libertades y poderes.

Se molestó mientras Pablick seguía hablando sin hacerle caso.

—Sí, eso fue en un principio, ahora estoy bajo un edicto real.

—Y a quien le tienes ganas de hincar el diente.

—Cuatro años, Pablick. ¿Dime tú qué vampiro se ha mantenido casto por tantos años?

—Eso es exactamente lo que me parece raro. ¿Por qué no has ido a un *Sonit*?

Esa era una pregunta que él se hacía a menudo. Un *Sonit* era una casa de reuniones o un burdel, sin llegar a serlo, porque nadie pagaba nada. Allí iban los vampiros con un solo propósito: sexo. Puro y llanamente. Había ido muchas veces antes, pero ahora, simplemente, había algo malo en eso.

—Tu cara me molesta —lo regañó Pablick tomando su chaqueta de cuero—. Vámonos.

—No tienes por qué venir.

—No tengo nada mejor que hacer esta noche, y me intriga la licántropa que te tiene de tan mal humor. Así que, en tu desgracia, ésta es mi noche.

Rodó los ojos y se puso en camino. Tenía que ir a vigilar a una licántropa.

**

La música se escuchaba desde fuera del local en cuestión, que era para morirse de lo grande y lleno que estaba. Había cuatro secciones de baile. La música sonaba con un DJ que no dejaba de moverse al son de sus pistas. Debajo de esta plataforma había una barra del largo de tres camiones, desde donde el alcohol salía como loco. Arriba, con vista hacia las pistas estaba la zona VIP. Las luces le chocaban por todos lados, el olor a humanos, lociones y tantas otras esencias la dejaron un poco mareada, pero podía acostumbrarse luego de la primera impresión. Sus sentidos también pillaron algunos licanos y vampiros dispersos por el lugar. En el perímetro estaban las mesas y los lugares de confort. Faë parecía tan perdida como ella, pero Marian las llevaba como pez en el agua.

La música era tremenda, pero después de un rato se acostumbró y comenzó a disfrutarla. No podía hacer nada por el olor, pero cuando Fäe llegó con un par de tragos se le pasó hasta el mal humor. Fritz se había perdido por algún lado, pero sabía que lo tenía cerca.

Estar con las chicas le trajo algo más de tranquilidad. Había estado estresada, cansada y agobiada. Haber vuelto a ver a su hermano, tener la constante de un vampiro cada vez más presencial, el estar desempleada un par de días, y con un vampiro obstinado que quería que sus horarios fueran nocturnos era… tremendamente estresante.

Marian rastreaba algo en la multitud con el ojo clínico de un cirujano. Fäe, entretanto, sonreía con cansancio.

—¿A quién estás buscando, Marian? —le preguntó sobre el ruido de la música.

—Está cazando —le respondió Fäe, dándole un largo sorbo a su bebida.

—¿Cazando? —formuló extrañada, hasta que vio la sonrisa de la pequeña cuando encontró a lo lejos un grupo de humanos hablando y bebiendo.

—Solo déjala ser —le respondió Fäe—. Intenté negarme una vez y estuvo haciendo morritos toda la noche.

Rio como loca cuando entendió. ¿Quién lo hubiera pensado? La pequeña y dulce Marian, toda una caza noches.

—Son tres —respondió la chica, mirándola con ojos enormes. Ella se erizó al segundo.

—Egh…

—Oh, vamos, Ani. No tienes que llegar a ninguna base, solo pásalo bien. Disfruta…

—Egh…

—Espera. —La chica pareció alerta—, ¿estás con alguien?

—No, claro que no.

—¿Entonces?

Entonces, ¿qué estaba esperando? Era una buena pregunta.

***

Pablick tenía una extraña sonrisa en su rostro mientras caminaba a su lado, habían pasado sin pena ni gloria al gorila de seguridad. Al parecer, el rubio tenía algún tipo de pase especial, porque ni siquiera habían tenido que hacer cola. Al interior, la música era tan fuerte que se sintió embotado por unos momentos y un poco espeluznado por el ritmo; no era su música, ni siquiera sabía qué nombre tenía. Había variados olores, pero pudo apreciar la presencia de otros vampiros y licanos en el local. Pablick le hizo un movimiento y comenzaron a subir hacia un sector mucho más calmado y prestigioso.

La sección VIP era todo lo que se esperaba de esta. La música no sonaba tan ensordecedora, pero lo suficiente para aplacar los silencios incómodos. Había tenues luces y algunos reservados en las tinieblas, donde sombras apenas se veían, bebiendo sus caros licores. Había algunos espectadores sobre las barandillas, jóvenes de otra clase que parecían buscar presas como aves de rapiña, y fue allí donde pilló a Fritzyk con un cigarro en la boca y un whisky en la mano; su tendencia humana aún fuerte a través de los años. Sus ojos no se movían de una parte del sector de baile.

—No te pago para que estés aquí, pasándolo bien.

—No, pero aprecio el momento —le respondió el moreno con una sonrisa lobuna, sin sacar los ojos de su presa—. Las amigas de tu licana están fuera de sí, es algo digno de apreciar.

—Hey, bellas, bellas… —comentó Pablick, siguiendo la mirada hasta el punto de reunión.

Aundrey rodó los ojos y buscó a Ani. La encontró al momento y se tensó. Estaba bailando con aquellas dos humanas con las que había trabajado en el café, moviéndose al compás de la música, con una sonrisa coqueta en los labios y una ropa del demonio que le sacaría con los dientes, o la encerraría en algún convento. No mucho más allá, había tres humanos jóvenes que le habían puesto los ojos encima y se estaban acercando peligrosamente a ellas.

—¿Quieren jugar? —preguntó de pronto. Pablick lo miró sorprendido, y luego cruzó su sombría vista con la de Fritz. Sus sonrisas eran las de un depredador.

LUNES 7 DE DICIEMBRE, 2:21. LOCAL HERMIAN.

Podía tomar varios tragos más sin culpa. Sus sentidos se habían embotado agradablemente, todo le parecía tan brillante y potente: la música, las luces… Era genial. Fäe y Marian estaban en pleno proceso de atención de los jóvenes humanos a quienes les habían echado el ojo, y ella solo iba a aceptar lo que viniese. Al fin y al cabo, era una noche como cualquier otra, una en la que podía pasarla muy bien. Marian sonrió cuando vio el primer movimiento de los chicos. Fäe la hizo girar sobre sí cuando el impacto del olor la sacudió.

Por un breve momento creyó que solo estaba viendo una alucinación, una por el alcohol en su cuerpo, hasta que el vampiro sonrió, dedicándole una sonrisa burlona y depredadora. Una que no había visto nunca aparecer y le daba a entender que estaba muy cabreado.

El corazón se le disparó.

—Ani —gritó Marian de pronto—. ¿Él no es…?

Un vampiro rubio le pasó al lado, callando a Marian, quien de pronto pareció encendida cual mechero ante el espécimen que le sacaba casi dos cabezas. Fritz le pasó por el otro lado con una sonrisa sensual y los ojos chispeantes. Tomó a una sorprendida Fäe, quien aún tenía los labios entreabiertos de sorpresa.

Ella se giró hacia Aundrey, que inclinó suavemente la cabeza, con sus ojos grises oscurecidos, destellando de maldad.

—Tú —gruñó enojada, a punto de soltarle algunas maldiciones. Pero su espina saltó de pronto, girándose hacia los vampiros que tenían completamente conquistadas a sus dos amigas. Sí, estaban usando esos locos poderes de hipnosis, o como sea que se llamaran. Su vena saltó y estos no la vieron venir, por lo que agarró del brazo a cada uno y con fuerza los jaló hacia ella. Ambos se miraron sorprendidos, tal vez por su fuerza desmedida, pero lo que los espantó, estaba segura, eran sus ojos que, de pronto, parecían increíblemente sensibles a la luz—. Un solo rasguño, un leve movimiento —les gruñó en sus sensibles oídos—, y los castraré con una cuchara oxidada. Los meteré en ácido y después los colgaré de un edificio hasta que el sol haga lo suyo.

Una mano firme la agarró de la cintura, y antes de darle la última mirada de advertencia, Aundrey la sacó de la pista de baile. Se dejó llevar solamente porque, de pronto, todo comenzó a girar y quería tener un momento para gritarle, pero sin que nada se moviera. Además, miserable era su vida, ese brazo alrededor de ella quemaba de la más maravillosa manera, y un fantasma de su conciencia ansiaba inclinarse un poco más para apoyarse en él.

—Estás ebria —la acusó, inclinándose.

Sus sentidos se despertaron de manera brusca al tenerlo tan cerca. Su olfato detectó un agradable olor, algo que le aguó la boca. Dio un pequeño salto y se movió hacia atrás.

—No lo estoy —negó, pestañeando varias veces. No vio venir la mano del vampiro que se aferró a su mandíbula, acercándose peligrosamente. Su corazón la estaba delatando e hizo lo único que podía hacer en momentos de estrés: ponerse a la defensiva—. ¡Suelta, suelta! —Se movió hacia atrás, aunque el vampiro parecía tener algún tipo de imán, porque no dejaba de acercarse—. Deja de acercarte —le gruñó, colocando sus manos sobre su pecho para mantenerlo a raya.

—Hay vampiros, licanos y humanos. Humanos que pueden ser de los LMG esperando que una licántropa se alcoholice y termine encerrada en un *container*.

—¡Oh, por los Dioses! —exclamó enojada—. ¿En serio? Vampiro, es un maldito club abarrotado de humanos, ¿tú crees que ellos nos pueden detectar con algún místico aparato sobrenatural?

Aundrey la agarró del brazo y la jaló hacia él, situando su boca muy cerca de su oído. Estaba muy enojado y sus palabras lo hicieron engrifarse aún más.

—Éramos cuatro *patronus* reales con más de cien años de experiencia. Otros más viejos, otros más sabios. Ellos nos atraparon. Simples humanos nos atraparon.

Había enojo y frustración en su voz, además de un odio y dolor que no había escuchado nunca. Cuando se alejó un paso, liberándola, se calmó mirando hacia otro lado. No quería tocar esos temas.

—No vuelvas a mentirme —replicó Aundrey. Ella le miró y rodó los ojos.

—¿Todo esto por eso?

—Si te pasa algo, que ya te pasó —recalcó—, podrían darme de baja.

—Agh —se quejó, mientras iba hacia una mesa vacía, realizando un movimiento para que uno de los muchos meseros le trajera una bebida—. No me pienso ir, así que ve a molestar a alguien más.

Aundrey iba a responder algo cuando una mano salió de la nada, una mano femenina de largos y delicados dedos lo sujetó, el vampiro se giró y ella pudo ver a la recién llegada: un metro ochenta, larguísimo cabello rubio, un rostro de ángel y ojos verdes como el jade. Era, sin duda, algo digno de mirar, sino fuera porque se estaba comiendo al vampiro con la mirada, esos ojos no ocultaban nada.

Aundrey se inclinó cuando la mujer dijo algo. Una sonrisa muy personal apareció en sus facciones mientras se giraba para hablar con ella de algo que no alcanzó a escuchar. Algo dentro de ella la quemó. En aquel momento apareció el mesero, se inclinó hacia él y sacó un billete de los grandes, de esos que escondía para momentos como este.

—Que no deje de llegar. —Este sonrió y le entregó un vaso azul con algo dentro que, estaba segura, sabía a gloria.

El vampiro desapareció. Ella se ofuscó, y el alcohol no se detuvo.

***

Amiala era una humana bien conocida, no solo porque estaba en buenos términos con algunos *patronus* de alto rango, sino porque, como regente de un montón de bares, estaba al tanto de sus razas, guerras y políticas, y por ello muchos vampiros tenían acceso a sus zonas VIP. Y bueno, él había tenido acceso a otros tantos desde que su Anet, en su tiempo, había comenzado algunas inversiones menores.

La mujer pareció sorprendida cuando uno de sus muchachos, que la tenía al tanto del acceso de los vampiros, le había confirmado la llegada de uno nuevo que no estaba en la nómina. Cuando se había acercado para inspeccionarlos, se había llevado una buena sorpresa al reconocerlo.

—Te ves encantador, un poco demacrado, pero encantador como siempre. —Le sonrió, mientras él mantenía los ojos sobre una descontrolada licántropa.

—Estoy restableciéndome. Tú te ves maravillosa.

—Se hace lo que se puede. —Siguió sonriendo, moviendo la mano, cuando un camarero llegaba corriendo con dos vasos de cristal strauss y un ambarino licor en ellos—. Esto corre por la casa. —Aundrey lo aceptó de buena gana—. No te he visto con Anet, ¿has vuelto, pero no estás con ella?

—Tengo una nueva misión.

—¿Una misión que parece que se va a beber todo mi nuevo bar? —preguntó, mirando a Ani.

Dioses, ¿cuántos vasos llevaba? Estaba muy seguro que los licanos tenían un buen control del alcohol, pero Ani ya estaba media borracha cuando él había llegado.

—Sí, esa misma.

—Podrías ir a dejarla y volver —propuso, poniendo su mano sobre su brazo e inclinándose sugerentemente, levantando su bien provista delantera. Sus ojos jades destellaron y se lamió el labio de manera muy provocativa—. Hay una zona Premium en este local, una para retozos más agradables.

Sonrió ante la sugerencia, dispuesto a responder, pero cuando giró el rostro no halló lo que estaba buscando. La licana no estaba ahí. Tuvo un acceso de pánico. Entretanto, Pablick y Fritzyk estaban a medio camino hacia él cuando ambos le apuntaron a la salida.

Gruñó, enfadado al ver a la licana saliendo del local, medio inclinada y dando pasos trastabillados. Pero se enojó aún más cuando dos humanos se pusieron a su lado.

Le hizo un gesto enfurruñado a Amiala, quien parecía sorprendida, pero no tenía tiempo... maldita sea.

La alcanzó afuera. Uno de los humanos estaba ayudándola a meterse dentro de un taxi con claras y malas intenciones, mientras el otro miraba disimuladamente a su alrededor. Entonces, un arrebato de crueldad lo asaltó. Exactamente lo que habían estado hablando hace diez minutos. Confiaba en los humanos. Alejarse. Desprotegerse. ¿Cómo no le había pasado nada en tres años?

No alcanzó a hacer mucho, ya que Ani le agarró la mano al susodicho humano que estaba empujándola al auto y se la retorció, mientras unos animados ojos de lobo se inyectaron en este. El humano palideció, al mismo tiempo que el otro abría los ojos, aterrado. Murmuró algo, estaba seguro que había sido una bonita amenaza, hasta que ambos sujetos desaparecieron por un callejón, corriendo despavoridos.

Cuando esta se levantó y lo miró pudo advertir que no estaba totalmente ebria. De hecho, se veía muy sobria y la sonrisa desabrida que le soltó fue como una sentencia de culpabilidad.

—Que te la pases bien. Me voy a casa.

LUNES 7 DE DICIEMBRE, 5:02.

Llegó a su hogar sintiéndose no solo como un maldito costal de malestar, sino con una horrible sensación de quemazón en el pecho, que estaba un noventa por ciento segura, no era por el alcohol de esa noche. Una quemazón que había comenzado por él. Por ese energúmeno.

Se metió bajo las mantas, apenas sacándose los zapatos, enroscándose en medio de la cama. La puerta se abrió segundos después. El ruido de la ropa y los silenciosos pasos le dijeron que no era nadie más que Aundrey.

—¿Qué haces aquí? —gruñó bajo las sábanas.

El vampiro no respondió, y lo sintió hasta que se puso a su lado.

—Si vas a darme un sermón, vampiro, ya puedes… —bufó, saliendo desordenadamente fuera de la cama. Lo miró enojada solo para congelarse, cuando esos ojos grises oscurecidos la encontraron.

Tormenta. Líquido.

Su corazón se detuvo tres latidos al verlo, maravillándose de lo hipnotizador que era. No vio la mano en su nuca, ni la otra en su cintura, solo sintió los cálidos y hambrientos labios del vampiro caer sobre los suyos, tomándola, demandantes de atención y de rabia.

Labios violentos, duros y tan increíbles que su respiración quedó atrapada en su garganta. Sus manos se aferraron a sus hombros en un intento de no convertirse en líquido.

Aundrey la empujó un poco más contra él, porque su olor, su piel y el roce de su cabello suelto sobre sus manos lo encendieron como si mil burbujas calientes explotaran dentro. Respiró entrecortadamente, subiendo hacia su cabeza, mareándola.

Lo escuchó gruñir, un ronroneo profundo desde su pecho, y todo en ella no era nada, nada más que sensaciones. Sabía tan bien, olía tan bien y se sentía tan jodidamente bien. Pero la magia desapareció con la misma rapidez cuando se retiró. Los ojos oscurecidos, su respiración acelerada. La miró en silencio, sus labios levemente separados, sus colmillos largos y blancos destellaban en su rostro. Luego dio una larga respiración y se marchó tan rápido como un suspiro. ¿Y ella? Se quedó allí con la respiración acelerada, con el cuerpo caliente y el corazón cada vez más confundido.

Dejó el plato de comida en el lavaplatos y se quedó un rato mirando el agua correr. Tranquila, fluida.

En paz.

Habían pasado más de doce horas desde el último encuentro y, al parecer, ambos habían llegado a la misma línea de pensamiento: la última noche jamás había sucedido.

El vampiro carraspeó detrás de ella y su mirada gris decía que algo malo había pasado. Esa tarde había llamado la princesa Anet dándole una noticia a toda la comunidad vampira, como Lust lo había hecho a la comunidad licántropa. La Sociedad LMG había vuelto al ataque. Esta vez habían capturado a tres civiles *purix* de la raza vampira, una pareja con un niño, y también existían las sospechas de que habían capturado a un matrimonio licántropo del que la familia no sabía nada.

—Deberías volver con tu familia. —Fue lo primero que le comentó Aundrey, mientras ella cerraba el agua y se giraba sin mirarlo—, están todos asegurados. Los templos y los condominios generales tienen una seguridad máxima…

—Si quieres. —Tomó su bolso de trabajo y su música, respiró profundo viendo los serios ojos del vampiro. Mirarlo le producía un nudo en su estómago y no quería esto, no lo quería para nada—. Si quieres volver con la princesa y protegerla, ve, no te lo estoy impidiendo, pero yo no volveré con la familia real. No lo haré. Cierra cuando te vayas.

¿Cómo tenía el descaro de pedirle que regresara con su familia? Él había estado presente cuando discutió con Lust, ¿cómo se le pudo ocurrir que volvería? Y aunque la sociedad LMG hubiera vuelto peor que nunca, Lust y Anet estaban protegidos, nadie les volvería a hacer daño, y mucho menos, ella tendría que volver a involucrarse en una masacre como la ocurrida aquella vez.

**

Retorcía todo lo que decía e ignoraba todo lo que ocurría. Dioses, ¿cómo seguía tan empecinada? ¿Volver con su princesa y dejarla a ella tan campante en ese antro de perdición? ¿Qué historias se estaba metiendo en la cabeza?

Respiró profundo dándole unos momentos para que se marchara sin que él estuviera a su lado. Su olor, ese cálido y agradable olor fue un chispazo directo a sus terminales nerviosas. El beso de la madrugada pasada había querido que solo fuera algún tipo de venganza por su actitud, pero no había conseguido nada más que encenderlo de nuevo y, debido a ello, había tenido que salir corriendo para no terminar lo que quería que sucediera. No era una buena idea, no era para nada una buena idea.

Aseguró sus armas, cerró el departamento y saltó, mientras seguía con la mirada a una refunfuñona licana. Sonó un pitido en su oído notificándole que Fritzyk ya estaba en posición. El *patronus* patrullaba las cercanías del edificio Emperatriz, lo había informado de algunos extraños movimientos de humanos y quería estar cerca para cualquier novedad.

LUNES 7 DE DICIEMBRE, 23:35. EDIFICIO EMPERATRIZ.

Arrastró el carrito hasta el despacho vacío de aquel abogado de ojos amatistas. Suspiró mientras tomaba un trapo y limpiaba afanosamente una extraña escultura acristalada que se veía demasiado delicada hasta para la vista; no había estado la semana pasada, por lo que debía ser un nuevo regalo. Era algo que una dama regalaría.

Cuando la luz se apagó de golpe, soltó el módulo del susto, más sus reflejos eran algo especiales, como los de toda su raza, por lo que lo atrapó antes de que tocara el suelo. El sujeto prendió la luz un poco consternado por la rapidez a la que se había movido.

—Me ha asustado —afirmó mientras que, con el corazón errático, dejaba la escultura cuidadosamente sobre el mueble. El sujeto la miró sorprendido y con un leve dejo de extrañeza.

—Eso ha sido sorprendente, nunca he visto a nadie moverse así.

—La luz apagada hace unos efectos sorprendentes —añadió, estrujando su paño y tomando la bolsa de basura que había sacado.

—Sí, lo creo. Pues apaguémosla una vez más. —Sonrió y cerró la puerta. Los pelitos se le pusieron de punta, pero el sujeto no se acercó, sino que fue directo hacia la ventana, en la cual se podía admirar cómo nevaba y las luces iluminaban la noche. Miró su espalda y sus hombros anchos. Llevaba el pelo desordenado, sus ojos amatistas levemente estilizados y una sombra de barba nocturna. Era muy atractivo, si fuera licano se habría sentido atraída por él—. Me llamo Avan Smixh —le informó.

Le pareció educado, así que sonrió.

—Yo soy Animic.

—Que nombre tan poco común, y tus facciones, aunque no quiero parecer irrespetuoso, son muy extrañas. ¿De dónde vienes?

Su raza siempre había tenido ese problema, y tal vez era una de las formas más comunes de dar con ellos, lo moreno lo llevaban en la sangre.

—Un poco del mediterráneo —contestó, evadiendo las tierras, cuna de su raza, etcétera. Los ojos del sujeto la miraron intensamente, como si estuviera analizando algo más.

—No quiero ser poco caballeroso, pero eres muy hermosa. ¿Qué haces trabajando aquí? Como aseadora.

—Es lo que uno puede hacer —respondió cortante.

—¿No ha terminado sus estudios secundarios? —preguntó asombrado, y cuando ella quedó un poco sorprendida, este abrió mucho los ojos y se sonrojó—. Lo lamento, no debí ser tan entrometido.

—No importa —contestó—, de verdad. —Tomó su paño y salió al pasillo, donde estaba Aundrey con el ceño fruncido.

—¿Qué hacías con la luz apagada y un humano adentro? —interpeló molesto.

—¿Desde cuándo tengo que darte explicaciones? Además, que yo sepa, creía que te ibas a marchar.

—¿Cuándo dije yo que te iba a dejar? Mi obligación es cuidarte, aun cuando hagas cosas sin pensar —escupió enojado. Ella se engrifó dispuesta a pelear allí mismo, pero cuando la puerta de atrás se abrió, se puso pálida. Al girarse, el humano la miró sorprendido.

—Habría jurado que escuché a alguien discutiendo contigo. —Ella miró para atrás con su mejor cara de póquer. Aundrey, entretanto, se había escondido en uno de los otros despachos.

—Debe haber sido la música. A veces la escucho demasiado alta —explicó como si nada, golpeando sus audífonos.

—Seguramente. —Sonrió dando por hecho su mentira—. Me preguntaba si te gustaría cenar conmigo mañana—. Lo miró sin entender. ¿Un humano invitándola a salir? ¿Estaba de broma?—. Bueno, si no, no quiero impor…

—Está bien —contestó media alucinada.

¿Por qué aceptaba? No lo sabía, pero tenía mucho que ver con el gruñido que escuchó por allí cerca. *¡Já! ¡Trágate esa, maníaco controlador!*

—¿En serio? —Sonrió—. Está bien, ¿mañana a las siete?

—¿A las ocho?

—Ocho, *ok*. En Midelas, un restaurant de aquí cerca, hacen una carne estupenda.

—Muy bien.

—Bueno, genial. Nos vemos.

***

Y fue así como comenzó lo que un personaje en especial llamó: traición a la sangre.

—Un humano —siseó con asco mientras ella se quitaba su overol y desamarraba su cabello. Miró de reojo al vampiro, quien se había colado en el vestidor de los trabajadores.

—Sí, genio, un humano.

—Un asqueroso…

—Sé que no te agradan…

—¡Nos persiguen! ¡Nos matan! Son una raza sucia y malgastada. No hay limpios, son todos unos contaminados.

—Te recuerdo que muchos de los nuestros nacen de ellos.

—¡Y renacen! ¡Y son un fruto de reivindicación! —soltó. Ella suspiró ante tremenda frase proveniente de alguien que, literalmente, vivía por ellos.

—Tu trabajo es «protegerme», no darme discursos de moralidad. Tengo veinticinco años, soy joven y no tengo pareja, los humanos tiene sus beneficios y el nunca sabrá que soy licántropa. ¿Cuál es el maldito problema?

—Su mente no es limpia.

—¿Desde cuándo lees mentes?

—Conozco a su especie.

—Conoces a un montón de locos trastornados que buscan los genes que han mutado en nosotros, no conoces a todos los humanos del mundo. Además, es solo una cena. ¿Por qué te metes en lo que no te debería importar?

—Porque lo único que quiere es meterte en su cama.

—¿Y cuál es el maldito problema con ello? —preguntó antes de pensarlo, pero cuando se giró a mirarlo solo escuchó el portazo más estridente de su existencia.

Suspirando, tomó su bolso y su chaqueta. ¡No se iba a trastornar por la obsesión de ese... ese... ese vampiro! ¡Cómo si alguno de su raza fuera fruto de reivindicación! ¡Já!

Si él no quería hablar de lo que había sucedido la noche pasada no lo iba a hacer ella. Y bien por los dos... no iba a quedarse esperando nada de nadie. Si un guapo humano quería invitarla a comer no iba a ser ella la que se negara. Otro punto importante: era comida gratis.

MARTES 8 DE DICIEMBRE, 20:20. RESTAURANT MIDELAS.

Avan Smixh era lo que ella llamaba un humano de categoría. Lo había visto llegar en uno de esos caros autos blindados, y el sujeto que atendía el restaurant parecía conocerlo bastante bien. No había podido ponerse mucho a su altura, al fin y al cabo, no estaba en condiciones económicas muy estables para comprarse nada, así que solo se había puesto un vestido formal y se había arreglado un poco el cabello.

De pronto miró hacia arriba y vio que Aundrey observaba la nada sobre uno de los edificios. No se hablaban desde el día anterior, cuando había salido hecho una furia, pero después lo había encontrado en casa «durmiendo», y ese día había salido en el primer momento, cuando el sol ya no le haría daño. Si lo había sentido había sido, simplemente, una punzada de malestar. Así que se arregló un poco y caminó hacia el restaurant.

Cuando el hombrecito la dejó frente a Avan este le sonrió.

—Lamento la demora —excusó, quitándose la chaqueta. El humano se levantó y le ayudó amablemente. Los cuchicheos no demoraron en llegar, y para ser franca, ninguno era muy silencioso que digamos. El humano comenzó a colocarse nervioso.

—Te ves hermosa. —Ella asintió en agradecimiento—. Lamento esto. ¿Quieres ir a otro lado? —preguntó avergonzado.

—Aquí está bien —comentó—, estoy acostumbrada a comer con personajes importantes—. El sujeto rio un poco, pero sabía que lo había tomado como una broma, no como algo real; ya qué, no le importaba.

—Está bien. Por favor, pide lo que quieras. El personaje importante de hoy te invita a comer lo que desees.

Y no lo iba a desaprovechar.

***

El edificio Emperatriz se alzaba alto y orgulloso una cuadra más allá. Los humanos se marchaban a casa, el tráfico estaba liviano, una noche de ciudad normal, pero él tenía la mirada puesta en el restaurant bajo sus pies, donde alcanzaba a ver a Ani por los grandes ventanales. Reía y se inclinaba para hablar con el humano y eso le comía por dentro, porque parecía demasiado agradable, demasiado accesible, y lo odiaba. Odiaba que ella aceptara pasar una velada con un humano. Odiaba que se riera como si lo estuviera pasando bien.

¿Celoso? Por supuesto que no, solo… Maldita sea, quería entrar allí, agarrar a la licana y llevársela bien lejos.

Odiaba un poco que la guerra terminara. Odiaba no poder tener un *oppugnare*. La vieja ley vampira que demarcaba como suyo a un licano o a un humano, bajo una orden de propiedad que no dejaba que ningún otro vampiro pusiera sus manos sobre un objetivo.

Su mente se desvió a la cantidad de cosas que podría hacer si, simplemente, ella no fuera tan jodidamente demente y enojona, hasta que Fritz abrió la conexión.

—Aundrey, tengo a tres humanos sospechosos corriendo por el sur. —Se levantó y saltó en la dirección informada por Fritzyk—. No los detengas, necesito saber a dónde van.

—¿Drogas?

—Uniformados.

Con eso le dijo bastante, porque camellos y drogadictos no iban por allí vistiendo lo mismo. Por lo que utilizó un techo inclinado para saltar una calle de lado a lado, en silencio, como una sombra.

Había extrañado esto.

Sus músculos resintieron el golpe, pero no era para menos, no había utilizado su fuerza desde hacía años. Pero tan rápido como vino el dolor, desapareció, y siguió saltando por los techos y buhardillas, acercándose al punto de encuentro.

Correr y saltar sobre las calles, caer por las paredes en una sucesión de determinados pasos o el siempre galardonado aparecer en medio de la nada gracias a un buen salto, era una clase de *parkour* humano, solo que con desplazamientos a grandes distancias. Algo normal y corriente en su raza. Era casi un deporte de ciudad. Aun así, un deporte de ciudad en invierno, porque los humanos no solían mirar hacia arriba y, desde las alturas de los edificios, el vaho y las nevadas difuminaban sus presencias.

Vio a Fritz aparecer un poco más allá; le hizo una seña y ambos se detuvieron en la esquina de un callejón. Luego vio a los tres humanos. Eran grandes soldados, no iban exactamente uniformados, pero era un hecho que estaban en algún grupo de asalto. Los tres miraron de un lado a otro y soltaron después unos cuchillos grandes, bañados en rojo, detrás de un basural. Salieron corriendo pesadamente. Fritz hizo un movimiento y bajó silenciosamente los cuatro pisos mientras se resguardaban detrás de un *container*. Los humanos ni se enteraron de su presencia.

Al cabo de unos segundos le hizo un movimiento aclarador. Humano. Aquella era sangre humana.

Se destensó. Mientras veía a los sujetos seguir avanzando, advirtió que ocupaban algún tipo de radio. En ese momento, al final de la calle apareció un auto.

Se inclinó y miró. Un halcón con un blasón. Fritz apareció detrás de él.

—Pandillas.

—Sí, no los había visto tan ordenados desde nunca.

—¿Este es su territorio?

—No, pero se están expandiendo.

Los vieron alejarse en silencio. No se meterían en problemas humanos.

Fritzyk lo acompañó, haciéndole un resumen de las nuevas pandillas que se habían apoderado de la ciudad en los últimos años, para que estuviera especial cuidado con «El Blasón del Halcón» y «Las Sombras». En especial El Blasón del Halcón, ya que era una cuadrilla peligrosa y ordenada del centro de la ciudad.

Iban a mitad de camino cuando el intercomunicador de ambos envió un pequeño pitido que significaba que una orden había sido emitida para todos los *patronus* activos esa noche.

«Una brigada de venatrix le dio caza a un grupo de humanos de apariencia sospechosa. Se informa como precaución que estos están utilizando de carnada a otros humanos para separar a los grupos de protección hacia los civiles. Los venatrix llevarán a los humanos al Consejo Patronus. En protección, mantened vuestras posiciones hasta nuevo aviso.»

La comunicación se cortó, al igual que sus movimientos. Fritz lo miró alarmado, sus ojos le indicaron exactamente lo que estaba pasando por su mente.

No podía ser.

¿Una trampa?

Animic.

12

Bueno, había sido una cena muy placentera y Avan había sido una compañía mucho más agradable de lo que Aundrey podría creer alguna vez. Había sido amable, caballeroso y bastante interesante —no como él, obviamente, vampiro desabrido—, tenía tema para todo y no se había aburrido para nada. De hecho, habían quedado para verse ese mismo día en la noche, como habían sido sus últimos dos encuentros.

El hombre estaba increíblemente interesado en su pasado, por lo que había tenido que salirse con algunas mentiras que, estaba segura, no le había creído demasiado. En especial, porque su historia de huérfana humilde cuidada por los amigos de sus padres pobres no había sonado muy bien en su interpretación a la hora de sus modales de mesa y su claro entendimiento del protocolo *gourmet* —todo, sea dicho, enseñado por su madre en su afán de convertirla en una señorita educada—, así que esperaba hacer alguna ordinariez en la noche para quitarle cualquier duda de su inventada procedencia.

Algo que la había amargado un poco, y no lo decía porque fuera una fácil, es que no le había hecho ninguna insinuación fuera de lo normal, cosa que no le molestaba, pero le habría gustado, quizás, sacárselo en cara al vampiro. Algo como: «*¡Já! El humano me desea, ¿qué tal?*», solo para mosquearlo. Así ella era feliz.

¡Maldito vampiro, no había podido dejar de pensar en él en toda la jodida cena! ¡Y ni ahora! ¡Qué se pudra!

—Maldita sea —cerró la puerta de su *locker* con un empujón.

Dio un salto asustada porque el estúpido susodicho estaba allí, casi encima suyo, mirándola con sus grandes ojos grises, serios e intensos. Su corazón saltó errático, no había estado pendiente de su alrededor, pero otra cosa era que el vampiro apareciera por detrás con esa cara desbordada de preocupación y algo intenso que le puso la piel de gallina.

—Estás bien —susurró con la voz espesa, esa voz que hacía que se le pusieran los nervios de punta. Sexy, ronca, necesitada. Esa voz que le hacía cosas horribles a su vientre y más abajo también.

¡Dioses, necesitaba que le hablara así!

—Claro que estoy bien, porque iba a... —El vampiro la tomó de la nuca y la haló.

Suspiró.

Bueno, eso era algo que no se esperaba que hiciera.

***

El restaurante estaba vacío, no estaban ni Ani ni el humano. Fritz saltó buscando su rastro. El teléfono de la licana estaba sin servicio.

Fueron minutos tensos y un poco obnubilados por el pánico. No solo porque no podía creer que había perdido a la licana. Dioses, ¿y si los LMG la había atrapado? ¿Qué tipo de horrible *patronus* era?

—Está adentro —le confirmó Fritz mientras se detenían cerca de un callejón, a la salida de la obra del edificio.

—¿Seguro?

—Sí. —El moreno le agarró el brazo cuando él iba a entrar—, es mejor que hagas algo con esto, Aundrey. Estás errático. No te había visto jamás así.

Fritz lo dejó solo. Errático, ¿él? No, claro que no, solo... necesitaba algo de tiempo. No había pasado siquiera un mes desde que había sido salvado, su cuerpo no le respondía como debía y tenía todo este estrés en él. Esa sensación de peligro inminente y paranoia obsesiva. Cuatro *patronus* reales, un solo sobreviviente. Uno no solo era nombrado *Patronus* Real, uno se hacía de un nombre, con una reputación y hazañas. Y esos humanos le habían hecho una encerrona, los habían neutralizado en media calle, los habían anulado como simples peatones neonatos. Los habían drogado, amarrado y mantenido en una constante inconsciencia. No habían podido hacer nada. Cuatro de ellos. ¡Cuatro!

Y ahora la tenía a ella, a una licana que le importaba tres cuartos su seguridad, y que iba por el mundo como si nada. Ella, que había sido una pieza fundamental en la primera gran redada a los LMG, que estaba seguro, era una pieza de búsqueda y captura, e iba por allí como uno más, como si su vida no fuera importante. No estaba errático, solo quería un maldito segundo para poner sus cosas en orden sin que la licana se pusiera en peligro o lo volviera loco. Solo un maldito segundo.

Accedió al edificio bajando a las plantas del sótano. Su olor estaba allí y algo en él se disparó, porque su esencia era más agradable que nunca, intensificada —esperaba que no fuera por el humano, porque si no iba a matar algo—. Ese olor que él quería, esa esencia que ansiaba saborear, porque no había sentido jamás algo tan exquisito. Espeso y cálido, un olor a madera, a tierra, y si el verano tuviera un olor estaba seguro que era ese.

La piel le picó, sus terminaciones nerviosas se alzaron. La necesitaba ahora. Estaba sola y lo estaría por largo tiempo más, escondida detrás de la puerta de su cubículo, despotricando contra algo.

La quería. La deseaba de manera brusca y enojada, porque ella lo enojaba y le hacía sentir algo que no quería y que solo deseaba de esa malhumorada y estresante mujer.

Ella no lo vio cuando se colocó a su lado, estaba bien, sana y completamente ignorante de que acababa de pasar por un sube y baja de emociones por su causa. Pero también estaba enojada —qué sorpresa—, y cuando golpeó el *locker* su efluvio le pegó más fuerte que nunca, bloqueándolo completamente.

Se giró refunfuñando, pegando un pequeño sobresalto cuando la vio, esos enormes ojos sobre él. Ojos de lobo, ojos de oro.

Era tan pequeña...

—Estás bien —afirmó, mirando sus labios abiertos, rojos y llamativos. Algo dijo, no estaba muy seguro qué, porque solo podía ver esos labios rojos.

***

Cuando los labios del vampiro la asaltaron todo le dio vueltas. Era un beso bruto y agresivo, uno que la hacía pensar solo en él, en lo grande que era y en lo bien que se sentía.

La empujó contra los demás *lockers*, logrando un crujido, y soltó un gemido ahogado por la presión de sentirlo completo, saboreándolo y disfrutando. Dioses, sabía tan bien. Se había imaginado miles de veces cómo sería besar a un vampiro, pero nada se comparaba a esto, nada se comparaba a la piel picándole, a su corazón errático en sus oídos.

Un escalofrío se deslizó por su espalda y las manos de Aundrey se movieron de su cabeza a su cintura, cubriéndola con su cuerpo. Su respiración acelerada y cálida le acariciaba las mejillas, no podía imaginarse nada más extraño que un vampiro respirando para controlarse, pero allí, sobre ella, era maravilloso.

Cerró los ojos aturdida por las sensaciones. Algo dentro se prendió de increíble manera: unas ansias primitivas que le encendieron el cuerpo. Lo necesitaba, lo precisaba con ella. Ahora, allí, toda la frustración y las ganas volvían en avalancha. Si se iba de nuevo iba a hacerle mucho daño.

El vampiro gruñó, retirándose un poco, con esos ojos grises oscurecidos. Era tan guapo, respiraba tan apresurado y sus labios estaban rojos. La punta de sus colmillos no la perturbaron, sino que le provocaron un agradable cosquilleo por la piel, porque algo dentro de ella le pedía que él la mordiera.

Las manos grandes y estilizadas subieron hasta el frente del overol, tomando el cierre y abriéndolo hasta llegar a su cintura. Esos ojos recorrieron su pecho y caderas, quemando todo a su paso, y sus dedos se movieron para acariciar su piel. El roce la hizo inclinarse hacia adelante, complacida por las sensaciones que la invadían, abandonada ante los frenéticos estremecimientos de calor.

El aire crepitaba a su alrededor.

Quedamente, subió sus manos hacia su cuello, utilizando la punta de las uñas para acariciar bajo sus orejas y la parte trasera de su nuca, oyendo ese ronroneo y gruñido bajito, viendo sus ojos lacerantes de necesidad… hasta que ella se ahogó. Era lo más jodidamente sexy que había escuchado nunca.

El siguiente beso fue más lento y provocativo. El calor en su vientre se extendió hacia todos lados. Se estrechó más contra él, y ronroneó complacido, al mismo tiempo que sus pechos chocaron contra su tórax. Le tironeó la musculosa hacia arriba, rompiendo el beso, y sus dedos le flanquearon la cintura, llegando a sus costillas, por lo que levantó los brazos para que retirara la prenda.

Se prendió como un foco cuando Aundrey bajó la mirada al valle en su pecho acelerado. No era voluptuosa, pero tenía lo suyo. Sus dedos descendieron, tocando suavemente el borde de sus senos, y ella se erizó complacida, buscando más de ese tacto. Gimió suavecito por la provocación y el vampiro la miró. El hambre y la lujuria que vio allí la asaltó con fuerza. Aundrey sonrió, y antes de poder detenerlo, su boca bajó hacia su cuello. Y le temblaron las piernas cuando sus dedos se aferraron a sus hombros para no caer, mientras las manos de este bajaban por su cintura y volvían a subir.

—¿Qué? —preguntó a medias, gimiendo, cuando Aundrey puso una de sus masculinas y cálidas manos sobre uno de sus pechos para masajearlo con dulzura. Se derritió en aquel momento, pero un chispazo de cordura la volvió en sí.

—¿Quieres que me detenga? —siseó en su oído, lamiendo el lóbulo. Oh, Dioses…

—No —gimoteó. Oh, Dioses, iba a llorar y también a suplicar si lo hacía.

—Entonces, no preguntes. —Continuó bajando, mientras su mano se metía entre medio del encaje, llegando hasta su sensitiva punta y pellizcándola, logrando que se estirara de puro placer.

***

Sus respiraciones lo estaban volviendo loco. Le faltaban manos para tocar todo lo que quería. Ani maldijo en algún momento, cuando él encontraba una parte de ella especialmente sensible. Y sus manos tantearon a su alrededor, quitándole la chaqueta y tironeándole el jersey que le sacó de golpe, quedando con una camisa que tampoco era de su gusto. Sus pieles se encontraron mientras él gruñía, y tomándola de la cintura la levantó, haciendo que cerrara sus piernas alrededor de él.

Se retiró un poco para verla. Su piel morena había tomado un tinte levemente rojizo en sus mejillas, tenía sus labios hinchados y brillantes, listos para seguir mordiendo. Su cuello y pecho subían y bajaban aceleradamente y estaba tan caliente que se fundiría en aquel mismo momento. Pero lo más maravilloso eran esos ojos dorados como la miel, con leves detalles amarillentos. Ojos de lobo lujurioso.

—Te necesito…

Y no hubo modo de que el mismísimo infierno se abriera a su lado y él pudiera concentrarse en otra cosa, porque aquella frase fue el detonante para un placer invasivo tan denso que se le metió bajo la piel como una droga. Porque ahí, en ese momento, sería suya y de nadie más.

***

Terminaron en el suelo, con la chaqueta del vampiro y su overol para no tener contacto con las frías baldosas. En la penumbra, desnudos, calientes y enloquecidos.

No había estado con un hombre desde hacía años; literalmente, desde hacía casi diez. Su primera vez había sido durante un ciclo inestable que le provocó más miedo que otra cosa, pero allí, ahora, los oscuros ojos del vampiro la guiaron cada vez más hacia lugares que no conocía, y él parecía disfrutarlo más que nadie, cuando notó su inexperiencia. Claro que sí, loco bastardo, estaba segura que se lo sacaría en cara luego.

Se aferró a sus músculos, a esos gemidos profundos con leves tintes a gruñidos, y se dejó llevar por esas manos que sabían exactamente qué hacer. Lo tocó con regocijo, notando lo tenso y caliente que estaba, y lo hipnotizadores que parecían todos y cada uno de sus movimientos.

Le pasó las uñas por el costado y el vampiro soltó un jadeo, mostrando sus colmillos cada vez más brillantes y tentadores, deteniendo su ritmo para mirarla con el cejo fruncido.

—No hagas eso —gruñó. Ella sonrió maquiavélicamente mientras él bajaba su rostro hasta el de ella. Parecía estarla memorizando.

—¿Por qué? —preguntó con la voz baja y rasposa.

—¿Sabes lo que son cuatro años de celibato para un vampiro? —replicó, bajando la mano por su costado hasta el elástico de sus bragas. Al instante, se ahogó un poco mientras seguía descendiendo, y cuando tocó lo húmeda que estaba, soltó otro pequeño gruñido. Aundrey movió sus dedos, ella se retorció ante el aturdidor placer. Se aferró con fuerza a sus brazos, arqueándose, sin poder escapar de esa desesperante y burbujeante sensación.

—De… detente —gimoteó, retorciéndose un poco más.

—¿Hmm? —murmuró Aundrey, con una sonrisa malvada en su rostro, conteniendo los dedos para que ella lograra respirar un poco, con jadeos pequeños y acelerados. El vampiro la miró nuevamente, midiendo o calculando. No tenía idea, no podía respirar bien e hizo algo, un ligero movimiento con los dedos sobre su sensible piel, bajando el rostro sobre su boca, y el orgasmo la asaltó tan fuerte que todo a su alrededor se fundió en una luz cálida y enloquecedora.

Todavía en su nube, aferrada como estaba al vampiro, le mordió suavemente la barbilla y le pidió permiso con una mirada para ir por más.

***

Joder. Joder. Joder.

Era mucho mejor de lo que esperaba. Ani era tan inocentemente erótica que quería esto y mucho más. Dioses, era preciosa, allí bajo él, recibiendo sus caricias con unos gemidos que podían prenderle fuego a un iglú. Su primer orgasmo lo disfrutó como si fuera el propio, y cuando lo recibió dentro todo se fue al infierno.

Oh, maldición. Esa licana era suya, ahora, y hasta nuevo aviso.

***

No se podría contar todo lo que hicieron, porque sería indecoroso, pero con manifestar que se revolcaron como si no hubiera un mañana, era decir poco. Aundrey la tranquilizó cuando tuvo un pequeño ataque de sensatez. Estaba en el área común de su trabajo, pero claro, el sujeto sabía exactamente la hora de entrada y salida de sus compañeros, y había estado tan seguro que le creyó cada palabra, aunque, podría haber entrado alguien y no haberse dado cuenta gracias a su pequeña nube de placer. Igual le iba el exhibicionismo y acababa de darse cuenta de ello.

Por todos los demonios había sido increíble, gratificante y ésa era, ciertamente, la liberación que necesitaba. Todas las ganas y el tiempo acumulado habían aflorado como un remolino. Se habían devorado entre empujones, quejidos y maldiciones, el vampiro sabía lo que hacía y lo hacía demasiado bien. Había llegado a unos tres orgasmos y ahora su lobo estaba tan en calma, que no podía reconocerse ni a sí misma.

Estaba avergonzada, pero ni siquiera un poco arrepentida. Este tira y afloja, desde que había llegado a su hogar, era estresante para todos, y habían acabado en esto. Respiraciones agitadas, pieles calientes y cuerpos enredados y enfebrecidos.

Gruñó un poco, el acto le había dejado sus instintos delicados, y ahora tenía todos sus malditos sentidos a flor de piel. Hasta podía escuchar los pasos de alguien dos pisos arriba de ella, a través de dos capas de hormigón de unos cincuenta centímetros.

Aquella habitación olía a sexo y desenfreno, y debía deshabilitarla antes de que llegara su jefe o alguien más de mantención.

Mientras se vestían en silencio, había una paz demasiado extraña en el ambiente, como si necesitaran de un descanso verbal antes de aclarar o ignorar lo que había ocurrido.

Cuando terminó de ponerse el overol se dio cuenta que el vampiro la miraba mientras se arreglaba el cabello. Esos ojos estaban evaluándola y eso la hizo ponerse a la defensiva.

—No era virgen —comentó rápidamente, tratando de peinarse su pajarera de cabello y mirando a cualquier otro lado por el pequeño ramalazo de vergüenza que sintió.

No sabía por qué le había dicho eso, parecía que en sus facciones buscaba algo en ella, ¿dolor, humillación, una experiencia nueva? Simplemente parecía curioso, y ella le quitó de encima lo que le podría remover la memoria a alguien en un momento como aquel, tan... salido de la nada.

—Lo he notado —respondió, mirándola como si hubiera querido decir algo más y se marchó.

No era como si hubiera esperado algo más. No era como si no fuera otra cosa más que un revolcón ¿no?

***

Bien… No, no estaba bien. Era un licántropo, traían la monogamia en la sangre. Una licana no iba por allí entregando su cuerpo por simple placer, o bueno, sí, aunque debía aclarar que él había puesto bastante esmero. En un primer momento había tenido un poco de conciencia al notar que podía haber sido novata, pero algo en su forma de moverse le había dicho que no. Y aunque lo hubiera sido, ¿de verdad habría dado marcha atrás? Estaba bastante seguro que no, porque en el momento en que aceptó su beso, en que buscó más de su piel, no habría vuelto atrás por nada.

Ahora bien, tampoco había parecido muy experta. De hecho, para nada, y eso le había encantado. Si podía hacer de estos encuentros algo más continuo, podría enseñarle tantas cosas... Solo tenía que hacer desaparecer a cualquier tercero en discordia. A cualquiera, con tal que Ani fuera solamente suya, que lo viera y que lo buscara. Porque, por ahora, era de él. Así de simple, su olor estaba en ella y estaba seguro que lo recordaría bastante durante la noche.

Solo tenía que hacer desaparecer al humano. Nada de encuentros especiales en lo oscuro. No con él por ahí. E investigaría, quería saber más...

***

Suspiró subiendo por el ascensor de servicio. Tocó delicadamente sus labios rojos. Olía a vampiro, olía a él, y aunque quería tener cualquier sentimiento negativo, no podía. Le había gustado, lo había disfrutado, y no creía poder negarse si volvía a pasar. Se tocó el lóbulo de la oreja, estremeciéndose.

Suspiró largamente, sonriendo. Agh, estúpida de ella. No podía permitir que él viera lo que le había hecho, si no, quién sabe qué pensamiento troglodita se le podía ocurrir. Había conocido a varios vampiros, todos muy especiales, psicóticos, celosos y malpensados, no quería darle qué pensar a uno con el que, literalmente, vivía a menos de cuatro metros.

Se llevó una mano al cuello logrando erizarse.

—Maldito cuerpo —gruñó cuando detenidamente se miraba en el espejo para buscar evidencia.

Oh, recuerdos... pensar en eso no le hacía bien. Nada de bien. De hecho, habían pactado un trato de silencio y no lo iba a traer a su mente ahora.

Había sido una niñata creída, rebelde; había tenido su primera gran borrachera y había terminado asustada, ahogada en sus malas decisiones y a punto de escapar por vergüenza, solo para recibir medio mes el rapapolvo que merecía, y el cual, le hizo creer en los viejos Dioses. Pero era muy diferente ahora... porque el vampiro era eso: un vampiro, y los híbridos eran uno en cien mil, cuidados por fuerzas más grandes que los mismos reyes, y nacidos, por lo que se cuenta, en relaciones muy complejas. Su relación con el vampiro no era compleja, solo tensa. Y a pesar de que Aundrey la ponía a cien, eso no era más que una calentura de momento... No era como si se fuera a enamorar o algo así. Eso nunca.

¿Cierto?

MIÉRCOLES 9 DE DICIEMBRE, 7:56. DEPARTAMENTO DE ANIMIC.

El silencio había sido como un cristal a punto de romperse en el momento en que uno de los dos dijera algo más que dos palabras juntas al volver y quedarse en casa.

Ella se quedó metida en sus pensamientos, realizando conversaciones imaginariamente estúpidas donde incitaba al vampiro a acercarse. Pero la vergüenza de solo pensarlo la provocaba a silenciarse y esconderse. Estúpida. Estúpida. Estúpida.

¿Cómo habían terminado así?

Y él se quedó sobre su camastro, con la piel tirante y obligando a sus manos a quedarse quietas, observándola por el refilón, retorciéndose en la cama, preguntándose cuál de los dos caería primero.

¿Quién daría el primer paso para lo inevitable?

13

Estaban sentados en una de las mesas del balcón, hacía mucho frío y la nariz sonrojada del humano le decía que se estaba congelando por ella. Pero había querido medio escaparse de Aundrey por si este andaba por allí, así que el humano había accedido a seguirla fuera, mientras ella se fumaba un cigarro con mucha calma. Solo había una salida, por lo que, al menos que el vampiro saliera muy campante, no podría escucharlos… o eso creía. Ellos variaban mucho sus sentidos auditivos.

—El cigarro nunca ha sido mi aliado, pero en la forma en la que lo fumas parece tentador. —Ani sonrió y bebió un poco de su café.

—Solo estoy tratando de soltar tensión —le respondió y lo vio estirarse para luego encogerse friolento—. ¿Por qué tienes reuniones hasta las cuatro de la mañana? —preguntó curiosa. Avan estaba dentro de un comité de abogados que trabajaban casi toda la noche.

—Mis clientes son especiales.

—¿Vampiros? —formuló en tono jocoso para molestarlo.

—Qué más quisiera. Me imagino que son más ordenados, menos burocráticos —contestó en tono burlón.

«Ya quisieras», pensó sonriendo, porque este le seguía la broma. Si supiera la verdad. Los vampiros tenían más archivos y papeles que las bibliotecas más surtidas del mundo. Les gustaba guardar todo, desde los linajes familiares hasta las matanzas más pequeñas. Todo. Tenían hasta una sección *patronus* dedicada al traspaso de información tecnológica.

—Hay de todo en este mundo —respondió, riendo un poco—. Dime algo, Avan, ¿cuántas piernas has roto para llegar hasta aquí?

—No muchas, la verdad, pero tengo buenos amigos. Amigos con poder, allí donde uno jamás creería. Y soy bueno, muy bueno en lo que hago, así que he merecido mi lugar. No me arrepiento de nada —zanjó y ella levantó la taza de café en su honor.

Por el rabillo del ojo vio una sombra moverse dentro de la cafetería. Apenas había algunas luces prendidas así que Aundrey podía desplazarse a gusto. Chismoso.

—Ahora tú, dime algo, Animic. ¿Eres militar? —Se trapicó con el humo y lo miró, alzando una ceja.

—No, claro que no. ¿Por qué creerías eso?

—Me quedó la duda. Dijiste que estudiaste algo de estrategia. Sinceramente, y sin ánimo de ofender, no tienes pinta de estar metida en el aburrido arte de la estrategia comercial, así que lo único que me queda es la planificación armada, cosa que solo se estudia para entrar a los grupos de asalto.

Alerta. Alarma. Cambia de tema. Ahora.

—Sabes mucho de eso… —El humano sonrió y sacó algo de su cuello. Una placa cuadrada con ribetes dorados.

—Tuve mi tiempo.

Un militar. Abogado y un militar. ¿De dónde salido este hombre?

—Es un hobby, nada que valga la pena —le quitó importancia, mientras el humano bebía de su propio café—. Así que militar. ¿Qué rango?

—Capitán.

Ani se atragantó con el humo otra vez.

—¿Cómo?

Tendría que ser viejo para ser abogado y haber llegado a ese rango militar, porque no aparentaba más de veintinueve.

—Estudiaba ambas cosas. —Rio—. Estudiaba para ser abogado mientras complementaba mi trabajo de campo. Tenía más energía que ahora. Ahora mis viejos huesos sufren tanto —se quejó. Ella rodó los ojos dedicándole un movimiento con la cabeza.

Logró ver el enojado semblante del vampiro mientras se escondía. Agh. No iba a malgastarse por él y sus paranoias, porque no era como si estuviera coqueteando. Avan parecía, simplemente, amigable.

***

Oculto detrás de un pilar, los escuchó entrar. No había logrado enterarse de nada y eso lo ponía de pésimo humor. ¿Qué hacía Ani con ese humano allá afuera? ¿Se había ido hasta ese lugar a sabiendas que no podía salir? ¿Lo había hecho a propósito? ¿Qué tenía que hablar con ese humano? ¿Por qué tenía que hacer todo complicado? Quince minutos, solo la dejó quince minutos sola...

—Debo volver a mi hogar, ha sido un día agitado. Espero verte mañana, y si es posible ¿una cita más prolongada? —Los observó a través del reflejo de un vidrio. Animic se detuvo, no alcanzaba a ver su rostro, pero lo enojó que lo pensara.

—Claro.

¡¿Qué?! No, no, claro que no.

—Maravilloso. Nos pondremos de acuerdo entonces.

Aundrey hizo castañear los colmillos y el humano se quedó quieto.

—A veces, siento que no estamos solos, hay algo que te ronda. ¿Lo sientes?

—¿Qué? No, no. Debes estar muy cansado. Yo no siento nada. —Rodó los ojos, era una pésima mentirosa.

—Hmm... Extraño.

Se inclinó un poco más para verlos en el momento exacto en que el humano le daba a SU licántropa un beso en la mejilla que la dejó sorprendida y a él con una abrasiva sensación depredadora.

El humano se marchó hacia los elevadores tan rápido como si supiera que su vida estaba en peligro. Él salió detrás, pero fue interceptado por la licana. Estaba sonrojada y eso lo hizo enojar aún más.

—¿Qué haces? —preguntó en un susurro acerado, abriendo los brazos—. ¿A dónde crees que vas?

A lo lejos escucharon el elevador, lo que hizo que bajara los brazos y él gruñera.

—¿Qué hacías?

—¿Qué hacía con qué? ¿Avan? Estábamos hablando.

—Humano.

—¡Oh, por todos los Dioses! ¿Vas a comenzar de nuevo? ¡Qué crees que…!

Miró sus labios rojos y tan tentadores, que sus pensamientos fueron a parar solo a ese apetitoso par. No la dejó terminar de hablar, le tomó el rostro cálido entre las manos, la obligó a inclinarse para que lo mirara y la besó. Ella se retiró, pero él no la soltó, se rehusó a medias, un segundo antes de soltar el suspiro que quería escuchar, aferrando sus manos a sus brazos. Ani le devolvió el beso con la misma pasión, sabía tan bien, tan condenadamente bien, tan dulce y caliente, hasta que gruñó y fue demasiado tarde para alejarse cuando lo mordió. No muy fuerte para sacarle sangre, pero si para sorprenderlo. Se alejó tocándose el labio mientras ésta sonreía ganadora.

—Deja a Avan tranquilo.

—Estás concertando citas con él —gruñó molesto. ¿Celoso? No, solo posesivo.

—Es interesante…

Un pitido agudo en el oído le hizo hacer una mueca mientras abría la conexión.

—¿Qué? —rezongó al trasmisor. Ani lo miró enojada.

—Agh, Aundrey, te dijimos que fueras a ver a Axals, han enviado un contingente en tu búsqueda.

—¿Qué?

—¿Qué, vampiro, qué? —preguntó la licana y él le hizo un gesto para indicarle que no era ella. Ani rodó los ojos y se marchó.

—¿Qué estás haciendo? —interrogó Pablick con ese tonito molestoso—. En fin, no entrarán en el edificio, pero si te esperarán afuera. Ten cuidado, va Cals.

—¿Me puedes echar una mano con Animic?

—Claro, pero dile que no nos muerda.

Cortó la trasmisión y siguió a la licana, esta había vuelto a su trabajo y él ahora solo tenía que hacerse a la idea de que no le iba a gustar ese encuentro con Axals.

Jueves 10 de diciembre, 6:30 am. Edificio Emperatriz.

Aundrey, extrañamente, no la había seguido las últimas horas, lo que hizo que una mala sensación le cruzara los nervios. ¿Había ido tras Avan? ¿Le había pasado algo? ¿Lo habían descubierto? ¿Se había largado? Si se había largado… iba a seguirlo y hacerle pagar. El vampiro siempre le avisaba cuando iba a comer, y no lo había hecho. Había revisado por décima vez su celular, pero no había nada allí que le dijera que había intentado comunicarse con ella.

Nadie se acostaba con ella tan campante y luego se largaba como si fuera algún tipo de recompensa. Especialmente, no cuando ella estaba más que dispuesta a tener otro pequeño encuentro… solo para quitarse el gusto.

Se despidió del soñoliento recepcionista, sujetando fuertemente el celular, cuando una sensación vieja le subió por la espalda.

Se quedó con la mano sobre la puerta. Los vellos de su nuca se erizaron y su lobo se desplazó a la superficie en espera de una orden. Sus ojos recorrieron puntos de escape, de soporte y de peligro. Asimismo, logró una percepción completa de la cantidad de armas y el peligro de ser visto por humanos. Su respiración se tranquilizó y su cuerpo se tensó. Todo en ella susceptible a lo que veía de frente.

Eran siete vampiros. Todos con sus tenidas formales de *patronus*, pantalones negros, botas, y una túnica que se abría a los dos lados, ocultando las armas. Todos rodeando a Aundrey que parecía terriblemente enojado. Cuando sus grises se enfocaron en ella, su rostro se ablandó, como si quisiera quitarle el hierro de estar siendo rodeado por los suyos de manera agresiva.

—¿Qué ocurre? —preguntó, dejando que la puerta se cerrara detrás de ella.

—Animic, está todo bien —le respondió, caminando hacia ella, cuando la mano de uno de los vampiros se aferró al brazo de este, deteniéndolo.

Ella se paralizó, su lobo se expuso como medio de protección, sus sentidos se sensibilizaron y hubo unos movimientos nerviosos cuando notó que sus ojos habían cambiado. Todo parecía más claro, más lento, más detallado. Eran sus ojos de lobo.

Algunos de ellos se erizaron. Bien, podía jugar con eso. Ella no era un lobo diluido, era un *interfector*. Su raza era la que hablaban en las leyendas más viejas del continente.

—Detente —le ordenó Aundrey y ella lo miró enojada—. No ocurre nada, Animic. Voy a ir con ellos, es algo de rutina.

—No parece algo de rutina, vampiro.

Hubo un pequeño ruido de ráfaga. Observó cómo aparecían los otros dos vampiros que había conocido con Aundrey. Ahí estaba el moreno y el rubio, parecían enojados, pero no peligrosos.

—Nosotros nos quedamos con ella.

—No necesito niñeros —replicó—, y no me gusta esto. —El vampiro que estaba sujetando a Aundrey era quien parecía estar al mando. Tenía el cabello corto, de algún tipo de rubio muy pálido, sus ojos eran de un fuerte verde y la miraba enojado, con repugnancia. Ese enojo típico de aquellos que aún no aceptaban que la guerra había terminado.

Esos que aún deseaban sangre. Su sangre.

—Vampiro, ¿quién es tu *Dux*? —preguntó al rubio. Este le mostró los colmillos, desafiante. Pero había una regla general en este mundillo, y versaba que no podías negarle a nadie quién era tu jefe o tu amo, era un desafío no muy bien visto—. ¿Axals, Lazdia o Abrass? —inquirió, nombrando a los tres generales.

—Axals —le respondió Aundrey y parecía ahora enojado con ella—. Vamos, Pablick. Fritzyk, cuídala.

Iba a responder incómoda, porque se lo estaban llevando, pero los otros dos vampiros llegaron a su lado, observando cómo Aundrey desaparecía dentro de un auto con vidrios polarizados. Se destensó con una calma que no sentía, pero no iba a ser ella la que se pusiera en evidencia. Por lo tanto, comenzó a caminar por la salida trasera. Escuchó el rozar de la ropa y el rubio desapareció edificio arriba, el otro, entretanto, se puso más o menos a su lado. Inmediatamente, advirtió cuando este reconoció el olor de Aundrey en ella. Sus ojos oscuros se ampliaron y su boca se abrió ligeramente, mostrando unos colmillos inusualmente grandes.

Pero ella lo ignoró, no sin ruborizarse intensamente.

Jueves 10 de diciembre, 6:54. Laberintos del Consejo.

Axals Sienes no era uno de los *Dux* solo por tener una cantidad de años que podría hacer envejecer a una momia, su linaje descendía de los vampiros blancos, dinastía que había reinado su pueblo desde los comienzos de su despertar. Por lo que se le consideraba el vampiro más peligroso del continente. Era uno de los pocos a los que debía mirar hacia arriba, con casi dos metros y diez centímetros de altura. Su cabello rubio, casi blanco, le caía en cascada de lado a lado, enmarcando un rostro agudo y endiablado. Sus ojos eran de un cálido café y tenía la costumbre de morderse el labio inferior, por lo que siempre se podía apreciar la punta de un colmillo blanco como la cal.

Llevaba la túnica *patronus* normal, sentado en las escaleras de piedra que iban hacia uno de los cuartos del Consejo. Tan despreocupado como siempre, sus ojos lo atravesaron de lado a lado y una sonrisa amistosa apareció en sus facciones. Su nariz hizo un leve olfateo y ya había sido inspeccionado de lado a lado.

—Una licántropa… que huele especialmente bien. —Sus ojos fueron hacia Cals, el vampiro que lo había censurado en un primer momento. Odió al maldito bastardo cuando lo escuchó siseando por el encuentro con Ani—. Puedes marcharte, Cals. Muchas gracias por escoltar a mi amigo hasta aquí.

—Señor —se despidió el sujeto, dándole una mirada que ponía en evidencia su desagrado para con él.

—«Escoltar», debo recordar esa frase para próximos encuentros.

—No te veía hace tanto tiempo, mi querido Aundrey. —Le hizo un movimiento para que se acercara, y él tuvo que aguantar la inspección. Jodida nariz suya. Axals tenía esos raros dones que de vez en cuando se veían en algún vampiro nacido. Un sentido increíblemente desarrollado y que ocupaba con gran placer—. Oh… —Sus ojos se abrieron de golpe—. Animic, la hija de los reyes licanos. Tu protegida, ¿no? La princesa me notificó del decreto. Debo decir que huele especialmente bien, no la he visto en años. —Se tensó en alarma—. Un gusto peculiar, casi me rompe una costilla la última vez que nos vimos. Espero que no sea tan estricta contigo.

Se le erizaron los vellos de la nuca ante esa última frase. Golpear a Axals era algo imposible, porque el sujeto era una maldita arma de matar, pacífico en la mayoría de sus días, pero él, concretamente, movía a cada *patronus* del continente y eso se ganaba a pulso. Ani, en cambio, era una chiquilla, apenas tenía en esa época ¿qué? ¿veintidós años?

—¿Qué?

Axals sonrió y lo siguió, llevándolo por las decenas de pasillos que respondían al nombre del Consejo. Piedra fría y clara que llevaba a una pequeña ciudadela bajo la gran ciudad humana. Allí —lo que quedaba del Consejo vampiro—, movían, deshacían y urdían la mayoría de los planes de la raza. Y con Consejo se refería a Axals, Lazdia, Abrass y algunos vampiros viejos que cuidaban las decisiones de los reyes.

—Te di un mes para que vinieras, Aundrey. Eres el único que ha salido vivo de los LMG. No podemos seguir esperando información que puede ayudarnos.

—Hubiera venido antes si algunos de mis recuerdos sirvieran de algo, pero no es así. No recuerdo demasiado, y estuve en suspensión unos meses.

Axals abrió una puerta y lo hizo pasar. En la oscuridad de la habitación, cerró los ojos, apretó los puños y maldijo en voz baja, cuando la presión sobre sus músculos lo asaltó. Idiota, había caído tan rápido. Una mano en el lateral de su cuello, otro en su brazo y una orden directa para que no se moviera. El dolor lo asaltó, nublando todo, mientras una serie de recuerdos explotaban en su mente.

***

Miró a Lust por el rabillo del ojo, quien estaba más allá, gruñéndole a su teléfono. Su hermana todavía lo ignoraba, y desde que le habían puesto algunos *venatrix* de más, no había podido escaparse para hablar con ella. El licano había logrado implementar un nuevo ramo en la Academia de Licántropos, y solo quería a una persona en el puesto, pero dicha persona lo ignoraba desde hace algunos días, porque su hermana no le dirigía la palabra cuando todos los demás le daban la razón. Así era Lust... le costaba dejar ir a las personas.

—Lust, deja eso. Ven acá —le gruñó enojada.

Sus padres, los de ambos, estaban en una reunión de emergencia en el Consejo vampiro, y el cuarteto lo contemplaba de manera inquisidora, como si los estuvieran evaluando y bueno... era algo que hacían seguido, ya que serían las cabezas de sus propias razas.

—¡Oh, vamos, Ane! —se quejó, llamándola de aquella forma... ¡De aquella forma! Se hubiera ruborizado si pudiera.

—¡Compórtate! —siseó por lo bajo, y muy erguida se acercó a la mesa. Sus padres le levantaron una ceja y su madre le dedicó una sonrisa mordaz.

—¿Aún no te responde? —preguntó el padre de Lust en tono burlón, dejando su bebida de lado.

—¡No, la muy condenada! —gruñó el licano y se sentó al lado de su madre.

—¿Pueden tomarnos atención ahora? —preguntó el rey licano mirando a su hijo, al mismo tiempo que este cabeceó.

—Bien —dijo su propio padre, mirándolo detenidamente—. Creo que ambos tienen que hacerse exámenes médicos completos.

Así, sin rodeos, ése era su padre. Siempre directo.

—¿Para qué? Si puedo preguntar —interpeló Lust con la voz cargada de resentimiento. Era un tema de más hablado, no podía creer que los habían arrastrado hasta el Consejo por algo que ya habían charlado un millar de veces.

La verdad de las verdades, era que ninguno de los dos se había acercado a nada que tuviera que ver con hospitales desde el secuestro, a excepción de cuando Animic había ido a parar a uno.

Después del rapto nadie les podía hablar de agujas, medicina, o camas de hospital, habían pasado un año sobre una, y el simple hecho de pensar en estar sobre una camilla, le provocaba ataques de pánico o de ansiedad. Sabía que a Lust le asaltaban las pesadillas regularmente, mientras ella, sufría constantes ataques de claustrofobia e hipersensibilidad a los cambios de temperatura.

—Los humanos jugaron genéticamente con los dos. —Aquello lo sabían, no habían pasado el año solo encerrados.

Los habían amarrado a camillas, le habían inyectado un montón de líquidos, le habían hecho comer y degustar una cantidad exótica de material innombrable. Los habían sedado, maltratado, Lust se había llevado tres sesiones de tortura eléctrica mientras a ella la habían quemado con rayos ultravioleta de manera constante para ver sus propiedades curativas.

Habían jugado, removido, ultrajado y, por ello mismo, no querían saber nada más de eso.

Miró a su madre que movía nerviosamente su anillo de casada. Había un secreto, algo que solo las dos sabían, algo que pasaba de madre a hijos en su línea sucesoria, algo que ni siquiera su padre sabía y era algo que no esperaba que nadie supiera jamás, porque sería la búsqueda y captura de su cabeza por lo que quedaba de eternidad.

—Estamos bien —cortó Anet—, muy bien. Solo algunas secuelas pequeñas, pero no necesitamos que nos revise nadie.

—Exacto —la apoyó Lust—, como nuevos.

—Hijo —susurró la madre de Lust, posando la mano sobre el brazo tenso—, los humanos les hicieron daño y necesitamos saber qué tan grave es. Y si afectaron su longevidad, si repercutieron en su salud de alguna manera.

—¿Cómo están tan empecinados? —preguntó Anet, mirando a su padre.

Este soltó un suspiro y les mostró una carpeta que minutos antes no había visto.

—Se hicieron investigaciones en el laboratorio donde estaban. Los humanos intentaron destruir toda la evidencia que pudieron, en tanto la masacre se creaba, pero se les olvidó un núcleo de información.

Ella abrió la carpeta y contempló fotos de ellos en las condiciones que los habían hallado, estaban algo deslucidas, en conjunto con algunos datos sin importancia, anotaciones de días invisibles; pero más abajo algo le heló el cuerpo. No, maldita sea. No podía ser cierto. ¿Lo habían descubierto? Su madre le hizo un movimiento con los ojos para que pareciera sorprendida y ella entendió.

Culpar a los LMG era siempre una buena opción.

Un secreto generacional

Un secreto peligroso.

Culpar a los humanos de un desperfecto genético podía ser su salvación.

***

Se atragantó mientras seguía la línea de palabras. El pánico asaltándole de a poco, intentando mantenerlo controlado para que no fuera demasiado obvio. Anet ni siquiera se movía.

Un recuerdo quebró la barrera que había puesto a esos días de encierro. Uno que había sido una pequeña luz en medio de la angustia y el stress de terminar muertos en cualquier momento. Porque aquel papel mostraba algo que le heló la sangre. Las cadenas se unían y se aceptaban, se formaban y congeniaban. No había deformidad ni alteración que no resultara. Era, simplemente, perfecto.

—Creemos que cada célula de ustedes está conformada ahora de este modo. Quizás que se puede revertir… pero deben dejar que los médicos los vean. Especialmente tú, Lust. Estos archivos no fueron encontrados para ti, pero no vemos que sean demasiado diferentes. Si lograron hacer estos cambios en Anet, la raza vampira es mucho más complicada que la nuestra, no veo que no pudieran haber hecho lo mismo contigo, y necesitamos saberlo.

Ser genéticamente compatibles para engendrar.

Miró a Ane a los ojos y en esos hermosos ojos azules vio lo mismo que estaba pensando él, y todo lo que podían perder.

14

Estaba sentada en la escalera metálica y corroída que subía hacia su hogar, con un cigarro en una mano y el celular en la otra. El vampiro rubio estaba oculto en el techo, y al moreno, le había perdido la pista hacía mucho. Iba a amanecer en cosa de una media hora, aún no sabía nada de Aundrey y eso la hacía sentir incómoda.

—¿Qué le están haciendo? —preguntó al vampiro de arriba. Este hizo aparecer su cabeza por el límite del techo. Sus ojos fueron hacia al frente buscando quien sabe qué cosa.

—El general Axals lo está interrogando.

—Pero el vampiro dijo que no recordaba el secuestro.

—Sí… ese es el problema. Axals no necesita que se lo digan, él lo puede ver.

—¿Qué? —Se inclinó confusa hacia adelante mirando al rubio con fijeza. Este hizo un mohín desagradable.

—Alguno de los nuestros tienen este… ¿Don? Sí, se le puede decir. Pueden ver a través de la sangre recuerdos que han sido suprimidos.

—Espera… —La imagen la asaltó de pronto. Una imagen la mar de incómoda. Una de alguien bebiendo de Aundrey y eso le provocó un escalofrió nervioso—. ¿Alguien está bebiendo…? —el vampiro asintió.

—Y por lo que se dice… no es exactamente un viaje agradable.

JUEVES 10 DE DICIEMBRE, 8:12. LABERINTOS DEL CONSEJO.

Fue la sensación de oscuridad, como caer al vacío con un fuerte dolor paralizante. No veía ni escuchaba nada… cuando todo le explotó alrededor más fuerte y nítido que nunca, colapsando aún más sus sentidos, mareándolo.

Imágenes, un millón de imágenes, de colores, de luces y sensaciones. Intentó liberarse del agarre acerado que lo tenía inmerso en aquel video de terror, pero no podía. Las imágenes adquirieron consistencia y los recuerdos comenzaron a tomar forma.

El auto siendo arribado por otros tres en medio de la carretera. Humanos con alocadas armas sedantes, como si fueran animales. Una arrinconada brutal y salvaje, aturdiéndolos con apenas un segundo de despiste. Cayendo uno a uno, los gritos y maldiciones. Las armas apenas tocadas.

Las caras de sus compañeros, preocupados, asustados, llenos de rabia. Heridos y aturdidos.

Las palabras de su princesa, liberándolos de su guardia.

Las luces quemantes, el olor a antiséptico. La constante debilidad de sus cuerpos. Arrastrados en camillas.

Pinchazos, quemaduras, dolor, golpes, revisiones. Scanner, camillas y fuertes amarras. Barro y hojas moradas. Ojos negros, ojos verdes. Doc. Janet. Espécimen de prueba.

Ese pasillo. Luz parpadeante. Letrero metálico con letras negras. Laboratorio D. Laboratorio D. Laboratorio D.

Los últimos gritos de Aucart. Las amenazas de Sahys antes de que se la llevaran. El cuerpo ceniciento de Brest antes de convertirse en cenizas a su lado.

El *container* con aquel líquido pegajoso. El encierro. El pánico. La claustrofobia. La suspensión en busca de mantenerse lúcido.

El ruido de pasos, de rieles dentro de aquel líquido.

Despertó ante el frío. Débil, ahogado. Hambriento.

El cielo nublado. La sensación sin ataduras. La rabia.

Los ojos dorados. El olor a licántropo. El calor. La libertad.

El agarre fue debilitado y logró liberarse con fuerza. Chocó contra una pared de piedra, su mano golpeó una puerta y se libró para chocar contra otra pared más. Se deslizó cuando le costó mantenerse en pie, mientras todo le daba vueltas. Comenzó a temblar, cerrando los ojos, buscando el control sobre sus emociones y recuerdos. Escuchó ruido, luego una mano delicada en su cabeza.

¿Otra vez? Se arrastró hacia atrás cuando reconoció los ojos azules, aquellos ojos que había visto los últimos años de *patronus*.

—¿Princesa? —preguntó con un nudo en la garganta.

Había más figuras, alguien más a su lado. El príncipe licántropo. Las voces al fin volvieron a tomar su cauce.

Axals estaba en la entrada de la puerta con el rostro pacífico de alguien que no había roto un plato en su vida mientras respondía calmadamente a su princesa. Tenía los labios rojos y el pinchazo en su cuello le dijo más de lo que quería saber. Se sintió sucio, dominado, y eso le revolvió el estómago.

Más allá estaban los reyes licanos y vampiros sorprendidos. Al parecer, había salido de la habitación mientras estaban cerca. Intentó ponerse en pie, aunque la debilidad lo agobió. Fue el príncipe licano, Lust, quien lo ayudó a estabilizarse.

—No vuelvas a acercarte —le gruñó a Axals, colocando su mano sobre su cuello. Los pinchazos le provocaron asco. Quería arañarse hasta romperse la piel, hasta borrar la marca.

—Aundrey, Aundrey… relájate. Ahora sé todo lo que necesito, sin papeles, sin tanta burocracia. Y tengo mucha información que puedo compartir para anular a los LMG. Te lo agradezco.

No dijo nada, enojado como un demonio. Les hizo un rápido saludos a sus regentes, saliendo de allí lo más pronto posible… cosa que no logró demasiado bien, ya que diez metros más allá se le doblaron las rodillas, cuando sintió al príncipe licántropo a su lado, agarrándolo de un brazo y ayudándolo a ponerse en pie. Su princesa se puso a su otro lado con una sonrisa pacífica, aunque tensa.

—Lo siento por eso, Aundrey. Axals es un bruto.

—Solo quiero largarme de aquí.

—¿Y Ani?

—Protegida.

***

Su princesa lo instó a ir con ellos a la mansión vampira. Dolió como no creía que podía doler volver a poner un pie en aquellas instalaciones. Cuatro años para un vampiro eran como un suspiro, pero para él, esos cuatro años habían sido cambios radicales en todo lo que había creído, en todo lo que se le había enseñado.

Habían sido sometidos por humanos.

Perdió a sus compañeros, a Aucart, Sahys y Brest.

Pasó a ser uno de los *patronus* más poderosos y diestros de su pueblo, a uno con un cuerpo débil y aturdido que reaccionaba de las maneras más frustrantes a las actividades del día a día, que antes había hecho sin pensar. Ya ni siquiera era un *Patronus Gen*, que era el más bajo nivel de su escalafón militar. Ahora no era más que un *Omega*, carne de cañón.

Pegó un pequeño salto cuando alguien le puso una mano en su brazo y hasta eso odió. Aborrecía que sus sentidos no fueran igual que antes.

Su princesa le sonrió, sentándose delante en aquel pequeño salón de la mansión.

—No podía dejarte ir, iba a amanecer en cualquier momento.

—Lo sé, señora. Agradezco su amabilidad.

Anet era una princesa preciosa, pero algo en ella había cambiado, como cualquiera que hubiera puesto un pie en las instalaciones humanas. Había sido una princesa animada e inteligente, vivaz y con ojos en todos lados. Ahora se veía… triste, muy triste, como si alguna idea o recuerdo la atormentara de día y noche.

—Agradezco lo que estás haciendo por la hermana de Lust. —Él hizo una morisqueta.

—Creo recordar que era un edicto real, señora.

—¡¿Ah?! ¿Desde cuándo los edictos reales incluyen acostones?

Sonrió por lo bajo. No, no existían esos edictos reales, porque su princesa no podía tomar a un *patronus* y ponerlo como guardián de una civil licántropa ni más ni menos. Se podía, sí, pero eran papeles que su señora no había hecho.

—Aunque Axals lo sabe, le dejé muy claro que te quería con la hermana de Lust.

—¿Por qué, señora? Estoy débil e inútil. —Su princesa sonrió.

—Eres cualquier cosa menos inútil, Aundrey. Tienes una determinación implacable, una paciencia infinita y estás vivo cuando otros no lo están. —Su semblante oscureció y sus ojos volvieron a él—. Sobreviviste.

—Ella me encontró —murmuró, recordando bien ese día—. Debo pagar.

—Y lo harás. No conozco a Animic, pero he escuchado farfullar a Lust durante años. Sé que es regañona, gruñona, y tiene mal carácter. —Él asintió a cada una de esas afirmaciones—, pero si en estos momentos yo te pidiera volver a mi guardia, ¿lo harías?

Miró a su princesa sabiendo muy bien que no, no podría hacerlo. No era solo que al fin había conseguido poner sus manos sobre ella, o que deseara intensamente estar en esos momentos en ese cuchitril que llamaba hogar en menesteres muchos más agradables. No. Sinceramente, no podía. Sentía que, si la dejaba, cosas horribles podían ocurrir.

—Lo sabía. —Su princesa se levantó—. Descansa antes de volver.

JUEVES 10 DE DICIEMBRE, 19:20. DEPARTAMENTO DE ANIMIC.

Una luz intermitente. Sangre. Metal. Un golpe, los ojos felinos de un vampiro medio ciego zamarreándolo.

—Ponte en pie, son solo dos balas. Eres hija de los *interfector*. Honra ese nombre.

Despertó de golpe con tiritones y sudores que le alteraban la respiración, porque no había tenido una pesadilla en meses. Se frotó los ojos mientras recibía tirones invisibles de sus heridas ya pasadas. *Interfector.* Una palabra del viejo mundo que no se iba citando como si fuera un honor. Literalmente, «hija de los asesinos», pero no como prole de un loco desquiciado, sino como una clase dentro de su raza. Una clase maldita y mal vista. Una prole incivilizada que había sido mermada por su salvajismo bruto. Descendientes de asesinos pagados que habían venerado su lado más salvaje. No era honroso… solo salvaje y desquiciado; pensar en eso solo le daba escalofríos.

Se levantó a medias de la cama sin ver ninguna figura aparecer en las sombras, algo que la desilusionó un poco. Aundrey no había llegado aún. La oscuridad en la habitación le dijo que ya había anochecido.

¿Dónde estaba el vampiro? ¿Estaba bien?

Fue a la cocina a prepararse algo cuando escuchó el ruido de la puerta y luego el cerrar tan rápido como un latido. El corazón se le arrancó del pecho mientras se inclinaba y lo veía. Con la mano en el cuello, el cabello suelto enmarcando su rostro y apoyado contra la pared, miraba el suelo, el pelo le tapaba la mayor parte de la cara y algo en esa pose hizo que se le acelerara el corazón. El vampiro la miró con esos ojos grises tan oscuros y llenos de pesar. No los había visto jamás así... y algo dentro de ella se apretó, como si se estuviera ahogando.

—¿Aundrey?

Dio un par de pasos inseguros hacia él, la piel le picaba y esos ojos no la soltaban. Entrecerró los ojos buscando alguna herida, algo que le hubieran hecho para comprender su estado. Su mano en el cuello era el único testimonio de qué le había ocurrido y eso la ponía enferma. Él, entretanto, la miraba en silencio, sus ojos eran tan raros, tan intensos, por lo que tragó con dificultad, con el corazón en la mano a punto de hacer algo que muy seguramente no le iba a gustar, pero lo necesitaba. Necesitaba tocarlo, saber que estaba allí. Y era estúpido y molesto, pero necesitaba saber que estaba con ella.

Soltó un suave suspiro al tocar la fría y tersa piel de su mejilla, el vampiro cerró los ojos y se inclinó como si disfrutara el toque, como un animal golpeado aceptando una caricia.

—¿Estás bien? —preguntó suavecito, ansiando no romper ese momento. Su corazón seguía latiendo como loco y estaba consciente de que el vampiro podía escucharla. Pero él no parecía el mismo arrogante, pretencioso... parecía roto, a un paso de caer, y eso la ponía nerviosa. No quería verlo caer, no quería verlo diferente. Era molesto y desquiciante, pero era él...ese vampiro que la perturbaba más de lo necesario.

—Eres tan cálida...

Su voz sonó gutural y ronca. Y esos grises nuevamente, ¿cómo alguien tan pálido podía tener unos ojos grises tan sorprendentes?, tan vivos y expuestos, como si pudiera expresar miles de cosas con ellos. Todo en ella lo percibió como nunca, su piel se electrificó con el tacto. Se retiró cuando el vampiro la siguió, sus manos se dirigieron hacia su propia mejilla, sujetándola con firmeza, mientras sus pulgares acariciaban su piel sonrojada. Sus labios se acercaron suficiente para sentir la respiración acelerada.

—Tan cálida… —El beso fue efímero —, tan suave. —Lo miró sonrojada, hipnotizada por esos pozos tormentosos—, estabas ahí. ¿Por qué me salvaste?

—¿Por qué no debería haberlo hecho?

—Cierto. ¿Por qué no? —formuló, girando el rostro con esa sonrisa socarrona que ella conocía—. ¿Por qué no?

No esperó a que fuera él quien se acercara limpiamente, tomó su rostro y lo obligó a acercarse, mientras este llevaba sus manos hasta su cintura y la levantaba con tal facilidad que le hizo soltar un jadeo. Aundrey volvió a sonreír, apoyándola contra la pared y mirándola con intensidad. Podía imaginarse lo que estaba pensando, y ella no necesitó ningún segundo de duda, ni un instante de permiso, pasando sus manos alrededor de su cuello para besarlo, un beso lento y suave, uno de anticipación y deseo. Cuando gruñó extasiado, su cuerpo se derritió, acomodándose al suyo, uniendo su pecho a tu torso, debilitándose por sus manos que comenzaban a impacientarse sobre su piel.

El vampiro la sostuvo con fuerza y en tres zancadas la llevó hasta su cama, donde la depositó sin soltarla. Quedando atrapada bajo su cuerpo, sus ojos se desviaron hacia su cuello y este se tensó al momento. No se movió cuando pasó los dedos alrededor del pequeño moretón con los dos piquetes. En cambio, sintió un regusto de amargura, y al verlo a los ojos se magnificó al admirar la vista perdida de Aundrey. Vergüenza… el vampiro tenía vergüenza.

—¿Fue Axals?

Hizo una morisqueta y la observó serio.

—Axals es mi *Dux* —regañó como si eso fuera todo. Ella pudo haber soltado un discurso sobre la manía que tenían los vampiros de darle el amén a sus señores, como si estos jamás se equivocaran, pero cuando este bajó aún más su rostro para mirarla con una intención nada inocente, ella se tragó su discurso—, aunque, la verdad, creo que podemos hacer algo más entretenido que hablar de ello.

No pudo regañarlo cuando Aundrey se volvió intenso, porque, maldita sea, no podía negarse a esos besos, a esas manos y a él, en general.

***

Esto era exactamente lo que había querido, y el único pensamiento primitivo que había tenido en todo el transcurso del día encerrado en la mansión, intentando no promover sus ansias violentas contra Axals. A Animic desnuda a su lado, satisfecha y dormida. Su olor marcado por todos lados, su calor transferido hacia él, mientras disfrutaba de la suavidad de su piel, del agradable latir de su corazón acompasado y de su respiración gradual acariciando su pecho. De lo diferente que eran sus pieles y lo tentadora que era la curva de su cuello y espalda. Curvas y curvas que se había vuelto loco por probar. Un ser tangible de vida y tan sensible que lo enloquecía. El leve picor en su cuello solo era una molestia mientras la observaba en la oscuridad de la habitación. Axals le había hecho sentir sucio y mancillado, pero lo que más odiaba en este momento, era el hecho de que le hubiera impuesto mantenerse alejado de la licántropa durante las horas de luz, donde ambos podrían haber disfrutado aún más, encerrados en esa habitación, gozando de esta nueva experiencia. Una que le estaba gustando bastante y que haría sus días mucho más agradables de sobrellevar.

Ani se removió con un quejido, y él sonrió, anticipando un poco más el juego. Girándola con cuidado comenzó una serie de besos desde su hombro, bajando por su espalda. Sintió perfectamente cuando esta despertó, porque su cuerpo se tensó y soltó un gemido placentero que le pegó con fuerza en todo su sistema, despertando zonas mucho más dispuestas.

Utilizó una de sus uñas para perfilar sus hombros, removiendo ese cabello ondulado cuando la figura apareció descolorada en la suave piel.

Era una mancha… casi como una cicatriz demasiado vieja y perdida. Era una luna creciente con tres garras en contraste. Un símbolo que había visto, estaba seguro, en algún otro lugar hacía muchos años.

¿Un tatuaje? No… era como mancha de nacimiento.

Ani gimoteó y él sonrió olvidando el extraño símbolo.

Le mordió la cadera y el ronroneo lo hizo sisear de deseo, hasta que algo vio.

—¡Vampiro! —gruñó, saliendo tan rápido de la cama que él se quedó allí, aturdido e inestable por la pérdida de calor.

—¿Qué?

—Voy a llegar tarde. —Tuvo un esplendoroso momento al verla correr desnuda hasta el baño—. Te golpearé si llego tarde.

Y con eso desapareció, hasta que notó, no sin cierto placer, que había dejado la toalla fuera.

¡Já! Esto le iba a encantar.

Jueves 10 de diciembre, 23:10. Edificio Emperatriz.

Había llegado diez minutos tarde y su jefe la había pillado. Pero en su camino le había lanzado una bola de nieve a Aundrey, tomándolo completamente desprevenido, indignándolo por haber ensuciado su pulcro traje *patronus*. Se había hartado de reír hasta que había visto la maldad en sus facciones vampiras, por lo que había desarrollado una loca carrera las últimas cuatro cuadras, escapando de sus asesinas y nada inocentes bolas de nieve. No se había reído tanto desde hacía tiempo, y algo en ese estúpido juego había hecho que se sumiera, pacientemente, para que su jefe viera lo arrepentida que estaba y no la castigara. Aunque podía imaginarse al vampiro sonriendo socarrón, tramando su venganza.

No se había sentido así en meses y eso la asustaba un poco. Aunque no quería darle demasiadas vueltas, solo estaban tonteando. Solo eso. Quitándose el peso de tenerlo obligado en su hogar, y se podía imaginar que para él era lo mismo. Una distracción inusual y tentadora, a la que bien podían sacarle provecho como aquella tarde.

Subió hasta su piso esperando ver a Avan. No sabía qué decir ni qué hacer... No es que ella hubiera utilizado al humano. Avan era, simplemente, un espécimen de aquella raza que valía la pena mirar, además de intrigante y simpático, pero se sentía un poco promiscua, aunque no tuviera por donde, después de todo ¿qué estaba haciendo? Nada, o eso creía. En fin, había prometido reunirse con él, aunque el vampiro le gruñera.

***

Inclinado sobre una baranda sonrió. Ani antes de esconderse por la puerta del acceso de los trabajadores le había sacado la lengua. Él no pudo no fantasear sobre su próximo encuentro, porque había encontrado especialmente gratificante su risa juguetona.

—Estás sonriendo luego de tener un encuentro con Axals, eso me da miedo.

—No sabía que te iban esas cosas, Aundrey.

Giró los ojos cuando los dos hombres aparecían cerca. Los había despachado en el segundo en que el sol no era un problema y estos habían vuelto a sus guardias, que tristemente estaban en su sector. Él estaba haciendo un poco de guardia perimetral para luego ir a ver a Ani.

—¿No tienen nada mejor qué hacer?

—Estás en nuestro terreno… —Supo cuando ambos vampiros sintieron más que nunca el olor a Ani en él. Ambos soltaron un suave jadeo y se quedaron quietos. Los ignoró lo que más pudo, siguiendo con la mirada a un par de hombres que salían del edificio con pinta de haber ido a pedir trabajo.

—¿Cómo es? —preguntó de pronto Pablick.

—Pablick, por todos los Dioses —gruñó con una sonrisa lobuna en sus facciones—, estoy bastante seguro que no tengo que hacerte un dibujo. —El rubio le pegó en el brazo.

—Sabes a lo que me refiero.

Sí, lo sabía. Las diferencias. El sexo con una vampira era maravilloso y caliente en el momento, pero se iba con rapidez, aunque su raza era increíblemente cadenciosa en ese sentido. Al menos que tuvieras tu pareja estable, nunca buscabas algo más que el momento. En cambio, el sexo con humanos era más agradable, aunque personalmente no gustaba demasiado de ese, pero si contaba con alguna perversión especial… como comida… eso era muy diferente. Pero con Ani había sido increíble, el calor, lo suave y dispuesta, su olor a bosque y a noche era la bienvenida a un hogar, el recibimiento desnudo de calor y una pasión que estaba despertando con increíble placer. Sus gruñidos avergonzados, leves gemidos y sus manos inexpertas. Dioses… le crecieron los colmillos de solo pensarlo. La buscaría allí adentro, sabía perfectamente de algunos sectores donde no iba un alma en toda la noche.

—Si no estuviéramos en paz, me habría visto en la obligación de un *oppugnare*.

—¿Aunque te haya salvado la vida?

—Aunque me hubiera salvado diez veces.

Los dos vampiros se rieron, bromeando de los celos que sentían en esos momentos, llegando a la convicción de que, tal vez, deberían ir más seguido a los antros de comunión de ambas razas.

—¿La mordiste? —quiso saber Pablick con renovado interés.

Se tensó. Había querido, oh sí, lo había deseado tan brutalmente en los momentos de más alto éxtasis que creyó morir si no probaba un poco de su sangre, pero no era algo que a los no-vampiro les gustara... hasta que lo conocían. Desde que se habían instalado los centros de abastecimiento se habían utilizado las mordidas para placeres más carnales, con personajes que sabían lo que significaba ser mordidas y arrastradas a ese loco estado de euforia y sumisión. Era en ese momento en el que los vampiros lograban el total dominio sobre sus presas o sobre su pareja... la liberación de una droga afrodisíaca y narcótica, el epítome de sometimiento carnal. Y aunque eso era un maldito sueño, no era algo que quería intentar con una licántropa a la cual recién estaba instigando, aún no, por lo menos. Además, que el beber de quienes eran sus aliados podía poner en problemas su estadía con Ani.

—No quiero asustarla.

Pablick iba a hacer otro comentario cuando un pitido estridente en la oreja los dejó a los tres congelados.

Una señal de ayuda.

Un *patronus* estaba siendo atacado en su sector.

—Mahgis está al sur —informó Pablick, girándose hacia él—. Quédate, Aundrey.

—Pero...

—Cuida a tu licántropa.

Asintió preocupado, observando a sus dos compañeros largarse. ¿Quién lo había atacado? ¿Licántropos? ¿Cazadores? ¿LMG? Entrechocó los colmillos y buscó su panel de acceso al edificio queriendo hallar a Animic, porque algo le otorgó una horrible sensación de angustia.

***

No había sido a propósito, de hecho, había sido mera casualidad. Uno de sus pisos había estado más iluminado de lo usual, el de la oficina de los abogados prominentes, así que había rondado un poco para ver la sala de reuniones al final del pasillo y con sombras moviéndose. Pero para su desconcierto, y debía aclarar, un gran desconcierto, un licano la miró desde afuera. Piernas separadas, manos juntas en su espalda y un entrecejo fruncido hacia su dirección. Vestimenta oscura de cuero y bolsillos ocultos. Un *venatrix* en funciones.

Se erizó y escondió para ser atrapada un poco más allá. Gracias a todos los Dioses, Aundrey no estaba cerca.

—¿Quién eres? —le preguntó, tomando su brazo con firmeza. Debía tener sus años, ya que parecía de unos cuarenta bien llevados. Tenía el cabello corto de un café chocolate y cicatrices mezcladas con arrugas. No lo reconocía.

—¿Quién eres tú? —inquirió de vuelta, entrecerrando los ojos y colocándose a la defensiva—. No eres un *venatrix* de Lust, ¿cierto? Porque si está aquí voy a golpearlo.

El sujeto pareció sorprendido, pasando al enojo en un segundo.

—Mi señor Lust no está bajo mi supervisión, y es bueno que aprendas a comportarte con tus señores. —Se quiso reír, pero esto la estaba matando de curiosidad. El sujeto no la conocía, por lo que no debía ser de la región—. Así que, ¿quién eres? —Respiró profundo y ella se sonrojó intensamente cuando sus ojos ardieron—. ¿Por qué hueles a vampiro?

—Yo trabajo aquí y por qué huelo cómo huelo no es de tu incumbencia. —Se giró para salir de allí cuando el sujeto volvió a tomar su brazo, pero esta vez con sus ojos más amables.

—¿Estás bien? ¿Tienes a alguien siguiéndote? ¿Un vampiro te está molestando?

¿Molestando? Sí, bastante, pero ahora era una molestia agradable. Gruñó y se zafó.

—No es de tu interés.

Sus ojos fueron hacia el final del pasillo, donde pudo ver a Avan hablando con alguien… con alguien que era un licano. ¿Qué estaba ocurriendo?

El *venatrix* se puso entremedio. ¿Avan? ¿Estaba bien? Se retiró un poco buscando su carro de mantención. El licano lo vio y comprendió.

—¿Trabajas aquí? —preguntó, pero ella no respondió. El sujeto sacó su celular y verificó algo mientras fruncía cada vez más el ceño—. No estás ingresada como licana en funciones exteriores. Por lo menos en esta parte de la ciudad.

Gruñó otra vez, ¡claro que no! Colocarla en nómina era una carta para que cualquier ser que quisiera verla, la siguiera. Era por eso que había estado en calma por tres años, porque sus padres no la habían ingresado en ningún sistema, un fantasma para cualquier personaje que buscara información, luego del primer gran ataque a LMG había sido muy buscada.

—No, no lo estoy, pero puedes ponerte en contacto con el Capitán Kha Beler y te notificará de mi presencia en la ciudad y lugar. No quiero problemas.

El licano volvió a fruncir el ceño, mirándola con escepticismo.

—No te muevas —le gruñó y ella soltó el aire, aburrida.

Solo quería saber que Avan estuviera bien, pero ¿por qué estaba hablando con un licano? ¿Un licano tan importante que tenía un *venatrix* de guardia? ¿Era uno de sus hermanos? No era Amelia, ni Claud, que debía de estar en la Academia. ¿Camui? Pero qué iba a hacer un chico de 15 años con un humano.

No hablaba con el Capitán Kha desde hacía años, pero se imaginaba que siendo el Capitán de la Seguridad Civil de la ciudad sabía de su presencia, especialmente la licana no registrada. Además, el idiota se lo debía, no había ascendido a capitán por mero capricho, sino porque se había aliado en último momento a la primera redada, llevando consigo a su escuadrón, siendo solo un teniente.

Miró la puerta de emergencia cuando notó movimiento. Aundrey no había subido, pero estaba segura que había escuchado algo. El licano se había alejado por el pasillo hablando en murmullos.

Casi queda pegada en el techo cuando su radio sonó.

—Animic, baja a recepción, tenemos que hablar —su jefe sonaba serio.

—¿Ocurrió algo?

—Nada muy grave. No te demores.

¿Seguiría enojado por su atraso? O, tal vez, quería hablar sobre no molestar al extraño invitado.

Se giró hacia los ascensores, el tono preocupado de su jefe le dijo que era mejor no jugar con fuego. El *venatrix* había desaparecido dentro del estudio, y antes de cerrar por completo las puertas vio a Avan, con sus enormes ojos violetas sobre ella como si hubiera salido a buscarla.

***

Los ascensores eran demasiado lentos, por lo que utilizaba las escaleras de emergencia para desplazarse por el edificio, oscuro y con cámaras en mal estado, era su mejor fuente de movilización, hasta que escuchó aquello. Pasos con ecos y el suave olor a humano. Se le erizó la espina. Humanos. Había humanos sin identificar en las escaleras. Abrió el canal y llamó a Animic. Su celular estaba sin señal. Se movió como un demonio cuando a mitad de camino escuchó los primeros disparos provenientes desde los últimos pisos.

Se mareó por el pánico. ¿Disparos? ¿Ani?

Abrió el canal hacia los demás *patronus*.

—¡Pablick! ¡Fritz!

—Aundrey, estamos bajo ataque.

—Hay disparos en el último piso del edificio.

—¡Maldición! —El retumbar de disparos desde el otro lado lo puso aún más nervioso.

Un chicharreo en su oído, se abrió otro canal.

—Joder. —Alguien más habló a través del enlace, no reconoció al hombre—. Soy el Capitán Beler, tenía a uno de mis hombres en el último piso del edificio Emperatriz protegiendo a un Consejero de la primera familia. Hace un minuto quedé sin conexión. *Patronus*, dirígete al lugar, envío *venatrix* como respaldo.

—Bien.

Los disparos en el último piso se detuvieron. Sacó sus semiautomáticas e intentó no alterarse. Animic estaba bien, Ani estaba bien, siempre salía bien parada. El olor a sangre de licano lo golpeó con fuerza.

Abrió la puerta y lo primero que vio fue el cuerpo de un humano. Los vidrios de algunos despachos habían estallado por las balas. Se movió por el lugar con sus sentidos perfectamente sincronizados. La mezcla de olores variaba a sangre humana, licana, pólvora y sudor.

Escuchó un gemido.

El olor de Ani estaba por allí. Alzó sus armas cuando otras dos le estaban apuntando al mismo momento.

El humano estaba allí, destartalado y con una leve herida en su cuello. Tenía los ojos inyectados en sangre y sus manos no temblaban sobre las armas que apuntaban perfectamente en su pecho y cara, protegiendo con su cuerpo a un licántropo inconsciente y a un desangrado *venatrix*.

Se miraron por unos segundos, cuando la llamada en su oído lo hizo congelarse.

—¿Aundrey?

—Ani... ¿Dónde estás...?

El eco de disparos. La comunicación cortada y el pánico invadiéndole como una oscura nube. Una trampa.

***

Escuchó los golpes, se asustó como un demonio. ¿Qué eran esos? ¿Disparos? Tomó su celular, pero estaba sin cobertura.

Golpeó la alarma del ascensor, pero esta no hizo nada. ¿Qué?

Antes de poder hacer algo más, había llegado al primer piso y las puertas se habían abierto. Presionó el número de Aundrey con el corazón latiéndole en los oídos. Afuera la oscuridad era penetrante y el olor a sangre humana congeló sus venas. Las luces de emergencia se encendieron y en el hall de entrada su jefe y el jefe de seguridad yacían sobre charcos de sangre.

Cinco personajes la miraban, vestidos de comando y las armas en alto. La conexión se abrió.

—¿Aundrey? —preguntó en un estado de pánico total. Lo sabía, los reconocía. No tenía salida. La habían encontrado.

—¡Ani! ¿Dónde estás?

Tres armas dispararon. El dolor la aturdió mientras chocaba contra la pared de acero, resbalando hacia el suelo con las tres saetas plateadas que iban entumiéndola, borroneando los laterales de sus ojos, sofocando sus sentidos. Miró el celular, allí estaba el nombre de Aundrey apagándose, al igual que lo hacía su conciencia.

15

En la habitación no quedaba nadie. La puerta estaba desencajada, las alarmas se hallaban desactivadas y los cuerpos del guardia nocturno y el jefe de Animic yacían desangrados en el suelo.

El ascensor detenido con el celular inerte en el suelo.

Dos autos que había seguido, perdiéndolos en la carretera principal.

Ani...

Se habían llevado a Animic.

Con el cuerpo entumido e incapaz de pensar, mientras se arrodillaba en el suelo, tomando el aún cálido celular de la licana, su número se encontraba grabado en la pantalla luminosa.

El dolor en el pecho era cada vez más angustioso. Se la habían llevado. Habían realizado una redada y se habían llevado a Ani. A su licántropa.

Los LMG se la habían llevado. Los LMG la tenían y el pánico lo quemó todo por dentro.

La verdad es que había estado tan concentrado en sus papeles que no se había percatado de su mano acariciando las agradables hebras de ébano de Anet, vampira que no tenía mucha paciencia, y eso a él, no podía importarle menos, hasta que le gruñó, lanzando lejos el periódico, sentándose a horcajas sobre sus piernas y besándolo como si no quedara un mañana. La noche no podría haber comenzado de mejor manera.

Su relación no solo era secreta, sino sumamente especial. Se había enamorado locamente de esa vampira desde que la había conocido en las celdas. Su relación durante un año había sido tan anhelante como desesperante. No solo por el estrés de estar siendo conejillos de indias sin saber si estaría muerto el día siguiente, sino porque era la heredera vampira, una vampira sin pelo en la lengua.

Cuando lo dejó respirar, estaba tan drogado por sus dulces labios que le costó concentrarse. Sus ojos azules eléctricos lo observaban detenidamente, sus manos le acariciaban su cuello. Se le aceleró el pulso aún más cuando notó los colmillos crecidos bajo esa sonrisa perversa.

—¿Tienes hambre? —susurró en un gruñido espeso. Anet soltó un gemido tan bajito y tan agradable que le subió por toda la espina—. No hagas eso —ronroneó, apoyando su frente contra la suya, porque de solo pensar en la vampira mordiéndolo, podía enviarlo directamente al cielo. Lo habían hecho muchas veces y no podía negar lo malditamente bueno que era, aunque lo dejara débil y aturdido, pero satisfecho como nada—. Sabes que quieres.

—No eres mi comida.

—Me gusta ser tu comida de la forma que quieras. —Su sonrisa era inmensa, pero cuando sonó el celular, se quejó con ganas, besando suavemente la garganta de ésta para luego mirar el número. Era su hermano. Dejó el celular de lado para acomodar a Anet contra él.

—¿No piensas responder?

—Es Claud, déjalo, solo sabe molestar. —La vampira giró los ojos y se estiró, respondiendo por él, colocando el celular en su oreja—. Hermanito... —gruñó, mirando asesinamente a una sonriente vampira.

—Lust. —El tono seco hizo que se irguiera, sujetando a Anet para que no se cayera. El corazón se le aceleró de golpe.

—¿Qué ocurre?

—Se llevaron a Animic, Lust. Se llevaron a nuestra hermana.

11 DE DICIEMBRE, HORA DESCONOCIDA. LUGAR DESCONOCIDO.

Es que no lo podía creer, era lo más idiota que podría haberle pasado. Estaba tan enojada, tan malditamente enojada.

La habían secuestrado. ¡Oh, por todos los dioses! ¿Es que no podía tener un día tranquilo? ¿Por qué tenía que ocurrir exactamente lo que el vampiro había estado anunciando las últimas semanas? Aundrey, maldito, esperaba que estuviera bien porque si los dos habían sido secuestrados… ese pensamiento le oprimía el corazón. No, Aundrey estaba bien, el vampiro estaba bien.

Se movió por los nueve metros cuadrados de celda inspeccionando todo a su alrededor. Paredes de grueso cemento, piso de cerámica pulido como un espejo, apenas un pequeño gorgoteo entre las paredes y las tuberías de agua fluyendo como único ruido rítmico. Luces frías que destellaban en el metal aleado de los barrotes.

Observó al ser frente a su celda. Un vampiro joven amarrado a una camilla. Grisáceo, sin ningún cabello, tres goteros le inyectaban algún tipo de líquido en su cuerpo. No se había movido desde que había despertado ahí. Experimentando. Se le erizaron los pelitos del cuerpo.

Aplastó su cara contra el cemento y logró ver tres celdas hacia la derecha y cuatro hacia la izquierda, un pasillo de unos tres metros que iban hacia unas puertas tipo hospital. Las celdas estaban ocupadas por el ruido de respiraciones. Nadie hablaba. El olor a vampiro y licano era constante.

—¿En qué día estamos? —preguntó un hombre con voz apagada.

—¿Cinco o seis? No sé. ¿No sientes la luna? —respondió la voz del otro lado, era el sonido de una mujer.

—Estoy demasiado adolorido para sentir algo.

—Once —contestó, sentándose en el suelo. ¿Hacía cuánto tiempo que estarían encerrados todos ellos? No quería entrar en pánico, no podía entrar en pánico. Debía relajarse.

—¿De qué mes, querida niña? —formuló la voz que tenía a un lado.

—Diciembre —contestó apesadumbrada y abrazó sus piernas al comprender algo. Lust y Anet habían sido los últimos que habían sido rescatados de cualquier laboratorio hacía tres años.

No debía entrar en pánico, no debía.

—Llevamos dos meses aquí, ¿no? —preguntó una voz afilada de hombre del otro lado. Logró verlo. Era un vampiro y estaba a su costado. Se hallaba pálido como solo ellos podían estarlo, y sus ojos azules estaban hundidos en su cavidad; parecía una calavera, el estado que solían tener cuando solo se alimentaban con comida humana, cuando les prohibían la sangre, manteniéndolos vivos, pero débiles.

—¿Cuándo has llegado, niña? No te he sentido —comentó la voz del costado derecho. El licántropo.

—Ya no sientes mucho desde hace semanas —intervino la voz de lo que ella podía apreciar como una vampira.

—No molestes, mujer. Estoy mejor de como llegué. —Rio. Ella no pudo sonreír ante el tono animoso del sujeto.

—Anoche —expresó.

—¿Cómo te llamas? —preguntó el vampiro de ojos azules.

—Animic —pronunció, cargando su cabeza contra las piernas.

Se creó el silencio por unos minutos.

—¿Animic? ¿La hija de los reyes? —Quiso saber el sujeto a su lado. Ella suspiró. Bueno… ese era un licántropo que sabía quién era. ¡Yupi!

—Sí —susurró en respuesta.

Escuchó pasos y voces, se engrifó asustada. Oyó el movimiento de varios a su alrededor, el vampiro que estaba a su vista se ocultó, los demás en las celdas, silenciosos, espectadores, hicieron lo mismo.

Un trío de humanos apareció por el pasillo. Dos de ellos se movieron a la celda del vampiro que estaba inconsciente frente a ella, moviéndolo en su camilla. Lo sacaron sin que reaccionara. El otro humano se giró hacia ella. Era joven, rubio, de ojos muertos, llevaba suficientes armas para ir a la guerra. Olía extraño, a químicos.

—Vendremos por ti muy pronto —anunció seriamente, pero ella no lo miró—, tenemos muchos planes para ti. —Ahora sí lo hizo, viendo en sus ojos nada más que un brillo de maldad. Todo su interior se contrajo de pánico—. Has cabreado a muchos jefes.

—Vete al infierno —escupió.

—Ya estamos en él.

VIERNES 11 DE DICIEMBRE, 5:32. MANSIÓN LICÁNTROPA.

En realidad, no tenía idea cómo había llegado a una habitación de la mansión licana. Había estado tan involucrado en sus pensamientos angustiosos que no vio venir el puñetazo. El dolor lo hizo reaccionar, el rostro enfurecido del príncipe mientras lo quemó completamente. Dos *venatrix* habían avanzado, pero el príncipe no dio indicaciones de volver al ataque. En la habitación había tres *venatrix*, un viejo general, un capitán y un chiquillo que lo miraba enfurecido, sin moverse de su esquina. Más al lado, dos *patronus*, Axals era uno de ellos y alguien desconocido. Su princesa estaba atrás con la tristeza impregnada en sus facciones. Quemó en su pecho la conversación que hacía menos de cuarenta y ocho horas había tenido con ella.

—No he cumplido con mis órdenes —admitió todavía en el piso, atrapado en su deficiencia como *patronus*—, no pude protegerla a usted. —Miró a su princesa con sus ojos llenos de preocupación—, y no he podido con ella... soy un desastre como...

—Agh, ponte en pie, vampiro —gruñó Lust—, si alguien tiene la culpa, es Animic, en su ilusión de que no le ocurriría nada estando fuera de las protecciones. Ahora ponte en pie y ayúdame en esto. Dirigirás una de las comitivas de búsqueda.

Había una mesa y varios mapas. Axals le sonrió enigmáticamente, poniéndose al lado del general *venatrix*, un hombre entrado en años, de pelo canoso y ojos duros. El otro, más joven, tenía un porte aristocrático y estaba colocando piezas de acero sobre algunos puntos estratégicos. El *venatrix* más joven estaba atrás, tenía cierto parecido a Lust, pero sus ojos estaban sobre él llenos de odio.

—No queríamos realizar una redada, tenemos demasiados lugares que investigar, pero viendo el ataque que se realizó el día de hoy, creo que es tiempo —comunicó Axals, inclinándose sobre la mesa—. Estoy moviendo, además de Aundrey, dos comitivas de *patronus* para la búsqueda —Lust parecía sorprendido por el número—. Dos comitivas, treinta vampiros —replicó—. Espero que eso esté bien. —El príncipe se puso serio y asintió.

—Eso es mucha ayuda para intentar salvar a una licana. ¿Qué quieres de vuelta, Axals?

—No ha sido mi decisión, príncipe. Viene de más arriba.

¿Más arriba de Axals? Imposible. El Consejo se había deshecho hacía años. Ahora los generales, Axals, Lazdia y Abrass manejaban el poder militar vampiro. Los reyes manejaban el pueblo y no había nada más arriba que ellos.

—¿Me estás diciendo que otros están interesados en mi hermana?

—Príncipe. —Sonrió el vampiro—, usted sabe perfectamente lo que hizo su hermana. Nosotros somos meros peones, cuando fueron sus siete familias, quienes le dieron poder a la licana para mover un contingente mayor. Estamos devolviendo la mano, simplemente.

Miró a su princesa, que estaba más atrás con la mirada clavada en Axals. ¿Quién estaba interesado en Ani? ¿Quiénes eran los otros?

—Dividiremos el trabajo —anunció el General *venatrix* con aire cansado. Era un *Dordra*, General *Dordra*, el otro era un *Asyum*, ambos pertenecían a las Siete grandes Familias—, mis hombres comenzarán el reconocimiento durante el día. Cuando el sol caiga, ustedes saldrán y harán su parte. —Axals asintió—. Cuando encontremos algo nos volveremos a unir para dar la caza en equipo. —El licano mayor miró a su *Dux*—. En equipo, Axals. ¿Conoces la palabra?

—Mi viejo amigo. —Sonrió, mostrándole sus afilados colmillos—, te entregaré a mi *patronus* Aundrey como capitán de esta redada. Él tomará las decisiones y manejará a mis hombres. Es de mi completa confianza.

Iba a matarlo con mucha lentitud. Claramente, no le molestaba estar al frente en la búsqueda de Animic, pero le embravecía que lo tratara como una simple cosa. Había una razón por la que había luchado tanto para ser un vampiro *Prime* y esa era quitarse a Axals de encima, ahora, viéndose libre nuevamente, este lo había agarrado bajo su sofocante ala.

—Muy bien.

El trato se cerró. Se concentró en el mapa y en una ciudad que resguardaba ocho millones de humanos.

Axals y el otro *patronus* se marcharon con la excusa de que amanecía. Él se quedó allí, mirando las piezas en el mapa con un extraño cosquilleo en sus costillas, subiendo cada vez más hacia su pecho. Animic estaba viva en algún lugar, su licana estaba en algún lugar y la iba a encontrar.

—No van a matarla —comentó de pronto. Lust lo miró con su rostro atractivo invadido por el cansancio.

—No, no lo harán. Si la buscaron es porque van a torturarla a conciencia.

***

Esto era jodidamente malo. Cuando la rabia había pasado comenzó la desesperación. Si la habían capturado era porque sabían quién era, quien había sido y lo que había hecho... matar a sus compañeros como un juego de feria.

Se aferró a los barrotes y a su método de seguridad. No había cerrojos, sino un sistema eléctrico, un maldito sistema eléctrico con terminaciones de plata que le quemaron la mano cuando intentó fisgonear. Las cámaras de seguridad pegadas al techo la seguían a cada movimiento que realizaba.

—Las celdas son de alguna aleación de plata —comentó el licano que tenía a un lado—, no te aferres demasiado a ellas.

—¿Y las paredes?

—Estamos en un sótano, después de las paredes hay roca —contestó la voz de la vampira.

Bufó molesta y observó el techo. Parecía de hormigón. Tendría que esperar un mes para que la transformación pudiera con ella, y ni siquiera sabía si eso ayudaría. Era una nacida, sus ancestros licántropos habían tranquilizado sus poderes de lobo a través de las generaciones, su transformación era antropomorfa, unos huesos rotos de vez en cuando, laceraciones, garras aceradas y facciones de lobo. Aceptar el *interfector* era algo que no le gustaba y por ello lo reducía al máximo durante sus transformaciones —gloriosos fueran los calmantes—. Aceptar su verdadero lobo solo lo había hecho una vez, y no le había gustado la sensación. Demasiado salvaje, alocado, instintivo. Libre sí, pero peligroso. Había matado a sangre fría, había matado para recuperar a su hermano, no era algo que le gustara recordar ni sentir, porque había sido demasiado natural. Se había sentido demasiado bien.

Volvió en sí cuando escuchó el pitido del acceso abrirse. Se le heló la sangre al ver a los dos humanos cargando armas sedantes y a un tercero con pinta de médico. Corrió hacia atrás, con los puños cerrados y el cuerpo lleno de ira y frustración. No iban a matarla, no iban hacerlo. No la romperían. ¡Nunca!

***

Leía todos los documentos que le habían dejado. Lust lo había llevado por unas habitaciones para luego sacarlo por el pasillo más largo que hubiera traspasado jamás. Un pasillo que unía la mansión licana con la Academia *Venatrix* y la Base de Exploración Licántropa —BEL—. El príncipe le estaba dando completa autorización para revisar los registros de búsqueda de los últimos tres años, los planes de trabajo en equipo con los *Patronus* e información de los humanos que habían estado en el grupo de LMG asesinados durante la redada.

Y acceso a un video que no había visto jamás.

Había sido grabado desde la perspectiva de un *venatrix*. Silencioso e intuitivo, estaba allí donde la acción comenzaba. Y la vio a ella. A alguien que no conocía y jamás había visto.

Los ojos dorados brillaban como pozos de oro bruñido, una rendija peligrosa, como los de un gato de un negro tan profundo como escalofriante. Sus ojos se habían almendrado como si estuviera mutando en el lobo salvaje de los convertidos, y cuando hablaba su voz sonaba espesa, baja y siseante. Los colmillos brillaban con los pequeños haces de luz, su cabello estaba corto, alborotado y desnivelado, como si lo hubiera cortado en un ataque de rabia.

Cuando la puerta se abrió detrás de él, detuvo el video y vio al príncipe entrar con aire pesado, se quedó congelado observando la pantalla, reaccionando con un bufido para desentumirse.

—No somos hermanos sanguíneos —comentó de pronto, dejando unos planos sobre la mesa.

—Lo sé.

—¿Sabes quiénes son sus padres?

—No.

No había mayor información de Ani en los registros vampiros. De hecho, la adopción oficial de la familia real hace 19 años era lo único que estaba en los documentos compartidos. Eso y el video de las cámaras de seguridad del ataque, que era de libre acceso para cualquiera.

Lust se sentó, dándole la espalda al video.

—Éramos uña y mugre, donde iba uno estaba el otro. Nos enojábamos brutalmente si no éramos los primeros en felicitarnos en nuestros aniversarios de nacimiento o en navidad. Sabíamos tanto del otro que, en realidad, yo no podía imaginarme la vida sin estar con ella.

Observó a la licántropa en el video, estaba mucho más joven, y sus ojos, aunque fueran sorprendentes, estaban cruzados de terror, del miedo a la pérdida. El mismo terror que veía en los ojos del príncipe.

—¿Sabes por qué tanta gente se está movilizando?

—Algún tipo de mano a mano luego de que ella los ayudara.

—Eso es solo la máscara que todo el mundo quiere hacernos creer, Ani es hija de los *Interfector* Alcion.

Miró al príncipe mientras un cubo de agua le bajaba por la espina. Todo el mundo conocía a los *Interfector* Alcion. Dos licántropos, una pareja que había protegido a los padres de Lust por décadas sin que nada ni nadie les pusiera jamás una mano encima. Eran, literalmente, asesinos a sueldo, provenían de una raza de licántropos que habían sido asesinados en base a envenenamientos y grandes campañas conspirativas. Habían sido encerrados en su isla natal por el poder desbocado que sus mismos pares temían. Aundrey observó la imagen de Ani y comprendió claramente lo que estaba viendo. Y recordó con un escalofrío el símbolo en su espalda, la luna y las garras. El blasón de los Interfector pura cepa.

—Es por eso que las Siete Familias le dieron el permiso para ordenar a los *venatrix* en nómina y la capacidad de entablar conversación con un grupo de vampiros leales. No fue porque las Siete Familias nos quisieran de vuelta, sino porque le temieron a su poder.

—Alcions...

—Sus padres fueron envenenados durante meses, les dispararon cuando los encontraron desprotegidos y de sus cuerpos solo quedaron cenizas, cuando la casa donde vivían fue consumida por el fuego. A Ani la rescataron en último momento, tenía cinco años y no entendía nada. Si los LMG descubren todo esto, tendrán en sus manos a una de los especímenes más raros de nuestro pueblo. Literalmente, podrían arrancar la genética pura de Ani en una sola muestra de sangre... y harían cosas horribles con ella.

16

Si se movía solo un centímetro más uno de sus brazos se iba a desarticular. No es que el dolor de una dislocación importara de todos modos.

Su nuca se erizó, sus oídos lo escucharon y su cuerpo se tensó en expectación. El grito de dolor atravesó su garganta, su cuerpo se dobló sobre la camilla mientras las amarras tintineaban sobre la fría plancha de acero. Las corrientes eléctricas subían, quemaban y aguijoneaban todo su cuerpo, provocándole ahogadas convulsiones.

Solo unos segundos, pero era suficiente para que su cuerpo trabajara lo más rápido posible en su curación. La fuerte luz blanca sobre sus ojos la tenía casi ciega, su cabeza retumbaba de dolor y sus músculos estaban desgarrados por las descargas que subían cada vez más de poder. Sentía su sangre hirviendo, sus músculos tensos, ajados y quemados, todo en ella dolía. Respirar era un trabajo que se obligaba a realizar.

Estaba en una habitación oscura y desinfectada como un hospital, no había nadie más allí que un punto rojo tintineante en una esquina, la luz halógena encandiladora y la camilla de acero donde se encontraba postrada. En sus miembros, en su vientre y cuello unas sondas que cada cierto minuto le inyectaban cantidades extralimitadas de energía eléctrica, al mismo tiempo que unos electrodos en su pecho, tomaban todo lo que podían.

Apoyó su cabeza contra la mesa, las amarras estaban demasiado tirantes, crucificada como un animal de laboratorio, incapacitándola para cualquier movimiento. Recordaba estar postrada allí más o menos una hora. Todo comenzó con leves descargas, hasta convertirse en punzantes pellizcos, para ahora, convertirse en un cuerpo humeante.

No había derramado lágrimas de dolor, sino de pura rabia. No había podido liberarse cuando los sujetos le habían lanzado un dardo tranquilizador, cual animal encerrado. Había despertado allí sin que nadie le dijera nada, sin que le dieran a entender qué mierda era lo que querían. Solo estaban allí: torturándola.

Gritaba y lloraba de rabia, de pura rabia. Dioses... ¡por favor!

VIERNES 11 DE DICIEMBRE, 18:45. MANSIÓN LICÁNTROPA.

Luego de la conversación con Lust, se dio el tiempo de ver todo lo que quedaba de video.

Las instalaciones, los gritos y los disparos. La primera bala que golpeó a la licántropa, lanzándola contra un alto y oscuro vampiro que estaba a su lado siempre, dando órdenes y sonriendo como loco. Esa primera bala no pareció más que un golpe juguetón, porque sus manos no temblaron y sus ojos no cambiaron. Era una fuerza de la naturaleza enloquecida.

La piel se le erizó.

Durante su adiestramiento habían recopilado información sobre encontrarse con un *Interfector*. En primer lugar, ellos combatían a muerte y a fuerza bruta. Eran leales a sus manadas, se habían escuchado historias de grupos *Interfector* que habían optado por morir como manada que dejar a sus compañeros atrás, el tipo de locura implantada por una grotesca y bizarra lealtad, ese tipo de lealtad los hacía increíbles estrategas, no solo eran fuerza bruta animal, sino que poseían una capacidad de enredar, visualizar y comprender al enemigo.

Según los informes, Animic, al localizar el lugar de encierro de los príncipes, luego de entenderse con rufianes humanos, había hecho todo el plan de estrategia y extracción. Los *venatrix* y *patronus* aceptaron sin rechistar al ver que no había brechas en el plan. Había sido un golpe profundo a la sociedad LMG, y ellos habían tenido bajas mínimas. Animic, la chiquilla acelerada y enojona no era más que una prodigiosa estratega, además de una *purix* de su mejor fuente, debería haber muerto de tristeza por lo que sabía, pero no, había seguido adelante, testaruda como ella sola.

El ruido de su trasmisor lo sacó de sus pensamientos, abrió el canal para comunicarse con Pablick.

—¿Listos?

—Sí, estamos moviéndonos en dos grupos. El príncipe Lust acaba de enviarnos las coordenadas. Y un tercer grupo está dispersándose por la ciudad.

—Hubo un cambio de patrulla de licántropos moviéndose a los puntos D y E. Mantengan un ojo sobre estos. El príncipe va en ellos y la princesa fue bastante gráfica si no le dábamos ayuda apropiada en caso de necesitarla.

—¿A dónde te diriges tú?

—Voy al punto F. De allí iré hacia ustedes.

—Aundrey —gruñó el vampiro desde el otro lado.

—Solo es inspección, aún nos quedan demasiados lugares y poco tiempo. Avísenme cómo les va.

—Envío a Fritz a tu punto.

Rodando los ojos aceptó, pocos eran tan cabezotas como Pablick y no tenía ganas de entrar en una discusión.

A pocas cuadras del punto F, cerca de uno de los edificios más altos para la inspección, buscó donde estacionar el todoterreno que los *patronus* le habían entregado. Un simple callejón le llamó la atención, para ponerse de mal humor en el momento en que se deslizó en su interior un resplandeciente deportivo reforzado de color plata. No solo era un auto de carrera, sino de un material resistente, al que se le habían realizado pruebas de armamento liviano. El pequeño zarcillo retenía una gran cantidad de balas, protegía sus vidrios con láminas templadas y sus neumáticos poseían un sistema gel que hacía que las llantas averiadas fueran un problema minoritario. Era una de las marcas de autos que su raza amaba, pero a él le provocaba nauseas ver el símbolo plateado y el nombre estilizado de «Beledon».

Quitándose el mal sabor, comenzó a retroceder, cuando las luces se apagaron y vio al personaje apoyado en la puerta. Le crujieron los dedos sobre el manubrio mientras sus sentidos se alzaban de golpe.

Avan, el humano lo miraba detenidamente, rodeando su auto hacia él. Los dos leves bultos bajo sus brazos y el leve pliegue en su pantalón le dijo que venía armado.

Cuando levantó las manos en son de paz, él gruñó. ¿Qué hacía allí? ¿Qué quería? ¿Cómo lo había encontrado? Salió del auto, apuntándole con el arma.

—¿Qué haces aquí?

El humano se detuvo, observando el frío brillo de su *Glock*.

—¿Dónde está Animic?

Sintió una punzada de malestar mientras miraba al humano, no había movimiento alrededor, ni ruido ni hedores extraños. Estaba protegido por grandes paredes de ladrillo. Alguien le había dado su localización.

—¿Cómo me encontraste?

—Tengo muchos amigos peludos.

Miró al humano detenidamente. Recordaba su olor en la oficina, al igual que su presencia con un par de licántropos en el piso, donde debería haber estado Animic en primer lugar. Un montón de humanos muertos, él vivo y relativamente sano. Había matado humanos, había protegido a licántropos. Un ramalazo de malestar lo atacó, si Ani hubiera estado en ese piso, el humano podría haberla protegido.

—¿Qué quieres?

—Se la llevaron, ¿no es así?

—No tengo nada de qué hablar contigo, humano.

El maldito bastardo sonrió.

—Tengo un trato para ti, *patronus* Aundrey.

—¿Qué querría yo contigo? Además de ser mi comida ambulante.

La sonrisa que le brindó le dio muy mala espina.

***

Era incapaz de moverse sin sentir un dolor lacerante en cada célula de su cuerpo. Apenas si tenía los ojos abiertos y respiraba cada cierto rato, ya que los pulmones si no los tenía calcinados era un milagro. Había perdido la voz entre tanto grito, su cuerpo ya ni siquiera se doblaba ante las potentes cargas de energía. Estaba a solo una sesión más de dejar de existir.

La luz fue bajando de nivel o ¿estaría quedando ciega? No, al parecer no. Escuchó pasos, varios pasos y luego a humanos, a dos simples humanos con largas batas médicas y miradas curiosas sobre ella. Uno de ellos pareció haberle enterrado algo en el vientre, porque su cuerpo rebotó de dolor. Intento ovillarse solo para causarse más dolor.

—Shh… —La sonrisa insulsa en sus labios le dijo más de lo que quería, no le interesaba estar aquí, no le importaba estarla matando… solo estaba haciendo algo de rutina.

—Oh, qué agradable. Está sanando muy bien. —La voz era de una mujer. Intentó mirarla, pero todo estaba difuminándose.

—¿Cuántos voltios se le dio?

—Los ocho sobre diez.

Podía ver el rostro más cerca, ojos pardos sin brillo y tan apagados como muertos.

—Se nos dijo que te investigáramos sin repercusiones. Eres toda una maravilla ¿no? —Se alejó de ella—. El sedante debe mantenerla aturdida. Quiero sus exámenes como prioridad. Paoblo la quiere viva, y no me agrada saber para qué. Liche ha estado jugando demasiado con ella, no quiero que la estropee.

Vio una aguja y el líquido incoloro que brotó de este mientras le tomaban un brazo… Observó contraída el líquido, y aunque la mujer fue bastante suave para tomar su vena, sintió que le estaba rebanando la piel.

El líquido fue molesto, horriblemente incómodo, mientras su brazo caía muerto hacia un lado. El frío iba poseyendo todo hasta que sintió que llegaba a su pecho, se asustó terriblemente hasta que se fue relajando, hasta quedar inconsciente, supo por las otras dos agujas que había visto a contra luz, que esto recién había empezado.

SÁBADO 12 DE DICIEMBRE, 6:31.

Los licanos desbarataron una casa de mala reputación y Pablick encontró una casa infectada de drogas humanas. En la primera no hubo problemas, pero en la segunda un par de humanos —los que estaban de guardia—, murieron cuando comenzaron a descargar sus ilegales armas sobre ellos. No duraron ni lo que alcanzaron a respirar, porque para su agrado, los *patronus* seguían siendo tan buenos como lo habían sido, certeros y mortales.

Pero aunque tuviera al mismísimo engendro como su mejor tirador, no podía sentirse tranquilo, no habían logrado noticias ni nada que les ayudara. Su punto estaba tan muerto como sus ánimos, con el bruto humano a su alrededor.

Había tenido un punto y lo iba a ocupar. El enlace se abrió.

—Quedan dos horas para el amanecer.

—Todavía podemos ir al punto siguiente.

Hubo silencio desde el otro lado.

—Pablick, he dicho….

—Axals nos llamó, nos quiere a todos de vuelta.

—Bastardo. Vuelvan, dejaré a Fritz en un punto de encuentro.

El moreno a su lado lo miró con enojo.

—No voy a dejarte.

—Aundrey, vuelve con nosotros, quedarás atrapado y debemos reagruparnos.

Fritzyk llevó su mano a su propio enlace. Su rostro se tensó inmediatamente.

—Vuelvan. Me comunicaré pronto con ustedes.

Fritz cortó.

—Axals nos requiere de vuelta.

Su enlace volvió a abrirse.

—Te quiero de vuelta en media hora, vampiro. No me hagas ir por ti, chico. Obedéceme.

Observó por el retrovisor el auto plateado que los había estado siguiendo. No podía ver al humano, pero fue deteniéndose hasta que hizo un cambio de luces y desapareció de su vista.

—¿Confías en el humano?

—Claro que no. —Le mostró el GPS que había puesto en su auto—, pero es un mal menor. Tiene conexiones con los licanos, no sé qué tanto, pero voy a descubrirlo. Además, se presentó como carnada humana en caso que la necesitemos, es por eso que lo he dejado seguirme.

Fritz, con el ceño fruncido, miró el auto largarse.

—¿Es posible que hayan llevado a Animic al lugar de donde te sacaron?

—Sí.

Flashes de recuerdos lo colmaron, la piel le picó. Se negaba llevar sus pensamientos hacia los ínfimos recuerdos de su confinamiento. Maldita sea, necesitaba seguir buscando.

Hizo crujir su cuello y se dirigió a la mansión, si no mataba a Axals iba a ser una cosa buena.

***

Había despertado por el frío en la celda, su cuerpo temblaba un poco y al intentar contraerse para tratar de generar aunque sea solo un poco de calor, sus músculos torturados gimieron de dolor. Para su asombro, su cuerpo no estaba cubierto de ampollas como esperaba, luego de que casi la calcinaran, pero su piel estaba rojiza y lacerada desde la planta de los pies hasta los párpados, y tenía frío… cosas extrañas pasaban cuando había sido sometida a nuevas torturas.

Su vista logró enfocarse mejor, estaba de vuelta en lo que parecía ser su celda personal, y había un silencio inusual en las celdas laterales, o solo había quedado sorda. No podía estar menos sorprendida, sus ojos aún estaban dañados, pero podía apreciar algunos detalles como la intravenosa en el brazo y otra inyectando líquido en su vientre. Si por lo menos le hubieran puesto una manta no le habría molestado del todo, ya que estaba destinada a esto. Por lo menos, lo hubieran hecho un poco más agradable. Malditos bastardos.

¿De verdad había llegado a esto? ¿A ser una mera rata de laboratorio para los humanos? Ya ni siquiera podría sacárselo en cara al vampiro, ya ni siquiera volvería a ver al vampiro. Estúpido, idiota, estúpido… Lágrimas la ahogaron mientras se golpeaba contra la camilla. No quería que esto terminara así. No quería, ¡no quería! Si Aundrey la viera cómo se dejaba hacer por los humanos, seguramente, se burlaría de ella de lo lindo, pero no podía pelear, estaba demasiado cansada. Ciertamente, el vampiro estaría ahora mucho más tranquilo. Sí, ya ni se acordaba de ella.

Y tan solo esos pensamientos hicieron que se le llenaran los ojos de lágrimas, ahogándola aún más en su miseria.

***

Sentía los ojos en la oscuridad de las bodegas. Esperando.

Estaba a punto de amanecer. Literalmente, podía notar las sombras cada vez más intensas. Se llevó una mano al pecho, donde estaba doliendo de verdad. Un dolor ciego y negro, un dolor que no había sentido jamás. Angustia pura.

Tenía que encontrarla. Tenía que hacerlo. Necesitaba verla, tocarla, molestarla, sentirla. Necesitaba escucharla alegar, gritar o gruñir. Quería tocarla, quería salvarla. Protegerla.

Observó las llaves de una puerta inútil. El feo pedazo de cuero y pelos apelmazados que la licana le había entregado como llavero para la puerta de su hogar. De un verdadero hogar.

Esa impertinente licana le había robado más que su libertad, su paciencia y su tranquilidad. Y la quería de vuelta, como fuera. Iba a encontrarla, aunque tuviera que incendiar toda la maldita capital del país. No había sido uno de los mejores *patronus* por nada, y era hora de recordarles por qué.

Mostrarse insubordinado en estos momentos no era algo
que necesitara. Axals era demasiado para jugar con él enfrente
de sus demás compañeros. Por lo que se mantuvo en silencio y
alerta, mirándolo detenidamente por cualquier anormalidad que
quisiera presentar. Estaban encerrados en las instalaciones del
refugio vampiro, esperando información de Lust y su contingente de licanos. A su lado, estaban Pablick y Fritzyk como si fueran
parte de sus extremidades. Apreciaba a los dos vampiros, y había
sido un milagro que fueran ellos quienes habían estado en *Shads*
la noche en que cayó dentro del local, pero extrañaba a otro idiota, un idiota kamikaze que esperaba siguiera con vida y que en
estos momentos sería muy preciado si no estuviera inubicable.

—Retírense hasta nuevas órdenes —decretó Axals cuando
los informes fueron entregados—. Quédate, Aundrey.

Le entregó el GPS a Fritz y se acercó al mesón mientras todos los demás salían. El alto vampiro miraba detenidamente el
mapa con los puntos de sospecha, porque en alguno de ellos estaba Ani.

—Estás vinculado.

Se tensó y lo miró enojado. La piel se le erizó de manera
brusca, porque esa palabra no era lo que quería oír justo ahora.

—Claro que no.

La sonrisa sabelotodo lo puso de mala espina. No estaba vinculado. Estar vinculado era largo y tedioso, algo que se sabía luego de años o de décadas de espinitas celosas y sobreprotección con una pareja estable. Una pareja que no podía ser una licántropa cascarrabias, y menos por el hecho de haberse vinculado en poco más de un mes.

—¿Por qué no has ido a un *Sonit*? ¿Por qué no aceptaste la invitación de Amiala?

—¿Me estás siguiendo?

—Amiala habló conmigo. Y doy por hecho que no has ido a un *Sonit*, porque esas cosas se saben, mi buen Aundrey. Tenías una reputación.

—Simplemente estoy tratando de reintegrarme —mintió descaradamente. No había tenido ganas de ir a un *Sonit*, no cuando había tenido la oportunidad de regodearse en el calor de la licana. Sí, había tenido una reputación… no se sentía muy glorioso con ella ahora.

—Puedo olerla en ti, *patronus*.

—Eso no significa que esté vinculado.

El vampiro no dijo más, ya que estaba concentrado en dos puntos que se encontraban fuera de la periferia de la ciudad. Su rostro se tensó y sus ojos se nublaron como si de pronto hubiera quedado ciego. Se acercó preocupado, pero volvió inmediatamente el color a sus iris.

—Debe estar en las mismas instalaciones que te retuvieron a ti. Me niego a pensar que han conseguido una segunda ubicación en la ciudad sin que hayamos obtenido más información.

—No tengo mayores recuerdos —gruñó intentando retener alguna imagen precisa, pero sus recuerdos parecían dentro de una licuadora, iban y venían sin orden.

—¿Dónde están moviéndose los licanos? —preguntó, tomándolo por sorpresa cuando sus ojos volvieron a hacer ese cambio.

—Puntos G en el norte, H hacia el este.

—Avisa que se muevan.

—¿Qué?

—Aquí y aquí. —Apuntó hacia los lugares más alejados, indicando el sur.

—¿Por qué? ¿Qué…?

No alcanzó a moverse cuando Axals lo agarró del cuello y miró detenidamente, como si fuera a morderlo otra vez. Se tensó en peligro y su rostro se transformó de manera agresiva. Sus colmillos se expusieron y su cuerpo se alteró para la lucha. Sus garras aferradas a los brazos de este, su cuerpo estaba listo para pelear.

Estaba a punto de golpearlo cuando el vampiro sonrió y lo liberó.

—Tus memorias...

—¿Qué? —siseó enojado, alejándose.

—Antes que te metieran en los cubículos bajo tierra, tres guardias te agarraron. Cuando te sometieron en el suelo miraste sus pies. Tierra roja y hojas moradas se desbordaron por las huellas de sus botas de combate. —Admiró el plano con detenimiento mientras él se concentraba solo en esas memorias difusas. El dolor, la desesperación y la imagen borrosa de las botas sucias—. Solo en la periferia sur tenemos tierras rojas, la que abarca una gran porción de hectáreas. Hay cinco posibles establecimientos allí, pero... —Apuntó un lugar más pequeño—, solo en este sector hay una quinta de árboles de ciruelo.

Miró a Axals completamente congelado, cuando este sonrió y rodó los ojos.

—Niño, por los Dioses, no soy EL Comandante *Patronus* solo porque soy increíblemente atractivo y carismático. Ahora ve... mueve a los *venatrix* y salva a tu licántropa.

***

Durante la mañana, habían tenido la decencia de colocarle una túnica blanca típica de hospital. No podía moverse, ni hablar, ya que tenía el cuerpo demasiado débil hasta para respirar, por lo que tenía puesta esa horrible mascarilla. Los había mirado con bastante odio, todo el tiempo.

Observó con los ojos nublados que tenía el mismo sondaje en el torso que el vampiro que se hallaba enfrente de su celda. Las gotas traslúcidas caían una a una dentro de ella; un cuenta gotas que movía y corroía todo dentro.

Intentó levantar una mano para quitarse la aguja que tenía bajo el vientre, pero su brazo cayó a medio camino y resbaló, agitándola como nunca por el esfuerzo. La potencia de los choques eléctricos la habían dejado completamente débil, casi muerta. Pero las sensaciones no estaban pasando desapercibidas, la picazón y la extraña sensación de un líquido ácido por sus intestinos la estaban colocando bastante incómoda, por no decir asqueada.

Concentró sus fuerzas en sus manos, relajándose, y logró enviar una orden a sus caderas, consiguiendo que la camilla resonara, metal con metal, pero no logró demasiado más que el sofoco en su pecho y el mareo intenso.

La habían dejado casi moribunda, malditos bastardos.

Escuchó el movimiento de los demás dentro de sus celdas, algo que no había sentido con anterioridad. Era como si el sonido de la camilla los hubiera puesto de nuevo a respirar.

—No sigas desperdiciando energía, querida —susurró el licántropo que estaba a su lado—, no vale la pena.

—¿Qué? —graznó sintiendo que fuera lo que fuera que le estaban inyectando comenzaba a calentar demasiado allá abajo. Empezaba a doler, quemaba y contraía.

—No gastes energía —le ordenó el vampiro que estaba cerca.

—¿Por qué? —La desesperación de no saber lo que estaba pasando comenzó a pasarle la cuenta. Con una convulsión de energía se curvó un poco y vio la aguja enterrada en la parte baja de su vientre, donde comenzaba la v para bajar a sus partes íntimas. El histerismo no fue una ayuda—. ¿Qué es esto? —gimoteó asustada.

¿Qué era eso que le estaban metiendo en el cuerpo? El dolor ahora podía ubicarlo y se hallaba en todo lo que era su intimidad interior. Le estaban inyectando algo dentro de ella.

El silencio fue como una lenta condena… La desesperación se estaba haciendo dolorosa.

—Todos aquí —murmuró el licántropo a su lado—. Somos los experimentos no fallidos para la fertilización con humanos. Están jugando con nosotros para criar humanos, en el caso de los machos, siendo meros productores genéticos, y en el caso de las mujeres, quieren criar con ustedes.

Las palabras golpearon dentro de su cabeza, escuchó los gritos lejanos… No, no eran lejanos. Eran de ella.

SÁBADO 12 DE DICIEMBRE, 15:32. REFUGIO Y MOVILIZACIÓN PATRONUS.

Los licántropos se estaban moviendo según sus órdenes. Lust encabezaba la misión de posicionamiento y circuito para emplazarse en algún lugar seguro, y esperaba presentarse pronto. Le carcomía esto de estar encerrado bajo tierra hasta que el astro diurno se ocultara.

Odiaba haber sido tan inepto. Odiaba esto. ¿Por qué aceptó este trabajo con un cuerpo tan débil? ¡Estuvo encerrado por tres años! La mitad de su constitución física eran puros harapos, ¿no había dejado un flanco abierto hacía solo unas semanas atrás cuando había sido baleada? Eso no habría ocurrido con su cien por ciento estable. Entonces, ¿por qué creyó que estaba en condiciones de proteger a alguien? Su culpa. Su maldita culpa. Si hubiera estado sano podría haberla cuidado, podría haberla asegurado en un hogar apto. Pero no, había negociado con su maldita arrogancia y ahora la licana estaba en manos de un montón de locos trastornados.

Debió haber sacado a Animic de esa casa, debió haberla llevado a otro lugar donde estuviera protegida por los suyos, donde se le entregara un trabajo y no a la vista y paciencia de los humanos. Humanos que lo habían investigado. Claro que no había sido al azar, porque no se lanza a un montón de humanos armados y para realizar una redada de tal magnitud por una licántropa cualquiera. La querían a ella. Querían venganza... Y era mucho pedir eso a cualquier otra brutalidad médica.

Lust le había asegurado que nadie tenía acceso a la información de su hermana, que sus padres habían sido los únicos que habían reconocido ante él que Ani era hija de los *Interfector*. Para otros tantos, Ani solo era una niña huérfana que habían acogido bajo el manto real, como una muestra de apoyo político para con su pueblo, y que cualquier rumor de su procedencia solo había tomado importancia, cuando la licana se había presentado ante las Siete Familias con visibles muestras de poder. Pero aun así, ninguno de ellos podía dar fe ante el hecho de saber su ascendencia exacta, porque los rumores corrían y se perdían. Ahora mismo, el hecho de ir en su búsqueda estaba siendo cubierto por un manto de mentiras. Pero alguien más poderoso que los reyes quería liberar a Ani, y aunque eso lo ponía nervioso, no era él quien negaría todo el poder de armamento para liberarla.

Debían ser rápidos, porque en las primeras veinticuatro horas los había separado, y su princesa había sido arrastrada a otro lugar, lejos de ellos. Los habían pinchado, drogado e interrogado a su antojo utilizando agujas, luces y químicos, amarrándolos indefensos en camillas con humanos moviéndose a su alrededor, inyectando y sacando de ellos todo lo que podían. Porque, ciertamente, no les importaba sonsacarles información, con ellos solo habían hecho pruebas como conejos.

Cerró los ojos y esperó tranquilizarse. Su pecho punzaba como si todo dentro se contrajera.

Tenía que soportar. Hicieran lo que le hicieran tenía que soportar. Iría por ella y no la dejaría nunca más poner un pie fuera de su vista sin protección.

Eso lo juraba.

SÁBADO 12 DE DICIEMBRE, 17:12. ESTABLECIMIENTO LMG.

Nada de enfermeros para ella. Cuando se extrajo la aguja, las alarmas sonaron, pero no llegaron los asistentes del mal, sino cinco guardias equipados como uno de esos grupos de asalto, enmascarados y dominantes. Irradiaban peligro. Pero un personaje en especial venía en medio. Uno que apestaba a maldad.

Tenía los ojos verde petróleo. Era moreno y su cabello era casi blanco, y corto, al estilo militar. Su mandíbula cuadrada estaba surcada por pequeñas cicatrices blancas. Pero esos ojos… los conocía.

—Oh, querida —rezongó este complacido, como si hubiera estado aguantando la respiración hasta que la vio—. Claro que me conoces. Eres sumamente despistada para ser una licántropa. —Levantó una mano enguantada, en la punta de un dedo había una finísima aguja que se retrajo al segundo—. No me he presentado adecuadamente. —La alarma se apagó. Uno de los guardias abrió la puerta para dejarlo pasar—. Soy Paoblo Exels.

Se removió en la camilla, no estaba sujeta a nada, pero no tenía fuerzas para algo más que intentar alejarse. Su mente pretendía hacer el reconocimiento, y cuando este le hizo sombra, su corazón latió errático.

—Eres una cosita muy diminuta, ¿no es así? Es raro pensar que masacraste a muchos de los míos. —Cuando le agarró un tobillo gritó, no solo por el dolor de su piel sensible, sino porque esos guantes tenían… hilos de plata.

La piel de su pierna comenzó a quemarse, mientras hacía espasmos para alejarse de ella.

—¡Suéltame! —gritó, asaltándola ya la transformación.

Sus ojos se rasgaron, su vista se agudizó. Su olor le llegó de golpe.

El humano que había chocado con ella en la nieve hacía semanas atrás. El pinchazo… esa aguja en su mano…

Sus manos se convirtieron en garras, su mandíbula chasqueó mientras sus colmillos se expulsaban hacia afuera. Su cuerpo envió una orden de adrenalina, y cuando se lanzó por su garganta, el culatazo de un arma le dio contra la sien, enviándola fuera de la camilla en un golpe estrepitoso. Mareada y aturdida intentó ponerse en pie, pero un segundo guardia le cayó encima con mucha fuerza, como una mole. Le sujetaron las manos, la amarraron, y antes de poder siquiera ponerse en pie, ya la estaban sacando de la celda.

La risa del sujeto fue digna de película de terror, y eso era lo único que ella podía escuchar.

SÁBADO 12 DE DICIEMBRE, 19:42.

Los licanos habían sido los primeros en llegar y los primeros en confinarse dentro de sus autos. Eran todoterrenos escondidos entre los árboles, pero sin nadie alrededor. Raro. Cuando se detuvo con Pablick y Fritz en la parte de atrás, Lust llegó corriendo, escurriéndose en el interior. Su piel estaba sonrojada, casi como quemada. Sus ojos estaban enrojecidos y dilatados. Olía a carne quemada.

—Plata. —Jadeó y tosió levemente—, tuve que alejar a mi gente de allí.

—¿Plata? —gruñó Pablick.

—Sí, polvillo. Nos acercamos demasiado.

—¿Alcanzaron a ver algo?

—No demasiado, pero hay algún tipo de instalación. Uno de mis guerreros vio una carretera limpia desde el norte. —Volvió a toser—, pero, claramente, no es un yacimiento, han espolvoreado plata a conciencia.

—¿Estás bien?

—Necesitamos alejarnos.

—Mueve a tus hombres, Lust. Nosotros nos encargaremos desde aquí.

—Traeré un nuevo recambio de licanos. No hagas nada sin que yo no esté aquí.

—Lo intentaré. —Abrió la puerta y luego la cerró para girarse hacia él. Se tensó por la mirada que le mandó, y algo en él, se agudizó—. Anet podría llamarte en unos momentos. Creo que sería bueno que hablaras con ella.

—¿De qué?

—Ya lo sabrás.

Se largó mientras hacía unos movimientos a los autos para que se marcharan rápidamente. Pablick y Fritz, entretanto, se pusieron manos a la obra.

Había enviado a vampiros alrededor, creando un perímetro de seguridad, mientras sus dos compañeros llevaban un grupo hacia las instalaciones. Pocos minutos después volvieron a aparecer, dos eran sujetados por otros.

Pablick tenía una leve quemadura en la mejilla.

—Radiación. Sin secuencia. Destella de un momento a otro desde atrás, abajo, de lado a lado.

—¿Qué?

—No creo que sea porque nos hayan encontrado, creo que es un simple método de seguridad. Pero logramos ver las instalaciones.

Un gran edificio sin ventanas. De unos dos pisos con humanos haciendo guardia con grandes focos desde el techo. Y sí, tenían plata, pero fuera de las instalaciones, en el bosque de ciruelos, disperso por unos trescientos metros.

—¿Qué hacemos?

—Podríamos pedir una vista aérea.

—Eso sería jodido. ¿Traer un *dron*? Nos encontrarían, nuestra tecnología no ha alcanzado la suya. Lo otro sería pedirle a los licanos con sus computadores y cosas del demonio, pero creo que eso sería igual de jodido.

Se llevó una mano al pecho. Una sensación extraña y para nada agradable se apoderó de su cuerpo mientras revisaba sus opciones.

—Dame el GPS del humano, Fritz.

Los dos lo miraron sin decir nada. Entró en el auto y con los nervios de punta se contactó con el maldito.

***

Su transformación repentina había conseguido que una bomba de adrenalina se expandiera en todo su cuerpo, logrando que las quemaduras sanaran lo suficientemente rápido para no desmayarse de dolor. Pero tal vez lo hubiera preferido. La habían amarrado a una blanca pared. Tenía tres halógenos frente, impidiéndole ver algo más que puntos de colores. Olía a humanos, a sangre de licanos y el leve tinte de las cenizas de algún vampiro. No era una habitación muy confortable porque, además, olía a Paoblo y a tres guardias más.

—Es interesante ver una transformación como la tuya —comentó—, estamos acostumbrados a tener alboroto en las lunas llenas, pero he visto esta transformación antes, ¿no es así? —Las luces se apagaron, sus ojos le dolían, pero era incapaz de abrirlos sin que una brecha le atravesara la cabeza.

El humano se acercó, y ella no pudo evitar alejarse cuando la agarró del pelo y la haló hacia atrás, haciéndola gruñir.

—Esos son colmillos.

Se zafó de un tirón. Una puerta se abrió y lo escuchó alejarse mientras también oía un intercambio de papeles. Logró vislumbrar un poco más, sombras altas en las esquinas, los pedestales de los halógenos, una silla, una televisión y el olor de otro humano.

—Se le envió una copia a la Doctora Janet.

—¿Qué? —gruñó Paoblo. Ella miró sus manos, en las cuales vio enormes grilletes, al igual que en sus pies. Había algún tipo de ducha sobre su cabeza y un ducto de alcantarilla debajo. Lógico, así tendría una limpieza más rápida.

—Fue el laboratorio, no pudimos hacer nada.

Intentó ejercer fuerza, pero no logró más que un cansancio supremo en sus extremidades.

—¿Cuánto tenemos?

—¿Doce horas antes de que arribe?

—¿Qué tanto podemos jugar con eso?

—Poco. Los representantes están más interesados en los especímenes extraños que en tu cuota de venganza. Y Liche fue directamente por la licana a la cama de electros. Eso está fuera de las normas.

—Liche estaba bajo mis órdenes. Si quieren que alguien haga el trabajo sucio van a tener que dejármela.

—Tienes doce horas, Paoblo.

—Es más de lo que necesito.

—Intenta no matarla. —Hubo una breve pausa—, creo que tenemos un espécimen especial. Las primeras muestras de sangre están lanzando un montón de información nueva.

—No la mataré. Solo necesito información.

El nuevo se marchó, cuando ella se enfocaba en el humano una vez más.

—Al parecer, lograste impresionarlos, ya que tu pequeña rutina en la camilla electrificada fue tan leve. Di órdenes de que te tuvieran allí hasta mi llegada. Liche no pudo hacer nada cuando los enfermeros te atacaron, ¿no es así?

La mirada de este bajó hasta su vientre.

—¿Criar niños híbridos? —preguntó con la boca seca.

—Oh… sí. Esa es la primera meta de nuestra organización. Criar niños altamente manejables, niños híbridos o, de paso, crear niños modificados específicamente con sus mejores dotes. Sanación, sensibilidad, brutalidad, destreza. Pequeños guerreros sin cáncer, sin enfermedades degenerativas, ni ETS. —El sujeto se sentó y situó sus enormes ojos sobre ella—. La inmortalidad… bien pagada.

—Los licanos no somos inmortales.

—Pero viven unos doscientos a trescientos años, ¿no es así? Y los vampiros… ¿De cuándo se data el más viejo de ellos? ¿Mil años? ¡Mil! Imagina un mundo donde las enfermedades como el cáncer o el VIH no se lleven a nuestra gente. Y ustedes tienen ese pequeño don genético, el que han ocultado solo para sí, y eso es solo en el aspecto genético. El poder de ustedes puede ser vendido a países enteros.

—Es la maldita cadena alimenticia, humano. Acéptalo como tal.

—Verás, pequeña. —Su sonrisa demencial le puso los pelos de punta—, a nosotros los humanos no nos gusta ser los eslabones más bajos de ninguna cadena. Es por ello que se lo quitaremos a los demás. Se los quitamos a seres como a ustedes… siempre.

18

—Bueno, esa es una amenaza interesante. —El humano se arropó en su larga gabardina—. ¿Qué gano yo con ello?

—En primer lugar, no morir desangrado en una cuneta —replicó Lust, quien estaba a su lado en mucho mejor estado, luego de aplicarse algunos chutes médicos. Habían optado por llamar al humano a una calle rural a unos cuantos kilómetros de su punto de formación.

—Literalmente, Avan, estás vivo solo porque cuando saquemos a Animic de su confinamiento preguntará por ti, y no quiero molestarla diciendo que su mascota humana está desaparecida.

—¿Mascota? Recuerdas que aceptó un par de citas conmigo, ¿no? —Se le erizó la espina y le mostró los colmillos. Lust lo agarró de un brazo, pero el humano ni se inmutó, además de seguir dibujando en su rostro una sonrisa presumida.

—En tu humana vida jamás le volverás a poner una mano encima.

Rodó los ojos sin saber que le enojaba más, que el humano no se asustara o que le tomara tan poca importancia a sus amenazas. Ani había dejado en claro que lo prefería a él, pero eso no le quitaba las ganas de hacer desaparecer al sujeto.

—Agh… bien, vamos. La verdad, están perdiendo el tiempo. Tengo que ayudarlos, no solo por mí, sino por quienes trabajo.

—¿Para quién trabajas?

—Si ellos quisieran decirlo lo harían, pero tienen un extraño sentido del humor. Digamos que… una de las Siete Familias licanas.

El silencio entre los dos fue necesario para ordenar sus ideas. Lust fue el primero en reaccionar.

—¿Asyum?

—No.

—¿Daorn?

—No.

—¡Kaskia! Tienen que ser esos bastardos.

—No nos llevamos muy bien. En realidad, ellos no me quieren mucho.

—¿Prekans?

—Podemos estar toda la noche, y no voy a decírtelo. Ellos lo harán pronto. —Se giró hacia él—. ¿Quieres mi ayuda? Pues tiene que ser ahora. Llévame a donde sea que me necesites, pero… participaré activamente, no como un monigote de prueba.

—Es tu vida, humano. Solo una mala jugada y te degollaré de lado a lado.

DOMINGO 13 DE DICIEMBRE, 00:15.

—Es una cosa interesante cómo esta pequeña te hace mal…

Sus ojos comenzaron a arder mientras su boca se impregnaba de algo ácido, su olfato se anuló al segundo, como si cada terminación nerviosa allí se quemara. Su respiración se hizo errática cuando sus pulmones parecían no poder absorber suficiente aire. Sus piernas dejaron de afirmarla, cayendo hacia adelante, soportando su peso en sus insensibles brazos.

Gritó desesperada mientras su estómago se contraía en náuseas. Todo le daba vueltas.

—*Aconito Vulparia*. Matalobos. —Paoblo cerró el frasco, respirar fue como si exhalara fuego y las arcadas solo le provocaron dolorosos espasmos. El sujeto volvió a agarrarla del pelo, levantándole la cabeza—. Ahora… podemos seguir con esto mucho, mucho tiempo, pero puedes volver a tu bonita celda para ser un pequeño ratón de laboratorio si solo me dices el nombre y la ubicación de tus demás amiguitos. Todos ellos, cada uno de ellos. —Le tiró la cabeza para mostrarle los videos de la cámara de seguridad del ataque de hace tres años—, solo dime sus nombres.

—¡Jódete! —gruñó mientras las lágrimas asaltaban nuevamente sus ojos. Rabia, pura rabia padecía, pero era una rabia estúpida. Quería estar lejos de aquí, quería estar en casa en su pequeño refugio. Quería estar con el vampiro, y ese pensamiento la rompió.

Quería al vampiro. Quería su casa. Por favor...

***

Se detuvo un segundo, mientras algo dentro de él, se cerraba como una imperiosa ansia de respirar. Se llevó una mano al pecho, al tiempo que con la otra mano se sujetaba del capó del auto, cuando el vértigo le hizo perder el equilibrio. ¿Qué era esto?

Antes de que pudiera hacer algo, una cálida mano lo agarró del brazo, enderezándolo, mientras el mundo comenzaba a darle vueltas. Lust con una máscara antigás lo medio arrastró dentro del auto, obligándolo a sentarse cuando el licano se subía al otro lado en presurosos movimientos.

La presión aumentó. ¿Comida? ¿Necesitaba comida? Chasqueó los dientes, pero no, no era eso. No era hambre.

—Muy bien, esto no te va a gustar. —No alcanzó a hacer mucho cuando Lust lo tomó del pecho y lo empujó con fuerza contra el asiento que lanzó hacia atrás, quedando en posición horizontal. Sus manos saltaron cuando no podía orientarse y la sensación se hizo ahogante, desesperante. El licántropo le sostuvo una de sus garras que logró ubicar. Su vista iba y venía.

Alguien abrió una puerta. De pronto, sintió un siseo enojado en modo de advertencia.

—¡Ayúdame! —ordenó en un jadeo el licántropo cuando unas manos más firmes lo agarraron contra el asiento. El olor era de Pablick. Un Pablick nervioso.

—¿Qué ocurre?

—Sujétalo.

Lust hizo algo mientras su pecho realizaba una extraña sensación de succión. Intentó ponerse en pie, pero el vampiro se lo impidió.

—Anet...

—Ponme en alta voz. —Era la cadencia de su princesa—. Aundrey...

—¿Qué es esto? —gimoteó, llevando sus manos a su pecho, el cual le provocaba extraños espasmos. La desesperación le hizo intentar arañarse el pecho, pero el licántropo lo controló. Sus piernas chocaron contra la parte baja del salpicadero.

—Cierra los ojos, Aundrey, y concéntrate en mi voz. —El tono... fue solo el tono el que le hizo intentar no entrar en más pánico—. Bien, aspira y espira con fuerza, eso te ayudará a controlar el vértigo.

Le hizo caso. El hecho de que jamás pensara que tenía que respirar era novedoso, pocas veces había hecho el intento sin buscar un olor en específico, o cuando estaba realmente excitado, por lo que la gran cantidad de olores, le hizo lograr ubicar al licántropo a su lado, a Pablick atrás. El olor a licano, vampiro, humano, hojas, tierra, pinos, cuero, armas, el sutil olor a motor y un leve tinte a loción de afeitar. Jadeó aturdido.

—¿Necesita comer? —preguntó Pablick en un murmullo, preocupado.

—No, no... ¿Te sientes mejor? —formuló la voz amortiguada de su señora en el teléfono.

—Sí.

Por lo menos ya podía ubicar las cosas a su alrededor. Su pecho seguía haciendo ese extraño movimiento, respirar también le ayudaba.

—Se llama Consonancia, Aundrey. Es una muestra de que nuestro cuerpo está en afinidad con otro. —La voz de su princesa se consumió un poco. Vio de reojo como el rostro del licántropo se ponía cada vez más triste, gracias al dolor que marcaba sus rasgos.

—¿Qué es?

Su mutismo lo puso aún más nervioso.

—No sé cómo explicarlo... es difícil y extraño, pero sabíamos que lo más seguro era que te ocurriera a ti. Suele sucederle a los vampiros que tienen afinidad con un humano o un licano. Una muestra de apego que no ha sido estudiada a grandes rasgos.

—Es un tipo de afinidad física, sin llegar a ser vinculante —replicó Lust sin mirar a nadie en particular—. Con vinculante me refiero a que no es que Ani te haya tomado como su *paris*... pero sí que hubo un sentimiento fuerte entre ustedes dos.

—Pasará con el tiempo, pero... ¿Puedes sentirlo? —susurró la vampira, como si fuera algo increíble. Él se relajó un poco, por lo menos no se estaba muriendo, limitando sus ejercicios militares, y las contracciones dejaron de aturdirlo para poder tomarlo con más normalidad. Y sí, podía sentirlo. Era extraño, y dejando la angustia de lado era soportable, como algo cálido y lleno de energía; si alguna vez hubiera sentido su propio corazón, podría decir que era parecido.

—¿Cuándo...? —preguntó indeciso, mirando el perfil del licántropo.

Su princesa se quedó callada y Lust se arañó la garganta. Sus ojos descubrieron aturdidos los piquetes blanquecinos de un par de dientes bien ocultos. Este no pareció notarlo, pero de pronto todo se aclaró en su mente.

—En nuestro confinamiento, no necesitas saber más.

Se enderezó echándole una mirada a Pablick. El rubio lo miraba ceñudo.

—¿Estás bien?

—Sí.

—Muy bien, porque allí viene el humano.

***

Había quedado con Anet en hablar con Aundrey sobre lo que realmente estaba pasando, pero mientras charlaban intuyó que decírselo era provocar a un vampiro inestable de preocupación para convertirlo en uno suicida. Cosa que, realmente, no necesitaban. Él había sido entrenado como «venatrix», pero como príncipe apenas si había aprendido a ocupar un par de armas y a defenderse. No era un maldito estratega ni un capitán, no podía quedarse solo para manejar todo esto... necesitaba la ayuda de un vampiro, pero de uno relativamente centrado y que se preocupara por su hermana, no de uno que se desesperaría cuando le comunicara que el despertar de su consonancia significaba, en mayor medida, que en algún lugar más allá estaban matando a su hermana y que debido a ello su vínculo se estaba rompiendo en base a la tensión.

Eso, claramente, no lo necesitaba por ahora.

***

Le habían fracturado una costilla y si no le habían perforado un pulmón era un milagro. El dolor iba y venía en un estado de conciencia. Liche, un humano enorme que había llegado hacía poco, era el tipo al que ella le temía, sádico y enfermo, y con una tranquilidad desbordante, como si golpearlo no fuera más difícil que lavarse las manos. Tenía la cabeza rapada, sus ojos eran negros y poseía cicatrices de peleas, allí donde se viera. Olía extraño, muy extraño, como si fuera un batido de medicamentos y de cuero animal. Muchos de ellos olían así.

Esos ojos iban por su cuerpo de un lado a otro, sonriendo por cada pequeño estremecimiento que le otorgaba. Casi le agradeció a Paoblo cuando le prohibió violarla para impedir la contaminación en su cuerpo. Por lo que este se había decantado en golpes y toques que le provocaban estremecimientos de asco.

—No vamos a sacar nada, no va a hablar. —Liche la miró de lado a lado—. Déjame tomarla a mi manera, haré que hable.

Paoblo, sentado más allá, lo observaba detenidamente. Sus ojos se agrandaron como si hubiera comprendido algo de golpe.

—No, Liche. —Hizo un movimiento descuidado con las manos—, ve a las urnas y saca al espécimen, el niño.

¿Un niño? ¿Tenían a un niño? Su corazón se aceleró de golpe al recodar la noticia de hacía unos días atrás, la familia de vampiros que había sido atrapada.

—Vamos a jugar un momento. De todos modos… ¿De qué nos sirve un pequeño vampiro?

—Malditos enfermos, malditos… —Se le agarrotó la garganta de odio.

—Puedes ayudarlo, Animic… solo debes comenzar a hablar.

***

Avan venía escoltado por dos vampiros luego de una media hora de inspección. El sujeto estaba despeinado, sucio, sus ojos de ese extraño color violeta fijos en su auto. Lo habían dotado de un par de armas, gafas nocturnas y uno que otro instrumento de camuflaje. Se le había instruido rápidamente, pero este había hecho una rápida maniobra de carga y descarga, así que conocía de sobra su material de ataque. Había seguido sus órdenes y se había marchado; su corazón acompasado era lo único que lo mantenía relativamente tranquilo en sus funciones.

Pablick salió del auto para hacerlo entrar. La cadena, esa que les había mostrado para hacerles saber que sabía lo que estaba haciendo, lo ponía de mal humor. ¿De dónde había salido este ser?

—Esto es lo que hay. —Tomó un mapa que Lust había estado mirando y comenzó a marcar varios puntos en él—. Es una caseta de unos cuarenta metros cuadrados por cuatro metros de alto, sin ventanas y solo una puerta. Hay un camino, el que vieron ustedes, y sí, hay registros de radiación en varios sectores del bosque. Deben tener algún tipo de tecnología que repela el polvo de plata para que no ingrese al interior de las instalaciones. Hay una reja de unos dos metros, no pude corroborar su materialidad. Sobre el edificio, hay una media docena de guardias, todos con reflectores. Estoy bastante seguro que las instalaciones están bajo tierra.

Evaluó sus movimientos.

—Los licántropos tendrían que pasar corriendo el bosque para llegar, cruzar la reja y hacerse cargo de los vampiros sobre el techo.

—No —negó—, solo necesitamos estropear sus luces, ni nosotros ni ustedes podemos estar más de cinco minutos en el bosque sin que la plata o el asalto de alguna luz nos cocinen.

—Puedo destruir dos de sus luces con un par de disparos —replicó de pronto el humano.

—Eso también podríamos hacerlo nosotros.

—Sí, pero ¿cuál sería su nivel de efectividad cuando tengan 5 luces megapotentes sobre uno de ustedes? Atrapados bajo las luces y la plata… y la metralla.

Lust lo miró y él se cerró, tenía un punto bastante bueno… pero no podía confiar en el humano. Solo le quedaba una opción y era ser su sombra, si el maldito humano hacía un mal movimiento le quebraría el cuello.

—Muy bien, hagámoslo.

***

La habían dejado sola y el frío había empezado a descender cada vez más. Le temblaban las piernas y los tiritones le provocaban horribles pulsaciones en su tórax. La boca le sabía a sangre, le dolía la cabeza por una mala definición visual. Además, veía cómo lentamente los magullones y moretones comenzaban a ponerse de las más variopintas maneras.

Si traían al niño, ¿qué iba a hacer? No podía dejar que ellos le hicieran daño, tendría que hablar. Mentir en su mayor parte, pero… Dioses, ¿cómo tenían a un niño vampiro? ¿Era el niño que habían secuestrado hacía unos días? ¿Sería el mismo?

Pegó un salto cuando la puerta fue abierta y cerrada con premura. Dejó de respirar llena de pánico cuando vio la figura sin definir que se le acercaba. No era Paoblo ni Liche, pero eso no le daba muchas esperanzas. El sujeto era algún tipo de enfermero que olía a desinfectante. Era lo único que percibía de él.

—¡Por favor! —gimoteó cuando lo vio con una jeringuilla. No podía distinguirlo bien, pero sus movimientos robóticos la ponían cada vez más nerviosa.

—Shhh, no pelees, solo tengo unos segundos. —El líquido saltó de la punta, y sin poder hacer nada le enterró la jeringa bajo el ombligo, su vientre se contrajo y se dobló, enviándole punzadas en todas sus heridas—. Esperaremos que todo salga bien de aquí dentro. —Cuando la mano pálida, como la de un muerto, fría y dura se posó sobre ella... todo se volvió negro.

Y en su mente, un grito desgarrador y desesperado de haber escuchado mal... muy mal.

19

Se llevó una mano al pecho por decimosegunda vez en menos de media hora, lo sabía porque el rostro del licántropo se ponía cada vez más pálido cuando lo hacía. Estaba seguro que el sujeto no quería decirle algo realmente importante sobre este nuevo estado.

Le hizo un gesto a Pablick, quien asintió suavemente mientras se alejaba con sigilo, bosque adentro. Fritz, que nunca estaba demasiado lejos, lo miró detenidamente, pero no hizo nada y lo agradeció. Era idea del rubio, y tenía sentido si querían hacer esto rápido.

Quince vampiros estaban esperando sus órdenes y otros tantos esperaban el primer ingreso para integrarse al ataque. El humano, un poco más adelante, lo miraba con detenimiento. Dos minutos e hizo un gesto para que todos tomaran sus lugares.

Él iba al frente con cinco vampiros Omegas —vampiros suicidas, como solían decirle a los *Patronus* de primera fila—. Luego iban *Patronus Alfa*[12], aquellos que se adelantarían y matarían a cualquiera que se les pusiera por delante, y en la última fila irían los *Beta*, designados para la protección. Todos eran una cuadrilla *Imper*, una de las ramas de alto rango de los *Patronus*.

---

12 *Asesinos.*

Habían conseguido alejar a los licanos para restablecer sus fuerzas. Los *Beta* deberían echarle una mano si alguno quedaba rezagado por la plata.

Una sensación de pesadez lo aturdió, se llevó una mano al pecho y respiró como le había dicho su princesa que lo hiciera. Escuchó a lo lejos la cuadrilla de licántropos, acercándose, le hizo un gesto a Avan, que comenzó a correr bosque adentro.

Todo en él se erizó… Era ahora o nunca.

***

Despertó tendida sobre frías baldosas, había mucho movimiento a su alrededor e incesante ruido metálico. Tosió sangre mientras el dolor de cabeza era cada vez más pronunciado. Tenía frío y le pesaban los miembros. Cuando al fin pudo lograr enfocar sus ojos, se llevó mecánicamente una mano a su vientre y observó a los tres guardias con sus rifles directamente posados sobre su cabeza.

Había algún tipo de discusión en la habitación. Era enorme, con pantallas de televisión por todos lados y un montón de cámaras de seguridad. En un apartado vio a todos los licántropos y vampiros encerrados en sus celdas, dos seres puestos en camillas en otro sector, y una habitación blanca con unos tipos de ataúdes metálicos, las urnas. La angustia le apretó el estómago.

Cuando los seguros de los rifles saltaron ella reaccionó. Paoblo estaba un poco más lejos, discutiendo con dos personajes que parecían doctores.

—… He sido muy paciente, pero aquí no manda Janet ni nadie de ellos, aquí mando yo. Este es mi laboratorio, Pierrot, ella es de mi propiedad.

—Tienes que entender, Exels, que estamos leyendo un montón de información importante en ella, no podemos dejar que sigas jugando, si la estropeas…

—Ella mató a un montón de gente como tú, Pierrot. Ella movió a licántropos y a vampiros para asesinar a todo mi bloque… ¿Escuchas eso? —Los tres guardias encendieron los puntos rojos, situándolos sobre su cara y pecho—. Primero muerta que en tus manos. Deja ponértelo más claro… Janet llegará aquí al amanecer, y antes de eso, esta bestia me dirá la localización de todo y cada uno de los asesinos de mi gente y luego, si es que queda algo de ella, te la entregaré.

—Sus niveles hormonales están sobre lo normal, su GCH está en aumento... No es normal, significa que hay una alta probabilidad de que esté...

¿Qué era GCH? ¿Qué era eso? ¿De que estuviera qué?

—Liche, sácala de aquí.

Cuando el enorme humano se le acercó, tomándola del cuello, gritó de dolor. Sus garras saltaron y se enterraron en sus brazos, el sujeto miró la sangre que caía y antes de que pudiera hacer algo, le apuntó con una semiautomática.

El disparo hizo que todos en la habitación soltaran un grito, menos ella. Completamente en shock, observó la perforación en su rodilla derecha, hileras de sangre comenzaron a caer en las baldosas. La roja mancha la hizo quedar completamente idiotizada. Perdió la sensibilidad de la pierna y algo dentro de ella se murió.

—¡Lich! —gruñó Paoblo. Ella miró al humano, quien sonreía con sus ojos oscurecidos de absoluta complacencia—. Llévatela.

—Será un placer...

***

Fue en el silencio del bosque, las armas apuntando hacia adelante, con la sensación de precisión y hermetismo que sintió nuevamente él, el *Patronus Prime*, protector de la familia real. No era un *patronus* débil, no era un nonato y tenía tantos años en misiones que había sido capitán y comandante de sus propias tropas, había matado y ganado, sobrevivido y renacido.

Antes de que los disparos asaltaran el lugar y el caos se armara, con una mano sobre el pecho juró por sobre todos los seres lunares que sacaría a Ani de allí, aunque fuera lo último que hiciera.

***

Maldito bastardo, bicho inmundo. Gritó de asco cuando el maldito humano la estampó contra la pared, sujetando sus muñecas. Se ahogó de dolor y de su hedor a químicos. No era normal, ¿qué le habían hecho?

—Puedes gritar todo lo que quieras. —Cuando le lamió la cara, ella sintió las náuseas invadirle, el cuerpo se le crispó de asco.

—¡Suéltame! —gruñó apenas respirando.

—Eres tan adorable, cosita rota… —Le agarró la barbilla, y sus ojos se inyectaron de lascivia—. Mataste a toda mi tropa, maldita bestia. —Le separó las piernas con una rodilla, el pánico la invadió más que nunca.

No. No. No.

Le mordió la cara sintiendo el asqueroso sabor de una sangre en mal estado, el sujeto gruñó mientras le daba una bofetada que le dio vuelta la cara, rompiéndole las encías y soltándole algunos dientes. Atrapada contra el muro de un pasillo jadeó y la adrenalina volvió a asaltarla, por lo que reunió toda la energía que pudo y le dio dos sonoros puñetazos, logrando quitárselo de encima, cayendo este a un lado, tosiendo sangre, alejándose.

No llegó muy lejos cuando escuchó el seguro desbloqueado. Se giró para verlo allí, con el arma en alto.

Cerró los ojos… ¡Y las alarmas se activaron!

Oh, drama. Aléjate de mi vida.

***

Los tres disparos fueron el comienzo de la acción. Los humanos sobre el tejado se demoraron cinco segundos en reaccionar al ver dos de sus reflectores lanzando chispas, que fueron la perdición cuando sus vampiros *Imper* y *Alfa* saltaron sobre la verja. Agarró a Avan del cuello cuando lo vio inclinándose para disparar, lo estampó contra el tronco de un árbol y unos segundos después una andanada de metralla colmó todo el bosque. Gritos de dolor invadieron el lugar cuando uno de sus *Imper* quedó atrapado por dos reflectores. El bosque se iluminó en ráfagas intermitentes de luces ultravioletas provocando siseos y gemidos. Apretó los dientes mientras el dolor le atacó el cuello y la mitad de la cara, dejándolo medio ciego. Hubo un movimiento rápido, antes de que pudiera hacer algo el humano lo agarró, lo inmovilizó bajo suyo y lo protegió con su cuerpo.

Los golpes intermitentes y luego un montón de chispas, mientras los licanos comenzaban a atravesar el bosque disparando a las luces, como una fuerza sin control lanzándose hacia la verja.

Avan se retiró y él lo miró detenidamente. El humano sonrió y maldita sea, lo había ayudado.

Tres *Imper* estaban sobre el tejado, destruyendo las luces con los soldados muertos a sus pies. Los licanos se estaban posicionando sobre la única gran puerta. Lust entre ellos. Respiraban adoloridos, algunos de ellos medio ciegos se encontraban más atrás, recuperándose lo mejor posible de haber aspirado la plata. Pero como bien había dicho el humano, había algún tipo de tecnología que le impedía a esta, penetrar en las instalaciones.

El humano quedó ayudando a un vampiro *Gen*, quien estaba curando al *patronus* que había quedado atrapado bajo las dos luces.

Uno de los licanos, con una extraña franja roja en el cuello, estaba haciendo movimientos nerviosos con la cabeza, como algún tipo de antena mal puesta. Creyendo que había tenido una mala recepción del veneno, lo ignoró, hasta que lo escuchó soltar un extraño resuello.

—Dos pisos bajo tierra. Las alarmas están en pleno auge. Mucho movimiento.

Era un *Sonorus*. Joder. Así como Axals tenía un prodigio sobre la sangre, los licántropos tenían, de vez en cuando, sentidos inusuales. Personajes como este solían volverse locos a corta edad por la sobrecarga sensorial, lo cual tenía sentido por el rostro demasiado despierto del chico, como si tuviera un chute de adrenalina o algo así.

—Dentro… una bodega, mucho olor a goma, autos. Un estacionamiento o algo así. Turbina, un sistema de aire acondicionado. Eco, una bajada.

Lust lo miró y él asintió, se giró hacía el camino asfaltado. Como lo había planeado, quince segundos después, un todoterreno apareció, la mitad de los hombres levantaron las armas. Había sido una decisión un tanto apresurada en el último momento… por petición del rubio en todo caso.

—Abajo —ordenó. Pablick sacó la cabeza por la ventana y sonrió con la locura de alguien que se le daba lo kamikaze y las tareas apresuradas, disfrutándolas como nadie. Pudo ver de soslayo cómo Fritz rodaba los ojos. Le había ordenado tomar uno de sus autos y pasar el bosque lo más rápido posible, con las alarmas activadas; un auto pasando el bosque sería el último de los problemas—. *Venatrix*, detrás del golpe —le ordenó a Pablick, quien se metió en el auto y aceleró a toda velocidad, haciendo rechinar los neumáticos—. *Patronus*, fuego de cobertura.

***

Paoblo apareció antes de que Liche le disparara. El rostro del grandulón estaba rojo de rabia, enloquecido. Tres guardias iban con él tensos como arcos, otros tantos comenzaron a aparecer por los pasillos. Gritos y órdenes. Media docena de hombres llegaron y se situaron alrededor.

—Traigan a todos los vampiros y licántropos a la Sala General. No van a rescatar a nadie sin ver como se desangran primero. —Sus ojos turbios fueron hacia ella, en el suelo.

—Paoblo, tienes que ayudarnos a movilizar a los especímenes —ordenó el médico; el tal Pierrot llegó haciendo aspavientos con las manos. Cerró los ojos unos segundos antes de que el disparo fuera directo a su cabeza, mientras otros dos médicos gritaban angustiados.

—Mis especímenes. Lárguense de aquí y llévense vuestra documentación. Yo me quedaré con estos.

Liche la agarró de la pierna buena y comenzó a arrastrarla.

Cerró los ojos, incapaz de hacer algo más que ser un costal de dolor. ¿De verdad, venían por ellos? ¿Quiénes serían? ¿Licántropos o vampiros? Tal vez los dos. Sonrió y las lágrimas crearon surcos por sus mejillas amoratadas. Quizás, la sacarían y vería a Aundrey...

Le gustaría verlo una última vez, pedirle perdón. Sí, perdón por haber sido tan condenadamente orgullosa.

Pedirle perdón por todo.

***

Acarició la suave tapicería con la punta de sus uñas, sus ojos estaban fijos en el personaje de enfrente y en su oreja tenía un dispositivo que le informaba paso a paso todo lo que estaba ocurriendo kilómetros más adelante. Con sus casi dos metros, el cabello corto y negro como el carbón, de rostro agudo, como de un leopardo, y esos ojos sobrenaturales demarcados en negro, como si quisiera hacerlos más espeluznantes de lo que ya lo eran. Así era Brice, un híbrido licántropo vampiro tan viejo como la vida misma.

Y él, que era uno de los mejores combatientes de su pueblo, no ansiaba molestarlo más de lo conveniente. Su presencia era solo un peso más al hecho de que más le valía a Aundrey que sacara a la licántropa de las manos de los LMG si no querían terminar todos fritos por alguna calle.

Brice era un tipo peligroso. Un mensajero, peón de un ser mucho más poderoso, especial y jodidamente volátil. Uno de esos pequeños «milagros» de la naturaleza que algún idiota había querido perpetuar, engendrando sujetos inmortales, peligrosos, escondidos y protegidos.

Protegidos por el tipo de ser especial que había asesinado a sangre fría a todo el Consejo Vampiro cuando estos habían tomado una malísima, malísima decisión al atacar y asesinar a un vampiro del norte, un vampiro regente y a su pareja por pura envidia, celos y una «mala decisión» de dicho vampiro, que no era nada que los idiotas no hubieran hecho en la oscuridad de sus hogares… Y lo habían pagado con sus vidas.

Por todo un mes fueron encontrando montones de cenizas, sangre y una cinta de color blanco. Por más que se escondieron o desaparecieron, todos fueron encontrados, todos murieron por la misma fuerza…. Ni sus reyes, ni sus *Patronus Prime* pudieron hacer nada… Veinticuatro vampiros de las más altas y grandes familias del continente murieron, solo a cinco se les perdonó y desaparecieron a algún cuchitril. Los reyes tomaron el poder y decidieron nombrarlos a ellos tres como los mandantes en la protección del pueblo. El poder militar estaba en sus manos, pero no eran idiotas, sabían que no podían cabrear al mandamás. Y les valía hacerle caso, aunque les molestara… cuando había fuerzas sobrenaturales más grandes que ellos, era mejor no jugar fuera de su juego.

—Todavía no me dices qué quieres —replicó de pronto. Brice hizo un movimiento muy leve con su barbilla y cuando sonrió, su rostro cambió notablemente a algo maligno y él terminó erizado.

—Quiero a esa licántropa libre.

—¿Quién es ella exactamente? —Además de una lunática de temer, con una personalidad múltiple, dispersa, grosera y agresiva… e increíblemente como un vicio, sí, quería ponerle las manos encima… maldita paz. Hubiera aceptado plácidamente un *oppuggnare* por ella. Si pudiera domarla, habría sido una apetitosa fuente de placer. Aundrey debía de haber sido bastante popular para haberla marcado… jodido suertudo.

—Mi familia.

Literalmente, se fue a negro por un segundo… cuando volvió a reaccionar sus garras habían atravesado la tapicería y Brice estaba sonriendo como un maníaco.

—Pero muy, muy, muy lejano, por parte de mis tíos maternos. Mi madre la quiere libre y lo que quiera mi madre se cumple, si no es por mí, por alguno de mis otros… hermanos. En fin este vampiro, ¿está encargándose de ella en estos momentos?

—Así es.

—¿Y es bueno?

—Lo fue.

—¿Lo fue?

—Estuvo encerrado tres años, perdió un poco de masa muscular y potencia para ser un *Prime*.

—¿Y lo has puesto como capitán?

Él sonrió, porque sabía lo que había visto en los ojos de Aundrey.

—Sí. Está vinculado a la licántropa.

—Oh. —La sonrisa del híbrido fue luminosa—, qué noticia más agradable. ¿Se han acostado? —Rodó los ojos ante la básica pregunta.

—Me imagino que sí —expresó con tono inocentón. El sujeto movió su mano y se llevó la otra a la barbilla, realizando un ademan tan burlón que él se crispó.

—Te imaginas que sí, ¡qué comentario tan oportuno, Axals! Ahora… vampiro —gruñó, su voz sonó amenazadora mientras se inclinaba hacia adelante, como si estuviera tratando de explicarle algo a un niño de cinco años—, en tu imaginación te habrás dado cuenta que soy un híbrido, además de híbrido ella es mi familia lejana… En tu imaginación, ¿puedes conectar en qué peligro nos encontramos si no sacamos a Animic de allí? Genética y biología pura, Axals. No te pido nada más.

Las conexiones se hicieron de inmediato. Genética pura. Los LMG tenían a una hija de los *Interfector*, una raza jodida y «pura», sino también a alguien que llevaba en su genética la posibilidad de engendrar entre especies.

E-g-e-n-d-r-a-r e-n-t-r-e e-s-p-e-c-i-e-s…

Con Animic, los humanos ganarían de golpe todo lo que ellos estaban tratando de aletargar.

Apretó la mandíbula y se llevó una mano al oído, abriendo la conexión.

—Abrass. Lazdia, necesito su ayuda.

Brice asintió complacido.

***

Las balas sobrevolaban su cabeza con increíble facilidad, si sus aliados no fueran seres nocturnos, más de la mitad ya estarían muertos. Aquellos humanos que disparaban contra ellos estaban entrenados, pero habían quedado encerrados en su extraño cubículo con poco margen de ataque.

¿Qué tipo de laboratorio era este? Observó de refilón cómo Fritz se adelantaba para sacar a un aturdido vampiro detrás del volante, luego de que Pablick se llevara consigo puerta, guardias de primera línea y la mitad de los vehículos del lugar, para terminar estrellándose con el que parecía un camión de blindaje. Los licántropos se dispersaron por los autos y sus vampiros golpearon directamente contra los soldados en los extraños accesos de hormigón.

Era un suicidio entrar en esos accesos. Su mirada fue a parar a la serie de ventiladores que llevaban el aire acondicionado dentro de las instalaciones. Fritz, quien había arrastrado a su compañero, le siguió la mirada y asintió, dándole un manotazo a quien estaba aún medio aturdido.

Fritz como *Videt*[13] eran completamente aptos para su petición, y no pareció complicarle, la verdad, cuando lo vio hablando con su cuadrilla de espías, lo que le hizo pensar cuántas veces había estado metido en un maldito sistema de ventilación durante su entrenamiento. Llevándose a otros tres vampiros de su facción, desaparecieron por las tuberías. Meterse en un lugar tan pequeño y estrecho hizo que se le pusiera la piel de gallina.

Se giró hacia Lust, a quien no dejaba alejarse demasiado. El príncipe era un movimiento estratégico, no le temblaba la mano ni parecía demasiado nervioso, pero no había sido entrenado como *venatrix* al completo; su presencia era un calmante para sus guerreros y una fuente para permitir hacer esto sin peleas.

Iba ordenarle que fuera hasta la última fila de retaguardia cuando notó el movimiento errático a su lado. Era el chiquillo, el *Sonorus*, quien a poco menos estaba siendo protegido por un *venatrix* unos años mayor, que parecía muy angustiado, mirándolo. Levantó el cuello de pronto, haciendo ese movimiento de pájaro.

—Alguien está gritando... muchas maldiciones.

---

13 *Espías. Encargados de recopilar información.*

Lust se adelantó y él sintió un peso agónico en el estómago.

—Sistema de ventilación asegurado —le informó Fritz por el intercomunicador.

—Bombas de humo —gritó a sus guerreros. Cinco esferas salieron por diferentes partes, atravesando el cubículo—. *Venatrix*, su turno. —Los licántropos saltaron al interior, en el momento en que dentro se escucharon disparos y gritos. Luego de unos segundos, se deslizó dentro de la habitación con cinco *patronus* más.

El humo se disipaba y el olor a sangre era profundo. Con las armas en alto, escuchando corazones erráticos y el susurro de las ropas, uno de los licántropos se levantó con una herida de bala, a la cual no pareció darle importancia. Poco a poco comenzaron a aparecer más licántropos arañados o lastimados, pero ninguno muerto. Bajó las escaleras para encontrar a Fritz con sus espías, atando a los guardias medio aturdidos que ellos habían logrado atrapar, sin bajas por su lado tampoco.

—Fritz —gruñó y rodó los ojos. El moreno lo ignoró. Era un convertido de muchos años, pero aun insistía en no matar a los humanos, por eso se había transformado en espía, por eso llevaba a su gente a atrapar y no a matar. Era un pacifista. Su *Ayo*[14] debía de estar retorciéndose en algún lado.

Los guerreros comenzaron a bajar mientras entraban en el primer pasillo… pocos pasos y los altoparlantes en las esquinas remitieron el primer crujido. Envió una cuadrilla de licántropos por el otro lado del pasillo, donde no se escuchaba ruido, para que investigaran.

***

—Nos dieron encerrona en la caja —replicó uno de los guardias cuando entraban en una enorme habitación. Aun siendo arrastrada por el pie, Liche le dio un fuerte tirón, pero antes de lograr siquiera saber dónde estaba el suelo, vio la enorme habitación girar alrededor para luego caer y chocar contra una pared.

Agitación a su alrededor y supo por qué. Habían arrastrado a todos los licántropos y vampiros de las celdas, además de tres inconscientes que estaban siendo abrazados por alguien de su propia raza. Uno de ellos bañado en una extraña sustancia era el

---

14 *Maestro o «dueño». Algunos vampiros transformados tienen Ayos a los que les deben respeto*

niño del que había hablado Paoblo, su corazón se apretó de agonía, ¿cómo podían hacerle eso a un niño?

Nadie estaba llorando o suplicando, solo existían rostros herméticos llenos de odio. Había guardias apuntándoles de todos los ángulos. Liche volvió a acercársele con su semiautomática en la mano.

—Están arrinconados. —Sonrió Animic, intentando enderezarse, con su sangre de lobo fluyendo al ver el final de todo. Venían por ellos, y si ella no lo lograba, por lo menos podrían sacar al niño. Por lo menos podrían hacer algo por los demás—, no son más que presas cazadas. —Se rio suavemente apuntalándose a la pared.

Paoblo entró en la habitación con el rostro mustio. No miró a nadie mientras iba hacia una pared llena de televisores y botones. Tomó lo que parecía un micrófono, gran parte de las cámaras habían sido destruidas, pero todavía en algunas había movimiento y se veían a silenciosos humanos apuntando hacia adelante.

—Bienvenidos a mi humilde hogar. —Su voz resonó por los pasillos—. Mis queridos amigos, creo que no están entendiendo lo que sucede aquí. —Le hizo un movimiento a Liche, quien dándole un revés que no vio venir, volvió a agarrarla de un pie para arrastrarla hacia el humano. Sus ojos se depositaron en las enormes rejillas de los sistemas de ventilación, ese era un excelente método de acceso, los vampiros podían meterse allí sin problema alguno—, son muy entusiastas para venir, pero malinterpretan mi bienvenida. En este momento tengo a quince de su gente apuntados con ametralladoras. —El humano la agarró del cuello y la cargó contra la mesa—. Venga, mi muñeca, saluda a tus queridos compatriotas. ¿Alguno de ellos te ayudó en la primera redada? —Cerró la mandíbula, respirando con dificultad.

Sus ojos fijos en el micrófono. Estaba segura que sus resuellos eran escuchados, pero Paoblo no quería eso, él quería escucharla gritar. En un movimiento rápido, levantó un cuchillo y el dolor se extendió por toda su mano derecha, al quedar enganchada contra el acero de la mesa de trabajo. Su grito hizo saltar su transformación a tope, y se retorció, lanzando sus garras hacia el cuello de este, quien trastabilló, alejándose. Liche, en cambio, la agarró de la cintura en un muy mal movimiento, por lo que se giró hacia él, notando con exquisita satisfacción, cuando entendió lo mal que había hecho.

Su garra se cruzó de lado a lado, destrozando su yugular, sus ojos negros estaban colmados de pánico cuando se le lanzó encima, demasiado tarde. Vio la vida del maldito enfermo escapar de su inmundo cuerpo mientras le caía encima.

—Perra lunática…

Fue todo mucho más rápido de lo que esperaba. Segundos después las luces pestañearon en un silencio tenso. Todo quedó a oscuras por unos cinco segundos antes de que las luces de emergencia se encendieran… habían muchas más sombras en la habitación de lo que habían antes del apagón…

Y unos ojos grises posados sobre ella.

20

Fritz le agarró un brazo.

—Hay toda una canalización de aire sobre sus cabezas...

La piel se le erizó de pánico, espacios cerrados, oscuros y húmedos. Cerró los ojos justo cuando los parlantes chirriaron.

«Bienvenidos a mi humilde hogar mis queridos amigos...».

La voz sonaba metálica, suave y amenazadora.

«...creo que no están entendiendo lo que sucede aquí...».

Se escuchó un golpe y algo siendo arrastrado.

«...son muy entusiastas para venir, pero malinterpretan mi bienvenida. En este momento tengo a quince de su gente apuntada por ametralladoras.».

Otro golpe. Resolló angustiado y adolorido. Lust apareció a su lado con sus ojos abiertos, reconociéndolo igual que él.

«...venga mi muñeca, saluda a tus queridos compatriotas».
—Su voz suave sonó cada vez más amenazadora—. «¿Alguno de ellos te ayudó en la primera redada?».

—Aundrey —gimió el licántropo con pánico en sus ojos—, van a matarla.

Se giró hacia Fritz, quien envió un silbido suave, saltando hacia las tuberías donde había bajado hacía unos segundos, y lo siguió, al mismo tiempo que las paredes del estrecho lugar se le venían encima. Por un leve lapso nada de él se movió, mientras cientos de recuerdos lo invadían.

Estrecho. Húmedo. Dolor. Suspensión. La presión de ser ahogado.

Al oír un grito de dolor se volvió a activar. Un grito de Ani. Se lanzó hacia adelante con pánico de que su licántropa hubiera sido dañada. Pasaron en silencio sobre la cabeza de una decena de guardias, quienes los estaban esperando. En el más puro mutismo escuchó cómo se activaba su audífono, moviéndose todos como serpientes por un montón de túneles metálicos de aire.

—Encontramos su suministro de energía —informó un licántropo en su oreja.

Llegaron a una bifurcación y a una rejilla. Podían ver a un grupo de licántropos y vampiros amontonados, todos mirando hacia su izquierda con sus pálidos y enfermizos rostros. Había guardias alrededor, unos siete con armamento pesado. A su espalda en el ducto de ventilación había otros cinco vampiros, y a lo lejos podía escuchar a otros tantos.

El olor de Ani lo puso en alerta. Sangre, mucha sangre.

—Apágalo.

Fueron apenas unos segundos, saltaron desde la rejilla en silencio, cinco guerreros lo siguieron, además de Fritz, quien fue directamente hacia un guerrero sorprendido. Él hizo lo mismo, pero hacia el lado más cercano a Ani, quebrándole el cuello a otro notó que algo estaba mal.

—¡Ataquen! —gruñó para que los guardias fueran disminuidos antes de que entraran en la habitación. La oscuridad del lugar los había tomado desprevenidos a todos.

Cuando la luz volvió estaba apuntando al que se hallaba más lejos, el que parecía el bastardo neurótico que le había hecho daño. No estaba armado y, al parecer, era el jefe.

Animic estaba medio sentada en la mesa de trabajo, con un humano desangrado sobre la mitad de su cuerpo. Su mano estaba anclada por un cuchillo enorme, pero fueron sus ojos… aquellos ojos dorados tan enormes, tan hermosos y llenos de incredulidad y rabia lo que lo activó.

¿Qué le habían hecho?

Escuchó el seguro y ni siquiera lo pensó. Le pegó dos disparos al humano mientras los espías reducían a los demás guardias. De pronto, se giró hacia Fritz.

—Hazte cargo. —El moreno asintió.

Se acercó a Ani en una exhalación, sacó al humano degollado de golpe solo para sufrir al verla. La habían torturado, su piel estaba roja, arañada y amoratada en todos lados. Su rodilla tenía la perforación de una bala, su mejilla estaba hinchada y un cardenal se extendía por todo su costado. Aún tenía la mano atorada, la sangre le caía por todos lados, y la bata de hospital que la cubría estaba medio desecha e inmunda de sangre nueva y seca.

Ani lanzó un gemido atorado. Algo de su interior tan angustiado, que él dejó de percibir todo a su alrededor para verla.

—Aundrey —gimoteó con sus ojos ahora nublados, como si repentinamente hubiera quedado ciega. Quería gritar de dolor mientras sentía su fría piel. Su cuerpo reaccionó de la manera más maravillosa, se encendió con un calor que jamás había sentido. Quería abrazarla, sujetarla, quería cuidarla para que no hubiera más dolor a su alrededor, hasta que la presión que le había provocado la consonancia disminuyó, dejando una estela de fervor en el ambiente.

La sostuvo para ver esos ojos maravillosos y esa sonrisa malvada. El simple pensamiento de perderla lo mortificaba demasiado.

Sus manos temblaron cuando sujetó su barbilla con la mayor delicadeza, pero también su olor lo colmó y curó el pánico que había llevado dentro de sí las últimas horas.

—Has venido, Aundrey, yo…

—Shhh, voy a sacarte de aquí. —Con un movimiento rápido le quitó el cuchillo. Ani gimoteó, arrastrando su mano hacia su pecho. Estaba perdiendo demasiada sangre, y fuera lo que fuera lo que la había mantenido media viva los últimos minutos ahora estaba escapando de sus manos. Por lo tanto, tomó su mano con cuidado e hizo una venda improvisada con un trozo de tela—. ¿Fritz? —preguntó, tomando a la licántropa en brazos. Ésta se acurrucó contra su pecho, pero al sentir cómo se movía le pareció que le habían quebrado más de una costilla. Tenía que llevársela de allí, estaba desangrándose muy rápido y ese sonido silbante en su pecho no era para nada normal.

El moreno se quedó en silencio hasta que asintió. Afuera se escuchaban un montón de disparos y gritos. Los espías de Fritz se habían turnado entre cuidar la puerta de acceso y ayudar a los quince civiles, y a uno en particular que se hallaba en muy mal estado, hasta que el silencio fue cortado por el pesado caminar de los licántropos al otro lado.

—Listo.

—Abre la maldita puerta o voy a…

—¿Lust? —gimoteó la licántropa como si hubiera despertado. El príncipe entró en la habitación, sangrando de un brazo, sus ojos negros fueron directo hacia ella, y cuando se acercó pudo reconocer el más simple cariño que ambos se habían entregado desde siempre, al notar como sus cuerpos se relajaban al unísono.

—Oh, Ani...

—¿Qué haces aquí? —le gruñó la licántropa.

... Y ahí estaba la Ani que conocía.

—¿Qué... hago aquí?

—Sí, zopenco, ¿qué haces aquí? ¿Eso es sangre? Aundrey, ¿lo han herido? No puedo... ¡Por qué dejaste que viniera! —La licántropa lo miró completamente enojada, su mano derecha le pegó un manotazo en el pecho, dejando un rastro de sangre que ella no pareció notar.

Sí, esa era... en un claro estado de shock.

—¡Dioses, mírate! —gimió el príncipe, alarmado—. Tenemos que sacarte de aquí.

—A ti te voy a sacar de aquí —farfulló mientras una serie de tiritones la atacaban.

Su corazón latía erráticamente, y en sus manos notó como perdía calor.

—¡Fritz! —gritó al moreno, quien estaba hablando con un grupo de vampiros, dándoles órdenes—. ¿Situación para largarnos de aquí?

—Solo hay guardias en el lugar... temo una emboscada externa.

—Los médicos escaparon —anunció uno de los vampiros atrapados—. Agarraron todo lo que pudieron y se lo llevaron.

—Busquen en las habitaciones cualquier vía de escape —ordenó Fritz.

—Tenemos que largarnos de aquí —murmuró Lust mirando a su hermana.

—Hay suficiente información que debemos sacar antes de que los programas sean destruidos —comentó uno de los vampiros de Fritz.

—Mi gente está en eso ahora —les informó Lust, apretando a Ani contra su cuerpo, porque claramente en una misión de escape una raza u otra iba a tratar de sacar partido de ello.

—Trasladaremos a los civiles arriba.

—Imposible —entró Pablick con una mano en el costado—, tenemos compañía de la pesada.

***

Entraba y salía de un estado de entumecimiento mientras su corazón palpitaba errático. Dolor en sus costillas, en la mano y en su pierna. Esta última, completamente entumecida, como si se hubiera desconectado de su sistema nervioso central. No podía ver nada más que sombras, ya que había una capa nublada sobre sus ojos que distorsionaba todo. De lo único que estaba segura era del agradable olor que percibía del vampiro y el metálico olor de la sangre de su hermano. Los escuchaba hablar, al igual que sus tonos nerviosos y acelerados, pero no podía importarle menos, porque estaba bien en los brazos del vampiro. Le gustaba estar allí, olía tan maravillosamente, por lo que apretó su mejilla contra su pecho. Podría quedarse allí eternamente.

Estaba bien…

—¡Ani! ¡Ani! Despierta…

«*Las cálidas y nerviosas manos la dejaron dentro de un closet, se escuchaban crujidos y el chirrido de un material consumiéndose bajo sus pies. La casa ardía en llamas y sus pulmones estaban secos por el humo respirado. La larga y estilizada figura a contra luz acariciaba su rostro, susurrando palabras de tranquilidad, mientras cerraba las puertas de oscura madera.*

»*Su padre entró corriendo en la habitación. Un licántropo alto y con un poderoso cuerpo moreno y exótico. Tenía el cabello negro ondulado, más largo que su propia madre, el cuello tatuado y una serie de piercings en una oreja. Siempre recordaría el tatuaje de los Interfector, una media luna estilizada con tres picos que llevaba en la parte lateral de su cuello.*

»*Su madre, con su corta melena corrió a su encuentro. Unas breves runas, opacas y hermosas en sus sienes y barbilla, brillaban como nunca, como una señal de su gente. El breve y cariñoso abrazo, tal vez, era lo único que recordaba tan vivamente de los dos antes de que todo se volviera un caos.*

»*Cuando estallaron dos pares de ventanas a la misma vez, las luces terminaron de apagarse… ¿Por qué no amanecía? ¡Debía amanecer ya! ¡Ellos se irían al amanecer!*

»*El disparo de las sombras mandó a su padre al suelo, con el grito de dolor de su madre oyéndose de fondo. Él corazón se le estrujó y el miedo inmovilizó su cuerpo. ¡Ella sabía, ella debía, ella ya había aprendido a disparar! ¡Su amado padre le había enseñado!*

»¡Y el amanecer! ¿Dónde estaba?

»La silueta de su madre se estampó contra el mueble en el que la habían dejado, bamboleándolo y tumbándolo con ella dentro, al mismo tiempo que el golpe contra el suelo la hizo salir despedida hacia afuera, cuando el grito de dolor de su padre no era más que una extraña boya de flote.

»Miró horrorizada el cuerpo sangrante, su rostro contorsionado por una herida en su estómago, sus ojos azules furiosos en un intento por tomar un arma que no podía alcanzar. Un arma a medio pie de ella.

»De pronto, oyó el aullido desgarrador de su madre y un nuevo disparo. Observó el cuerpo de la licana desfallecido con un vampiro alto y siniestro, como las historias contaban, delante de este. Vio en él, además, unos ojos rojos llenos de la más pura maldad, disfrutando de la vida que ella pudo haber salvado.

»Una mano grande la agarró de un brazo y la lanzó hacia atrás. Su padre no alcanzó a tomar su pistola antes de que un segundo balazo cayera en su cuerpo, matándolo. Un acto de protección que se llevó su vida… entre sus brazos, seguido de un "te amo" que no se pronunció, en conjunto con miles de recuerdos que pasaron por su cabeza mientras veía apagarse la luz de esos preciosos ojos.

»Observó el arma a su lado, la tomó en sus manos, las tres figuras se situaban contra la ventana, delineando unas sonrisas blancas con colmillos enormes, en medio de burlas y el triunfo del asesinato… Pero no fue capaz de disparar a los asesinos de sus padres. No fue capaz de salvarlos. Si solo hubiera podido apretar el gatillo...

»Solo las cintas de colores la habían salvado esa noche. Cintas de colores con una luna menguante.»

Abrió los ojos para verlo. Estaba recostada en el suelo, las enormes manos del vampiro yacían en sus mejillas, su mirada la observaba desesperada, mientras la llamaba con la voz urgente y angustiosa. Lust, más abajo, hacía torniquetes en sus heridas, arrastrando una mano a su vientre y otra a las manos de este. Eran tan hermosas… con dedos largos y elegantes. En realidad, todo en él era tan elegante. Quería odiarlo, pero no podía, quería dejar de sentir esto, pero tampoco podía. Estaba tan unida a ese estúpido vampiro.

—No me voy a morir —susurró cuando el ruido volvía de nuevo a ella.

—Quiero que cumplas eso.

—¿Me estás exigiendo?

—Sí.

Sonrió cuando el hormigueo en su vientre comenzaba a ser molesto. De pronto Lust, Aundrey y un par de licántropos que estaban a su alrededor alzaron sus armas hacia la esquina. El vampiro la estaba protegido con su cuerpo, mientras su rostro se transformaba en el depredador que era, dioses, era tan sexy…. Y ella tan desubicada.

El humano estaba vivo. El disparo de Aundrey que perforaba su pecho, sangraba, pero no parecía haberle dado en su podrido corazón. Su sonrisa era suficiente mientras los miraba, mientras la observaba a ella con esos ojos envenenados. Paoblo olía de la misma manera que Liche, pero era un olor aún más distendido.

—No me importa morir —jadeó con una sonrisa ensangrentada—, porque irás conmigo, pequeña muñeca rota…

Aundrey soltó el seguro de su *Glock*, pero fue Fritz quien lo detuvo, aunque debía admitir que no parecía muy convencido.

—Es el jefe de la primera redada, Aundrey —le informó. Ella vio el odio en sus ojos, esas ansias asesinas, pero también comprendió las implicaciones de lo que decía Fritz, tener a un jefe de los LMG en manos de vampiros o licántropos… podrían sacarle mucha información.

—Bien —masculló este bajando el arma y depositándola en sus correas. Cuando el vampiro moreno se acercó al moribundo humano, lo único que pudo escuchar fue el golpe del arma contra su cráneo.

Se quedaron en silencio hasta que Aundrey soltó un gruñido. Sea lo que sea, Lust también lo escuchó. Fritz se veía cada vez más nervioso, lo que era ya de por si extraño.

—¿Qué ocurre? —susurró bajito, afirmándose a una conciencia cada vez más lejana. El frío, entretanto, la hizo temblar y castañetear los dientes.

—Estamos atrapados —comentó Lust, sujetando sus manos para darle calor.

—¿Todavía nada sobre la vía de escape de los doctores? —gritó Aundrey mirando de un lado a otro.

—Nada aún, señor.

—Voy a subir —informo Fritz. Aundrey se tensó, pero volvió su mirada hacia ella, mientras sus ojos se suavizaban.

—Lust, ¿puedes tomarla en brazos? —murmuró el vampiro. Ella escuchó la angustia en su voz—. Yo no puedo darle calor, está demasiado fría. Tenemos que movernos.

—No —jadeó. No quería alejarse de Aundrey, no quería…

—No —negó su hermano inmediatamente. El vampiro lo miró alarmado—. Hazme caso.

Fuera lo que fuera que ambos hubieran hecho, logró que el vampiro la tomara con cuidado. Se acomodó nuevamente contra su pecho, sus sentidos iban y venían, pero había algo en los brazos de Aundrey cuando apoyaba su mejilla fría contra el agradable cuero… un ruido acompasado, un suave y lejano tambor, como si se uniera a su propio corazón en un solo ritmo. Una sensación tan maravillosa que la hizo comprender que podría morir feliz en ese momento y no habría arrepentimiento.

***

Había un reguero de cuerpos humanos por los pasillos, algunos habían sido amontonados en las esquinas y otros, simplemente, desplazados hacia los lados. El olor a sangre de licántropo y ceniza lo hizo cerrar la mandíbula con fuerza. ¿Cuántos guerreros habían perdido? No podía verlos, pero sí podía olerlos. Los civiles habían subido, algunos de ellos, estaban muy mal heridos, pero sobrevivirían hasta ser liberados.

Abrió el enlace hacia Pablick, quien manejaba la misión de arriba.

—¿Qué tan mal se ve? —le preguntó. A lo lejos podía escuchar el sonido de unas hélices.

Joder.

—Un maldito helicóptero nos está vigilando, tenemos que movernos pronto si no queremos quedarnos aquí atrapados por la luz del sol. Debe haber unos treinta humanos allá afuera, en el bosque.

—¿Todavía no encuentran la otra salida?

—Desaparecieron como por arte de magia.

Se giró por un pasillo para dejar descansar a Ani, cuando la realidad lo golpeó con fuerza. Le temblaron los brazos y Lust estaba justo a su lado con preocupación.

—No se te ocurra soltar a mi…

—Conozco esto.

Conocía ese pasillo. Conocía perfectamente ese sistema de tubos sobre su cabeza y el horrible dolor que esas luces le provocaban. Esa estúpida luz parpadeante en el último foco, el letrero metálico con letras negras y ese punto mohoso en la esquina de la puerta. *Laboratorio D.*

Laboratorio D.

Dos hombres y dos mujeres iban y venían, inyectaban y sacaban muestras.

La cálida mano de Ani lo hizo reaccionar, obligándolo a mirarla. No supo qué vio, pero no pareció bueno porque, de pronto, estaba un poco más viva que antes, y alerta sobre él.

—¿Aundrey?

Antes de darse cuenta estaba frente a la espantosa puerta con ese horrible chirrido en sus goznes. El olor le enfermó y la piel se le erizó de malestar, abrazando con fuerza a su licántropa.

—¿Aundrey? —insistió la chica—. No entres allí.

—Estuve allí por tres años. Vi morir a mi compañero a mi lado.

Con un empujón entró en la habitación. La camilla estaba en la esquina y en el centro había dos envases enormes con un tipo de aceite que se deslizaba hacia el piso, como ataúdes insonorizados. Las urnas. Había pasado parte de su suspensión en aquel lugar. Lo habían empujado allí más veces de las que podía recordar para presionar sus niveles de estrés. Apenas con un sistema de respiración que, si bien no era completamente necesario, era algo que llevaba haciendo tanto que, cuando no pudo aspirar más, había sufrido los primeros ataques de ansiedad y desesperación. Luego, había estado tan drogado que no recordaba más que despertar y verse inmerso en luz o en aceite.

De pronto, Ani hizo la cosa más preciosa de todas, agarrándolo del cuello con fuerza, tomando parte de sus cabellos y jalándolo hacia ella para besarlo. Porque ese beso, ese suave e íntimo contacto lo hizo volver en sí, reaccionando a su entorno y a ese sabor tan cadencioso que había extrañado locamente. Le tomó la mejilla con delicadeza y se dejó absorber por las sensaciones de puro calor, suavidad y dulce cobijo. Allí no había laboratorio, ni dolor, solo era ese corazón errático contra él, ese calor que lo volvía loco y ese olor que deseaba tanto.

Y una sensación primitiva que había mantenido en su interior floreció hacia la licántropa con fuerza, con posesión y cuidado. Sí, era suya.

Ani se retiró con las mejillas sonrojadas y los ojos vidriosos. Sus labios rosados eran y se veían tan encantadores.

—Gracias —susurró, a lo que ella sonrió, acomodándose nuevamente contra su pecho. Más relajado, salió de la habitación antes que los recuerdos volvieran a atormentarlo. Y cuando lo hacía, una antigua evocación acarició los confines de su mente. El sonido de ruedas, pasos lejanos... le había llamado la atención cuando había estado atrapado, porque era tan ínfimo como distante.

Lust, que no se había alejado demasiado, y dos *venatrix* más estaban cerca cuidando el perímetro.

—¿Qué hay debajo de esta sala? —formuló en alerta. El *venatrix* hizo un rápido movimiento con la cabeza.

—Las celdas.

—¿Hay un pasillo?

—El que recorre las celdas de lado a lado.

—¿Alguna puerta?

—Solo la de acceso.

—¿Qué ocurre? —le preguntó Lust, acercándose a su hermana.

Miró a Ani entre sus brazos, ya no sangraba, pero se veía cada vez más pálida y el frío estaba mermando en ella. Sus labios habían palidecido y ahora unas feas manchas bajo sus ojos decoraban su piel, unas que segundos antes no estaban allí.

—¿Ani? —inquirió suavemente, removiéndola en sus brazos. Ésta apenas los abrió, nublados nuevamente, cansados, tan cansados.

—Solo estoy tomando un descanso —expresó con la voz seca.

—Ani, mírame. Abre tus ojos para mí. —La acomodó un poco, logrando que los abriera llenos de dolor.

—Estoy muy cansada —susurró. Sus manos pegaron un espasmo hacia su vientre, mientras todo en ella se tensaba, logrando que el primer grito de dolor hiciera saltar a todos en su lugar.

La depositó con rapidez en el suelo cuando sus ojos se abrían, llorando y respirando con fuerza. Porque emanaba sangre de su nariz y sus labios estaban muy blancos. Miró a Lust en pánico total.

—Joder, Ani.

—Tú, tú y tú —ordenó desesperado a tres licántropos—, bajen a las celdas y revisen las últimas pegadas a la pared —estos lo miraron con aprensión por un segundo hasta que fue Lust, quien les gruñó, emitiendo una orden implacable llena de poder que dejaba en claro quien ordenaba, quien era un alfa y un soberano. Por lo que los tres guerreros obedecieron, corriendo pasillo abajo.

La licana comenzó a temblar con sus ojos abiertos colmados de pánico y sus manos hechas garras sobre su vientre.

—Ani resiste un poco más, solo un poco más —le pidió Lust sin saber qué hacer.

—Pablick, dime qué está ocurriendo allí arriba.

—Tenemos actividad, algo está sucediendo, los humanos comenzaron a alterarse. ¿Qué ocurre abajo?

—Ani está mal, muy mal.

—Espera...

Tomó las manos de la licana que ejercían una fuerza descomunal sobre su vientre, resollando con vigor.

—Ellos hicieron... algo —expresó con los dientes apretados. Podía ver los colmillos del lobo y sus ojos cambiando, mutando por el dolor—, algo hicieron, algo...

Un fuerte estallido en el primer piso superior hizo que todo el lugar se tambaleara. Las luces se prendieron y apagaron mientras los guerreros salían corriendo hacia arriba. La conexión volvió a abrirse, era Fritz.

—Es Lazdia. Reporte... —Un licano hablo rápidamente sobre los puntos de combate—. Es Lazdia, acaba de hacer estallar al maldito helicóptero.

—Estamos moviéndonos, Aundrey. Dile a tu licana que soporte un poco más. Veo a Abrass y ha traído la caballería pesada —prosiguió Pablick sin creérselo del todo.

—Han venido por nosotros, Ani. Tienes que aguantar un poco más...

—¿Aundrey? —preguntó angustiada. Él tomó sus manos, llevándolas a su pecho.

—Señor —gruñó un licántropo en su vía libre— encontramos la puerta de salida....

—¡*Vienen hacia nosotros! ¡Vienen hacia nosotros!* —gritó otra voz mientras se escuchaba una nueva tanda de disparos desde el sótano.

—*Patronus Gen, Imper Alfa, Venatrix,* en el piso intermedio, bajen al sector celdas, tenemos llegada de humanos por retaguardia. Repito, bajen al sector celdas. —Se giró hacia Lust—. El nombre de alguno de tus hombres de confianza.

—Skrull, él puede con ellos.

—*Venatrix* Skrull, a tu mando. Da soporte de contención.

—Entendido.

—¿Fritz? —Jadeó asustado como el demonio, abriendo la otra conexión. Ani no estaba reaccionando, sus ojos estaban vidriosos, su respiración disminuía. Parecía un cadáver.

—Dame unos... joder.

—¿Qué ocurre?

—Tenemos pase libre, Aundrey. Trae a tu licántropa arriba, saldrá en el primer auto.

***

Así que... así era morir.

Para todo el caos que se había suscitado, estaba segura que era ella quien estaba recibiendo la versión gratuita, porque no había un túnel al final del camino, ni una película de su vida pasando delante de sus ojos. Era, más bien... tranquilidad en una bruma de imágenes de su hermano... del vampiro... ¿De Avan?

21

Solo prestó atención al hecho de que había un helicóptero destruido, una pila de humanos asesinados y otros tanto siendo amarrados. Había por lo menos una docena de autos de asalto —todoterreno reforzados Beledon—, vampiros ocultos en el bosque sobre el edificio y otros entrando para detener el ataque por la retaguardia. Pero sí prestó atención al hecho de que Lazdia, una general que le ponía los pelos de punta, estaba sentada sobre un auto de asalto lamiendo su mano llena de sangre, sin quitarle los ojos de encima. Más cerca estaba Abrass, inclinándose sobre un gimiente humano, y Axals, quien sonreía tan alocadamente desde el bosque que le puso enseguida la carne de gallina. Podía jurar que el sujeto estaba hablando con una sombra distorsionada más atrás.

Pablick sacó la cabeza del interior de un todoterreno un poco más allá, mientras Fritz coordinaba a su gente.

Lust le abrió la puerta cuando él accedía con Ani en brazos. Entretanto, Avan lo miró ceñudo desde el copiloto, su mano estaba amarrada con una esposa a la abrazadera de la puerta y no estaba contento con ello.

—Oh, dioses —susurró el humano pálido, mirando a la licana.

—¿Sabes dónde está el hospital licántropo? —preguntó Lust aferrado a la ventana del auto.

—Señor, ¿no sería mejor llevarla al centro vampiro?

—No llevarás a mi hermana a un hospital vampiro así como está. ¿Sabes o no dónde está?, o quítate del asiento.

—Lo sé, señor.

—Te seguiré de cerca. Ahora, lárguense.

Pablick no se hizo esperar, poniendo el pie en el acelerador para que el auto se deslizara fuera del establecimiento.

Se giró con Ani para depositarla sobre el asiento de manera horizontal, su respiración se calmó un poco luego de estar haciendo ese extraño ruido quejumbroso.

—¿Qué le hicieron? —susurró Avan suavemente.

Cerró la mandíbula con fuerza y tomó la mano herida de ésta con cuidado. Ani estaba en algún tipo de trance. Su corazón latía tan suavemente que apenas podía escucharlo; tenía los ojos semi abiertos y fijos en la nada. Un suave espasmo y un hilillo de sangre comenzó a caer de su nariz, por lo que se inclinó hacia ella mientras ésta cerraba los ojos y volvía a abrirlos más lúcidos que nunca.

—Vampiro —murmuró con la voz ronca. Sus ojos brillaron cuando lo vio, y se fijó en ellos, ya que los tenía dorados y muy bellos.

Soles, eran soles.

—Vamos camino a un hospital, Ani. Solo aguanta un poco más.

Le acarició las pálidas mejillas, cuando ésta buscaba un poco de su contacto. Su mano se tensó hasta ponerla sobre su pecho, una sonrisa pacifica se alzó en su lúgubre rostro y las puntas de sus dedos temblaron sobre su corazón. Le sonrió, una sonrisa hermosa que le ilumino todo el rostro. Hermosa… era simplemente hermosa.

—Lo siento…

Y su sonrisa murió en el exacto momento en que los latidos de su corazón se detuvieron.

***

Inmediatamente supo que Animic había dejado de respirar. Pablick, con la vista en la carretera, con el pie en lo profundo del acelerador, cerró los ojos un segundo mientras Aundrey soltaba el lamento más destrozado que hubiera escuchado jamás. Un lamento profundo y angustiado que recordaría día a día.

Se giró para mirarlo, su compañero sujetaba el rostro de la licántropa y, asimismo, lo besaba cuando le susurraba palabras de tan rápida manera que le eran demasiado incomprensibles.

Avan apretó los labios y respiró profundo. Le dio un fuerte tirón a su mano, rompiendo la abrazadera, sacando el cuchillo de su bota ante la atónita mirada del rubio. Se inclinó hacia atrás, agarró a Aundrey del cuello y lo jaló para llamar su atención. La pistola de Pablick estaba en su sien un segundo después.

—Toma —le apretó el cuchillo contra el pecho. Esos ojos enloquecidos… Dioses… No quería, jamás, volver a ver unos ojos así.

—¿Qué…? —farfulló intentando volver sobre la licana.

—Dale de beber de tu sangre.

—¿De qué hablas? —le preguntó Pablick, aprisionando más el cañón contra su sien.

—Hazlo ahora. Córtate las venas, dale a beber de tu sangre —le dio un empujón al vampiro—. ¡Ahora!

***

Simplemente, Ani había dejado de respirar. Su corazón ya no latía, su «Lo siento…» resonaba en su mente como si fuera algún tipo de interruptor ante la comprensión de que ya no abriría más sus hermosos ojos. Una nube negra se cernió sobre ellos, la muerte jamás se le había hecho tan natural como en aquel momento, cuando comprendió que su licántropa no estaría jamás cerca de él. Jadeó su nombre, inclinándose sobre su rostro, y el corazón se le rompió mientras lo susurraba colmado de pánico, llamándola.

—Ani, vuelve, vuelve. Vamos. Por favor, Ani.

La garganta se le cerró mientras sus manos tomaban sus frías mejillas.

—Vamos, Ani, vamos… vuelve a mí. Vuelve, por favor.

Un brazo lo agarró, jalándolo hacia atrás, y un cuchillo golpeó su pecho. Solo escuchó la urgencia del humano hablándole como si se tratara de una orden lejana.

Sangre… su sangre.

Ni siquiera supo por qué le hizo caso. Solo necesitaba hacer algo, cualquier cosa, por lo que se colgó de las palabras del humano. Cortó sus venas de la mano izquierda y la depositó sobre los azulados y fríos labios de la joven. Su sangre espesa y oscura resbaló por la boca de ésta, mientras los segundos transcurrían, al igual que las luces de la ciudad, tan rápidas que apenas notaba que iban a una velocidad escalofriante. Pero nada ocurría.

Se arrodilló a su lado, apoyando su cabeza contra su costado. Cerró los ojos y suplicó.

***

Tenía que funcionar. Tenía que hacerlo. ¿Por qué no estaba funcionando?

Él había estado presente cuando un vampiro había revivido a Aghlar con su sangre. Su compañero había estado muerto en sus brazos en medio de un maldito ataque cuando ese sujeto había aparecido, se había abierto las venas con los colmillos y le había dado de beber. Los segundos se habían hecho eternos hasta que Aghlar boqueó con un gruñido que hasta el día de hoy le provocaba escalofríos.

Pero con Ani eso no estaba funcionando. El corazón le latía tan rápido que parecía ser lo único que sonaba en el maldito coche.

El rubio inexpresivo se deslizó por el estacionamiento subterráneo, el lugar estaba lleno de licántropos esperando por la llegada de los civiles y los *venatrix* heridos. Sobre ellos, lo que parecía una bodega, era el hospital licántropo central de la ciudad.

No se atrevió ni a moverse, los ojos oscuros de sus jefes, más allá, hicieron que se le rompiera el corazón ante la agonía de sus rostros. «Lo siento, lo siento, lo siento…»

Venatrixes con armas en mano, como si esperaran que ellos atacaran primero. Pablick tenía las manos abiertas sobre el manubrio, su rostro hermético y en tensión, entretanto, Aundrey ni siquiera se movía.

La puerta de atrás se abrió de golpe. La licántropa que había estado más cerca se quedó momentáneamente congelada, su rostro pálido jadeaba el nombre de su hermana. Misa ni siquiera debería haber estado allí, era demasiado joven.

Se escuchó otro portazo cuando el auto de Lust derrapó sobre el asfalto. El licano salió corriendo de su asiento, deslizándose después por el capó para aterrizar al otro lado, con su mirada nublada de dolor mientras jadeaba, estirando los brazos hacia Ani. De pronto, su rostro se congestionó de padecimiento, por lo que se giró sobre su hermana menor, abrazándola y alejándola de allí con oraciones erráticas.

Dos doctores reaccionaron, se inclinaron sobre Ani para sacarla. Aundrey la tenía abrazada, su cuerpo se tensó antes de soltarla y dejar que los sujetos la depositaran sobre una limpia camilla.

Aundrey ni siquiera se movió. Parecía malditamente pequeño entre los asientos y completamente destrozado.

Un par de suaves manos lo sacaron del auto. Ni siquiera pudo mirar a los ojos de su *domina*[15]. Le había prometido ayudar como fuera para sacar a la licana de las manos de esos humanos, pero no había podido hacer nada.

En Aghlar había funcionado. ¿Por qué en Animic no?

***

Era una sensación efervescente en su boca que bajaba por su garganta y se alojaba intensamente en su pecho, como si hubiera sido sumergida en una gaseosa y el gas diera pequeños y agradables masajes a su cuerpo. No pudo disfrutar de ese ligero placer mucho más hasta que el dolor la atacó por todos lados. Se despejó su mente y comprendió con pánico que estaba en otra jodida camilla, cuando dos figuras confusas se movieron sobre ella.

Su mano dañada impactó contra la mejilla de una de las figuras, mientras la otra gritaba y saltaba hacia atrás.

—¡Suéltame, hijo de puta!

Como había sido constante en todas sus vueltas a la vida, el ruido, el olor y la claridad regresaron de golpe. Además del dolor en su pecho y el hecho de que no veía a Aundrey cerca, le dolió mucho más. ¿Qué había pasado?

Olió a licántropos, a autos y a cemento. Escuchó gritos, su nombre en diferentes tonos, sorprendidos. De pronto, la figura se cernió sobre ella como un suspiro. Sus manos de pianistas directamente en su rostro, tan malditamente agradables, reales y firmes. Y esos ojos grises… esos hermosos ojos grises parecían más vivos que nunca.

—Hola —susurró. Su corazón latió tan fuerte que parecía que se le embotaban los oídos. Aundrey sonrió tan hermosamente que se quedó completamente muda. Parecía que había pasado un infierno mientras estaba inconsciente, muerta o como fuera.

---

15 *Señora*

—No vuelvas a morirte, ¿me escuchaste? —le pidió, más bien, con un tono de exigencia y la voz enronquecida.

Iba a soltarle una frase cursi sobre que no se había muerto de verdad cuando un par de manos lo agarraron, jalándolo hacia atrás con suficiente fuerza para lanzarlo varios pasos fuera de su campo de visión. Debido a ello, soltó un suave gemido de angustia, notando a los tres *venatrix* cerrar filas alrededor suyo, además de un par de manos de licántropos tirándola contra la camilla; alguien la ponía en movimiento. Escuchó a Lust gruñir y a Aundrey llamándola.

—¡Aundrey! —Jadeó sin poder hacer mucho más cuando le inyectaron un maldito tranquilizante.

***

Había llegado muy tarde. No había logrado salvarla, era un inútil, un completo fracaso.

Sumido en la tristeza, ni siquiera era capaz de levantar el rostro para ver cómo le arrebataban a Ani de sus brazos, incapaz de ver cómo se la llevaban. El llanto de su familia calaba tan dentro de sí que dolía, hasta que hizo acopio de su última fuerza de voluntad para verla, un último instante solo para escucharlo, rítmico y acelerado.

Pero de pronto, allí estaba el golpe y también el grito. Estuvo a su lado al segundo, tomando sus mejillas que, poco a poco, se iban tornando del más precioso de los sonrojos. Depositó sus ojos sobre él y se volvió la más pura masilla a su disposición.

Oh maldita sea, necesitaba decirle tantas cosas.

—Hola —le susurró aturdida, y él solo le sonrió y le sonrió como le nacía de su interior, con su esencia completa solo para ella.

—No vuelvas a morirte, ¿me escuchas? —Le acarició las mejillas, desplegando también su sonrisa por sus ojos confusos.

Pero antes de poder decirle algo más, unos brazos de hierro lo agarraron y lo lanzaron hacia atrás. Los médicos saltaron sobre Ani, sujetándola contra la camilla.

—¡Ani! —gruñó, erizándose por el sorpresivo ataque.

—¡No! —ordenó Lust, mientras los *venatrix* alzaban sus armas.

—¡Aundrey! —jadeó la licana, lanzándose hacia adelante, pero fue Lust quien lo agarró del cuello y lo jaló hacia atrás.

—Debo ir…

—No —negó el príncipe con la voz cortada—. Tranquilízate. Armas abajo. Ahora—enfatizó, subrayando cada palabra, logrando así que los *venatrix* lo hicieran, pero muy tensamente.

—Debo ir con Ani.

—No puedes entrar allí, Aundrey. —El licántropo lo hizo girarse, mientras él seguía con la vista en Ani, quien se perdía por un pasillo—. Va a estar bien, pero no puedo dejarte pasar. No puedo. Es nuestro hospital y esto va a estar a tope de *venatrix* heridos y familias susceptibles. Es peligroso que estés aquí.

—Solo quiero estar con ella —le confió lo suficientemente bajo para que fuera solo el príncipe quien lo pudiese oír.

—Lo sé, pero no… no está permitido el acceso a los vampiros, y todos están muy tensos.

Agónicamente, miró al príncipe que parecía cada vez más derrotado. Y él, ¿cómo estaba? Con la angustia sobrepasándolo. Quería ir con Ani, quería estar a su lado, pero los *venatrix* cerraron filas, apretando sus armas con vigor.

—Debes irte, por favor. Están todos demasiado tensos —replicó, recordándoselo—. Ani va a estar bien, lo juro, Aundrey. No dejaré que vuelva a irse.

Apretó los colmillos cuando sintió la mano de Pablick en su hombro. El olor a sangre vampira le recordó que su amigo estaba feamente herido.

—Axals nos está llamando.

—¡Qué se joda! —le gruñó, sintiéndose cada vez más impotente.

—Hijo. —Una bella licántropa le habló desde más allá. Se tensó al instante, ya que esa voz le pertenecía a la reina licántropa. A su lado estaba el rey, y unos pasos más atrás, se situaba Avan. Le frunció el ceño al humano, quien le sonrió, disculpándose por lo bajo. Maldito bicho, ¿así que para ellos trabajaba?

—Te mantendré comunicado y juro que haré lo posible para que puedas verla, ¿por favor?

Maldiciendo a todos los jodidos Dioses, asintió, porque se sentía como si acabara de traicionar todo lo que había hecho, dejando que por esa noche un pedazo de él quedara atrás.

22

Despertó asustada, logrando que las sombras en la habitación pegaran un respingo cuando abrió los ojos y gruñó.

Esta vez, gracias a los cielos, consiguió traer las memorias de su última inconciencia, por lo que sabía que estaba en una habitación en el hospital licántropo. Su padre y madre estaban allí con Lust y Amelia más atrás.

La sonrisa llorosa de su madre hizo que se hundiera en la cama, mientras su padre tomaba su mano, dándole suaves caricias. No la miraba y sabía por qué… tenía sus bonitos ojos llenos de lágrimas.

—Oh, bebé —susurró su madre, besando sus manos y acariciando su rostro.

—Hola, mamá, papá —les respondió con una sonrisa rota.

No sentía dolor, pero era porque estaba muy drogada. Las esquinas de sus ojos eran un nubarrón sin forma. Miró de un lado a otro, pero no lo vio… no estaba allí, y algo dentro de ella se quebró.

—Quiero un café… y un cigarro —manifestó, sonriendo un poco. Su madre gruñó y le dio un suave beso en la mejilla.

—Llevas tres días inconsciente.

—¿Tres días?

—Sí. Oh, mi vida… estabas tan mal. Tan mal.

—Lo sé, mamá. Lo siento.

Lust se acercó por el otro lado y se inclinó sobre ella. Ver sus oscuros ojos y desordenado cabello le trajo algo más de ánimo a su sistema. Bruto y bestia, pero era su hermano, después de todo.

—¿Hubo muchas bajas? —preguntó angustiada, mirándolo. Su padre hizo un ruidito enojado, pero su hermano no le hizo caso.

—Cinco.

—¿Y vampiros?

—Cuatro.

—Lo sien…

—No seas tonta. Es un maldito epicentro de LMG. Logramos sacar tanta información que hemos retrasado cinco a seis años sus investigaciones en los pocos minutos que nuestros TEC lograron entrar en sus sistemas. Creo que aún deben estar peleando con algunos de sus virus. Además, quince civiles fueron liberados. Quince civiles que volverán con sus familias. El niño vampiro volverá a casa también.

—¿Cómo… lo lograron?

—Recuerdos del *patronus* Aundrey —habló su padre, pero esta vez mirándola con sus ojos intensos—. Al parecer, estuvo encerrado allí también.

Ante la mirada penetrante de su padre se encogió de vergüenza. No sabía y no quería saber hasta qué punto su papá conocía sobre su relación con Aundrey. Pero aun así… debía saber.

—¿Está herido?

Lust hizo una mueca extraña y ella sintió que se le venía el mundo encima.

—No. Pero accedió a entrar en el hospital para que le hicieran todos los monitoreos que se había negado a hacer después de que lo salvaste. Va a estar bien.

Suspiró, negándoles la mirada a sus padres, fijándose esta vez en su hermana. Amelia era solo tres años menor que Lust y se veía como el demonio en aquel momento. Tenía ojeras enormes y estaba muy pálida. Su sonrisa no llegaba a sus ojos.

—¿Qué sucede, Lía? —formuló suavecito. Su hermana cerró los ojos con fuerza y se marchó tan rápido que no supo cómo tomárselo.

—Tss… no te preocupes —la tranquilizó su madre con una sonrisa quebrada.

De pronto, comenzó a sentir que algo estaba muy, muy mal. Como una brisa de aire viciado.

—Es mejor que descanses, bebé —murmuró su padre mostrándose nervioso. Nunca lo había visto así. Su madre le tomó la mano y sonrió, más bien, una mueca.

—Descansa.

No peleó demasiado. La verdad, sí, estaba demasiado cansada e incómoda, como si todos trataran de evadir algo.

***

Tenía la frente pegada a la mesa, mientras sus padres hablaban tan rápido que él no podía seguir por completo la conversación. Amelia, su hermana menor, pedía tanta información que lo hizo sentir mejor. Sería una excelente reina… él ya no. No con toda la mierda que traía encima, no con esto que no podía negar, que sus padres no podían romper y que era tan evidente como demoledor. El maldito auto en llamas en el salón.

—Necesitamos decírselo —replicó Amelia, de pronto, más alto, llamando la atención de todos.

—Acaba de despertar, Lía —respondió él mirando a su hermana enervada.

Maldición. Maldición. Solo había estado un par de noches con los malditos humanos.

—Pero…

—Hija, tu hermana… no es como los demás.

—Sé que no es como los demás, siempre ha estado más loca…

—No es eso, corazón.

Su madre miró a su padre y luego al médico. Su rostro estaba pálido y afligido. Las pruebas sobre la mesa eran un faro de colores.

—Es hormonal… En un par de días o semanas más estaremos completamente seguros.

—Pero… —Su madre lo miró y luego volteó la vista hacia su padre. Movió sus manos nerviosamente. Él sabía exactamente cómo se sentía.

—No podremos hacer pruebas hasta dentro de un par de semanas más. Lo siento, alteza.

Volvió a pegar la cabeza contra la mesa y rezó porque fuera mentira.

JUEVES 17 DE DICIEMBRE, 2:05. REFUGIO Y MOVILIZACIÓN PATRONUS

Contuvo las profundas ganas de estamparle un puño en la cara a su jefe. Axals, como su *Dux*, tenía completo acceso a su ficha médica, y no era encantador lo que se leía allí, ni mucho menos las caras que estaba poniendo.

Netamente, los LMG lo habían usado como conejillo de indias. Habían usado químicos, hormonas y otros productos que destrozaron parte de sus sentidos: vista, oído, olfato. Cosa que ahora, tal vez, no había sentido como algo importante. Según el Doctor Kegan, podían disminuir los efectos de esas drogas con otros años de constantes visitas al hospital, pero tal vez su olfato y oído no volverían a ser lo mismo de antaño; por lo menos, los limpiarían para quitarles los metales pesados de su sistema.

—Sabes que ya no eres un *Prime*, ¿cierto?

—Estoy más que consciente de eso.

—Aunque tu desempeño en la redada fue lo esperado, tuvimos bajas mínimas e información importante de los LMG. Además del hecho de tener en nuestras manos a uno de los capitanes de los soldados humanos.

—¿Lograron llegar a un acuerdo?

—Por ahora está en las celdas del Consejo. Aún se está meditando cuál de las dos facciones tendrá mejores resultados.

Léase, quien de los dos lados podría sacar mejor provecho.

—¿Qué quieres de mí, Axals?

—Tengo dos opciones para ti, Aundrey. La primera... Puedes, simplemente, irte. Tendrás tu dinero, acceso constante a las habitaciones de sangre y todo lo que un civil posee, si no quieres hacer cada uno de los chequeos médicos que necesitas o, la segunda... Puedes quedarte, tener todos los lujos de un *patronus*, pero irás a cada uno de los chequeos, te intervendrás en el hospital y se te rebajará a un *patronus Gen*[16] hasta que estés en forma para volver a ser Comandante o para volver a ser un *Rex Imper*, como lo fuiste en algún momento. Esta redada fue buena para ti, los licanos estuvieron tranquilos bajo tu manejo, ya que no los disminuiste y los ocupaste para puntos de acceso importantes. Skrull, que es un prospecto para Capitán *Venatrix*, estaba relativamente amigable. Eso habla bien para los licanos, y puedo po-

---

16 *Retaguardia. Estudiantes o encargados de sacar a sus compañeros heridos.*

nerte a comandar otras incursiones importantes, que es también lo que deseo.

—¿Y Ani? —preguntó angustiado.

No había conseguido contactarse con ella y el hospital no era de mucha ayuda, menos con un vampiro, y Lust había sido de lo más escueto posible cuando lo llamaba para saber de su condición. Hasta su princesa estaba rara con él, y eso comenzaba a mosquearlo un montón.

—¿Qué sucede con la licántropa?

—¿Qué sucederá con ella?

—Sus padres van a mantenerla en casa hasta nuevo aviso. No sé nada más de ello y no creo que nos dejen entrevistarla. De todos modos, está todo en video.

Apretó la mandíbula, enojado. «*Está viva, sanando. Despertó. Preguntó por ti. No sé. No me ha dicho nada. No sabemos qué va a pasar*». Siempre las mismas frases y ya habían pasado cuatro noches desde el ataque.

—Ahora… ¿Qué vas a hacer? —le preguntó el vampiro, sonriendo como un sabelotodo.

—Sabes perfectamente lo que voy a hacer.

—Es mi deber preguntar.

—No es tu deber, Axals. De hecho, ni siquiera sé por qué estás tan comunicativo conmigo. ¿No tienes nada mejor que hacer?

Axals le dio la espalda y se arregló su informe.

—¿Sabes? Se están hablando muchas cosas de pasillo.

Aghhh, lo que le faltaba. Nada de señoras humanas en ventanas y puertas como bisagras de condominios. Vampiros. ¡Vampiros! Eran los seres más cotilleros y cuentistas. Dale la inmortalidad a una raza, poco pasa antes de que pierdan el interés en ellos mismos para pasar a interesarse en los demás.

—Axals, de verdad, ¿qué quieres saber?

—¿Qué pasa contigo y la licana?

—¿Eso es importante?

—Sabes que yo manejo tu itinerario como *patronus*, ¿no?

—No dijiste nada cuando estaba cuidándola antes.

—Porque tomaste a una *praetoriana cohor* y fue un «edicto real» que, literalmente, la princesa me restregó en la cara y engrapó en mi puerta.

—Solo estoy preocupado por ella.

—Porque sientes algo.

Miró detenidamente a su jefe. No solo estaba hurgando en la herida, estaba, francamente, interesado por saber y/o conocer más allá.

—¿Qué quieres saber exactamente?

Pudo escuchar la respuesta en su cabeza. Toda una frase de su jefe en la mente. *¿Te acostaste con una licántropa?*

—Dime lo que tengo que saber de ti y ella, vampiro, nada más. ¿Son pareja? Podía olerla en ti, pero pasaste tanto tiempo en ese cuchitril, bien podrías haber emanado el olor por osmosis. Estabas preocupado hasta los nervios, pero hasta los mayores se preocupaban de sus mascotas. ¿Es un revolcón solo por la sangre?

Una molestia intensa le atenazó el vientre. Su gruñido hizo callar al mayor, quien solo suspiró de manera exagerada.

—Como sea. —Se dirigió a la puerta y se giró antes de abrirla—, mañana comenzarás a desintoxicarte. Es mejor que vayas a alimentarte y busques una respuesta concreta a lo que te estoy preguntando.

JUEVES 17 DE DICIEMBRE, 10:35. HOSPITAL LICÁNTROPO CENTRAL.

—… y Nanan ya te tiene preparada tu habitación, aunque deberíamos hacer algo con esos colores tan feos que te gustaban…

—Mamá —gruñó, rodando los ojos. Su madre no la había dejado ni a sol ni sombra, su hermano menor, el más pequeño de la camada, había desaparecido por el pasillo hacía poco, gruñendo de aburrimiento. Fier solo tenía cuatro años e iba a ser todo un rompe corazones… si es que el estigma del séptimo no lo perseguía.

Era una idiotez que imperaba desde los cuentos medievales. Y este era el más precursor. Sus padres habían tenido siete hijos biológicos solo para enseñarle al pueblo que los séptimos hijos licántropos no estaban maldecidos. No es que su madre no amara a cada uno de sus chicos, solamente se colgó de ello para criar todos los bebés posibles e impulsar las graves sentencias a aquellas familias que abandonaban o hacían cosas peores con sus séptimos niños.

—Solo digo que podemos hacer algunos cambios —replicó, arreglando las arrugas de la cama.

La amaba. Dioses, adoraba a esa mujer.

Podía recordar perfectamente un momento exacto de su niñez. Tenía poco más de siete años y, aterrada, se había quedado llorando en medio de un pasillo buscando a sus padres biológicos en aquella mansión enorme. Asustada de la oscuridad y de los ojos en las sombras, su madre había venido en medio de la nada, tomándola en brazos y llevándola a su habitación. Sus padres les habían contado cuentos hasta hacerla dormir.

—Mamá —murmuró suavecito, tomando su elegante mano—, te extrañé.

La mujer se irguió y una sonrisa enorme apareció en sus facciones. Tenía, además, sus ojos brillantes. Siete hijos y se veía como una modelo.

—Yo también, mi niña salvaje.

—Oh, eso es bajo.

—Sabes que eres mi nena más salvaje.

—Solo porque Mira se comporta contigo.

—Mi niña es una señorita.

—Sí, eso es lo que te dice.

Golpearon la puerta y ella se quedó helada cuando la cabeza rubia y esos ojos lavanda aparecieron.

—¿Avan? —preguntó aturdida.

—Eso es hiriente, ¿sabes? Ese tonito asombrado.

Más atrás venía su padre y Lust, enfurruñado como el demonio mismo. Pero ella no podía quitar los ojos del humano. ¿Qué hacía allí? ¿Cómo diablos estaba el humano ahí?

—Avan ayudó a sacarte de allí, Ani. Sin él todavía seguirías atrapada en ese sitio.

—Eso es mucho mérito —replicó este haciéndole una pequeña venia.

—El bastardo ha estado trabajando para nuestros padres desde hacía años —le informó Lust pasando a su lado y cruzándose de brazos.

—¿Y tú no lo sabías?

—¿Qué iba a saber yo?

—Eres el maldito príncipe. ¿No sabías que había un humano trabajando para mamá y papá?

Lust tuvo el tino de ponerse rojo mientras gruñía.

—No, porque no me meto en sus malditos chismes económicos, ni en sus intrincadas vinculaciones políticas.

—Eres una pésima propuesta de príncipe, ¿no?

—Lo sé, fue por eso que renuncié.

La frase quedó en el aire hasta que notó la incomodidad en todo el mundo. Broma, claramente.

—Deberías, eres malísimo.

—Si, por eso Amelia estaba rara… le cayó como baño de agua fría.

—Tss… No te creo nada.

Cuando sus padres no comentaron algo más y Avan se mostró visiblemente incómodo, cayó en la realidad.

—Estás bromeando, ¿cierto?

«Sí, tonta. Ser rey es mi misión en la vida.»

—No, Ani. —Suspiró y se le enfrió la sangre.

—¿Qué? Lust… tú… no. ¿Qué?

—No es tema, Ani. Simplemente, he abdicado.

—Eso es estúpido. No parabas de hablar de ser rey. Dioses, ¿mamá?

—Extrañaba esto… —susurró con nostalgia su madre. No era el momento de ponerse pesarosa.

—Yo no —replicó papá—, tu hermano está pensándolo aún. —Ese tonito de voz de rey. Nadie replicaba jamás en ese tonito—. En todo caso, no era por esto que quería alterarte sino… quería presentarte a Avan formalmente.

Sabiendo que esta pelea seguiría en algún momento con Lust enfurruñado, se giró hacia Avan, quien se había mantenido como un caballero silencioso.

—¿Qué pintas tú en esto?

La sonrisa bobalicona se borró cuando su padre se giró hacia él.

—Avan Smixh es nuestro abogado humano. Ve nuestras finanzas familiares en las inversiones humanas y otras cosas de igual importancia.

—¡Pero es casi un adolescente!

—No dijiste eso cuando te invité a cenar.

—¿Me estabas vigilando?

—Estabas en mi oficina.

—Fue pura casualidad, cariño —la calmó su madre—. Avan es conocido de uno de mis primos, Aghlar.

Aghlar. El desconocido y extraño primo de su madre. El licántropo que se metió a la milicia humana. El tipo que era amigo de vampiros antes de que la guerra terminara. El sujeto que desapareció hace algunos años dejando una estela de rumores detrás.

—Éramos compañeros de batallón antes de que me convirtieran en capitán. Cuando Aghlar se retiró, pagó parte de mi beca para estudiar derecho y de allí pasé a trabajar para tus padres.

—¿Y cómo sabías que eran mi familia?

—Supe que eras una licántropa cuando atrapaste mi regalo, ese día que te asusté. Tus ojos hicieron el cambio en un segundo. Acostumbrado a tu tío ya sabía lo que hacían cuando los pillabas desprevenidos. Así que, luego, solo busqué a los renegados fuera del circuito de seguimiento. Tú caías en el patrón. No fue difícil. Además... tu casa está llena de fotos de ti y tus hermanos.

Ella se sonrojó un poco.

—¿Tiene acceso a nuestros registros?

—Claro que sí, cariño —le respondió su padre.

—¿Y por qué me ayudaste...?

—Aundrey y tu hermano me amenazaron.

Ani le envió una mirada asesina a su hermano, quien la observó sorprendido, como si lo hubiera tomado desprevenido con tal información.

—¿Qué? ¡Yo no hice nada! Él encontró a Aundrey y lo siguió por la ciudad. Ya luego lo tomamos porque era el único humano que conocíamos. Fue solo suerte que estuviera instruido en armas.

—Tengo muchos contactos, eso es verdad.

—Lo que importa, cariño, es que te ayudó. —Su madre cortó la conversación—, y conocemos a Avan desde hace mucho tiempo. Así que no deberías preocuparte por nada.

—Muy bien, pero esto no quedará así.

Se giró hacia su padre con la incipiente necesidad de conocer más información.

—¿Están listos los exámenes?

—Aún no, cariño.

Sintió el peso en su vientre y se hundió en la cama.

—Dioses, ¿por qué se demoran tanto? Son solo exámenes de sangre. ¿Y los informes de los *venatrix*?

—Están cifrándolos.

—¿Cuándo voy a saber lo que me inyectaron?

—Tienes que tomártelo con calma, no es nada peligroso.

Su madre la calmó y ella gruñó. Le habían inyectado un montón de cosas, podía recordar al sujeto que entró en su celda cuando no debería haber nadie, y también a sus místicas palabras. Se llevó una mano al vientre, notando de inmediato un cambio en la postura de Lust, quien tenía sus oscuros ojos negros en ella. Este pareció atravesado por un rayo mientras le sonreía nervioso.

—Me vas a traer el informe del ataque, ¿no es así?

—Sí, pesada, no dejas de pedirlo. Quédate quieta, maldita sea. Te torturaron, moriste, y casi te ejecutan con una bala en el cráneo, más veces de las necesarias. Solo quédate quieta cinco minutos, por favor.

Gruñó una vez más y se enfurruñó. Solo quería salir de allí, tranquila.

Viernes 18 de diciembre, 1:22. Departamento de Animic.

—¿Estás bromeando? —preguntó Pablick bajándose detrás de él. La nieve caía suave y en espirales.

—Debo hacer hincapié en el comentario, ¿estás jodiéndonos? —replicó Fritz desde dentro del auto.

—No. —Sacó su bolso y las llaves con el feo llavero—. Gracias por traerme. Pedí un vehículo y tengo que esperar el maldito asesoramiento burocrático para que me lo entreguen.

—Aundrey —lo llamo el rubio mientras correteaba delante de él en el desaliñado estacionamiento—, tienes tu hogar, con algunos *patronus* en el edificio. Un lugar confortable a pasos del Consejo, y sin ratas. Fuiste feliz allí por los últimos veinte años.

—No tenemos ratas —refuta y luego lo piensa un segundo—. Le tienen miedo a Ani.

—¿De verdad, quieres vivir aquí? —inquirió el moreno alzando una mano hacia el destartalado edificio.

Lo miró detenidamente. La pintura que alguna vez fue blanca ahora era de un gris mohoso desconchado. Había grietas en las esquinas y Ani había puesto unos listones de madera para impedir los nidos de aves. La puerta estaba un poco doblada, y la pequeña ventana del baño no tenía un marco decente. El interior era triste, solo dos ventanas, una en la habitación y otra en la cocina… pero era algo que no había sentido jamás en su otro departamento. Todo pulcro y ordenado, todo limpio y recatado. No era… un hogar. Con los colores de la licana, con su cama blanca, como un faro de puerto, y sus muebles feos pero llenos de chiches, cada uno contando algo de su vida. Su obsoleto reproductor de música y el televisor de cola sin manilla. Era ella… todo allí era de ella.

—De todos modos, alguien debe cuidar sus cosas.

—Si es que vuelve —murmuró Pablick, mirándolo con detenimiento. Él se encogió de hombros.

—Volverá… si no, bueno, nunca fue muy astuta escondiéndose de mí.

Y la encontraría.

***

La única luz del lugar era la de una tímida luna que saludaba desde el cielo. Su habitación miraba hacia el jardín interior, pero estaba todo nevado y la fría nieve solo le provocaba incomodidad.

Su mano y pierna estaban sanando con la propiedad de un *purix*, por lo cual, en poco más de un mes solo quedaría la cicatriz. Sus costillas fracturadas, su piel y órganos quemados se recuperarían como lo hicieron sus pulmones, solo debía quedarse quieta y esperar. Su rodilla sería la más perjudicada, y lo más seguro era que le diera problemas los primeros años. Tendría que ir a terapias para su buen funcionamiento. Pero además de las constantes pesadillas de los últimos días, el no poder apagar la maldita luz y sufrir pequeños ataques de pánico, cuando el olor a antiséptico y el ruido de las máquinas evocaban el encarcelamiento, estaba bien… si es que algún día le entregaban sus exámenes.

Solo tenía esa sensación pesada encima, como algo pegajoso que no podía limpiar. Y no quitaba el hecho de que se sentía cada vez más triste. Iba y venía rememorando al vampiro, los últimos días juntos, esa carrera por la nieve riendo y lo agradable de su último encuentro en casa. Esos ojos grises de los que se había colgado ansiosamente para no desfallecer, de lo atractivo que era cuando sonreía, cuando la miraba como si fuera realmente importante para él.

Pero era un vampiro. Un vampiro… joder. Ellos, literalmente, tenían la palabra poligamia bajo sus nombres. Un vampiro. Lo último que le faltaba era enamorarse de un vampiro, alguien que solo había encontrado algo entretenido en su camino, y no es que ella se quejara, porque no era lo que estaba sintiendo.

Un inmortal. Literalmente, ella moriría anciana y él apenas habría de cambiar algunos aspectos de su figura. Ella terminaría amándolo y él podría, simplemente, aburrirse de una mañosa licántropa mortal. ¿Y qué sería de ella?

Odiaba esta sensación de extrañarlo, no verlo y saber que estaría por allí. Quería hablarle, darle las gracias por lo que había hecho, por salvarla y cuidarla, por no rendirse con ella y, de alguna manera, tal vez, todo esto que sentía no fuera solo unilateral.

Dolía. Dolía jodidamente.

Se había ganado la lotería en amores. Un psicópata con aires de grandeza. Un familiar que amaba a una vampira. Un vampiro que, sinceramente, no la quería. ¿Quién iba a quererla con su humor de mierda, sus cambios de estado y sus inexplicables ganas de pelear por todo? ¿Quién iba a quererla cuando estaba defectuosa? Y, además, la buscaban un grupo de lunáticos asesinos.

¿Cómo iba a quererla un vampiro? ¿Cómo podía imaginarse a Aundrey queriéndola?

Era solo una muñeca rota.

23

—Pondré una queja formal.

Lust le gruñó mientras la sacaba de la habitación en una silla de ruedas.

—Detente en la maldita recepción, voy a dejarles escrito lo que pienso...

—Dioses, pediré que te dopen hasta que lleguemos a casa. Tuvimos que hacer maravillas para que te dieran de alta, así que silencio, y déjame salir de aquí sin ningún caos.

—Siento que me estás secuestrando...

—Puede...

—¿Cómo que puede?

—¿Quieres pasar navidad acá o con los postres de Nanan?

—Con eso no se juega, hermano, no se juega...

—Digamos que, mientras te tomes todos tus medicamentos, no juegues con tus heridas, no te sobresfuerces y dejes que una enfermera te revise todos los días, los doctores no harán que regreses.

—¿Y cuándo estarán mis exámenes? —preguntó aburrida—. Ha transcurrido casi una semana, Lust. ¿Por qué se demoran tanto?

—No lo sé, pero relájate, nos han dicho que tenemos que esperar.

Su hermano la sacó al estacionamiento, donde un par de *venatrixs* los esperaban, y para su asombro, la princesa vampira también estaba ahí.

—¿Has traído a Anet? —susurró lo más disimuladamente posible.

—Puede escucharte, Ani. Y sí, nos va a acompañar a casa.

—Tenemos una reunión con sus padres, me alegra verte, Ani.

La vampira abrió la puerta, al mismo tiempo que su hermano la tomaba en brazos y la depositaba en el asiento.

—Lo mismo digo —respondió un poco avergonzada. La princesa subió a su lado mientras Lust le daba unas órdenes a los *venatrix*. Esto era incómodo.

—Aundrey ha preguntado mucho por ti.

Sintió que se le hacía un nudo en el estómago y le pasaba también un escalofrío de punta a punta. Sus manos hicieron ese extraño espasmo de nervios y no la miró a la cara. Vergüenza pura quemó directo en su pecho.

—Lo sé. Yo...

—No necesitas excusarte conmigo, solo comento un hecho.

Lust entró en el auto, frente a ellas, con una sonrisa floja, mirándolas a ambas con esa maldad propia de alguien que le gusta soltar bombas verbales.

—¿Ani? —la llamó y ella le devolvió la mirada, entrecerrando los ojos—. Hay algo que tenemos que decirte.

Cuando la vampira se levantó para sentarse a un lado de su hermano, tomando sus manos con el cariño y la tranquilidad de un amor seguro, se heló. Porque frente a ella, en ese momento, se acababa de confirmar lo que había visto, escuchado y sabido durante más de tres años: los dos herederos de sus largas dinastías raciales estaban comprometidos más allá de algún trauma dependiente. Sí, lo que veía en los serenos ojos azules de la vampira y en los oscuros ojos de su hermano era el más puro amor.

—Oh, joder —susurró para sí, llevándose la mano buena a los ojos—, van a hacer que el mundo se venga abajo.

DOMINGO 20 DE DICIEMBRE, 1:05. RMP.

Cuando el príncipe vampiro entró en la habitación, como si el mundo fuera suyo, sabía de antemano, que se le venía una noticia implacable encima, porque Axals, Abrass y Lazdia lo seguían con diferente expresión, entre el cansancio y la sonrisa de alguien que le gustaba el drama.

Druetel tenía el rostro joven de alguien de no más de 200 años, era alto y delgado, sus ojos eran azules como los de su hermana y llevaba el cabello corto a la moda. Vestía con las mejores ropas y poseía la agudeza mental de un pequeño tirano.

Era el hijo menor de los reyes vampiros y era poco visto en la ciudad, ya que se encargaba de viajar de un lado a otro para promover alianzas económicas, verificar a los grandes empresarios y perderse por algunos meses en extrañas reuniones en el norte.

Cuando sonrió frente al salón de reuniones, mirando en cada rincón, su colmillo más desarrollado fue lo más evidente.

—¿Señor? —lo llamó Lazdia con una leve venia. Este rodó los ojos y suspiró.

—¿Están todos aquí?

—La mayoría —respondió Axals.

—Perfecto.

Hubo algunos cuchicheos entre sus compañeros mientras leía algo que Axals acababa de entregarle.

—Bien, terminemos esto. Hoy, domingo veinte del presente mes, yo, el príncipe de la familia real vampira, acabo de ser ascendido como heredero real. —Un jadeo generalizado resonó en el lugar—, de toda la ciudadanía vampira en este continente. Mi hermana Anet o Anetlena, como fue nombrada en su nacimiento, acaba de enviar un edicto de abdicación como se establece en las antiguas leyes que tuvimos que modificar desde que veintiocho de nuestros respetables consejeros fueron asesinados. —Sus tres generales levantaron un pergamino, en el que se entendía que era el papel de la abdicación—. Mi hermana, mi querida hermana ha presentado su renuncia por serios traumas que entorpecen sus funciones, ya que todos sabemos que después de haber sido liberada nada ha sido igual. —Él, en específico, podía leer cual era ese trauma: tenía un humor ácido y los ojos oscuros de un depredador, solía atender por el nombre de Lust—. Desde ahora he venido a realizar cambios. En primer lugar, no vengo a modificar nuestra alianza de paz con los licántropos, así que cambien esas caras de emoción. —Algunos gruñidos de los más puristas se dejaron sentir—, pero vengo a darles algo en ofrecimiento. Desde el próximo año, el veinte por ciento de los impuestos reales serán entregados a las fuerzas *patronus* para una mejora sobresaliente en sus armas, en lo que respecta a la tecnología, en sus ropas e instalaciones. —El jadeo fue aún mayor, no es que trabajaran en un chiquero, pero sus tecnologías eran apenas un poco mejor que la de los humanos, y los licántropos eran malditamente buenos dejándolos atrás en eso—. Habrá cambios, sí, estaré jodidamente sobre todos ustedes. Quiero esta guerra con la sociedad LMG terminada, y la quiero pronto. Hagan su trabajo y yo haré el mío. Eso es todo. —Les hizo una leve reverencia y se encaminó a la puerta, mientras el cuchicheo se hacía cada vez más alto.

—Señor —lo llamó Axals, haciendo que todos se callaran nuevamente.

—Agh, muy bien. —El sujeto miró, lo que sea que tenía, en la mano—. *Patronus Videt* Fritzyk. —El moreno a su lado pegó un leve salto sin entender nada—, acabas de ser ascendido a *Prime*. Acompáñame, eres mi primer *patronus prime*.

Fritzyk se dirigió hacia el príncipe con la torpeza y la extrañeza de cualquiera al haber sido ascendido de esa manera. Pablick, en cambio, estalló en carcajadas a su lado, mientras Aundrey escuchaba los típicos comentarios de lo más puristas. Brest, su compañero *Prime*, también había sido un convertido, y su ascenso había sido tan llamativo como este; al final de cuentas, los príncipes querían lo mejor de lo mejor. Nadie podía negar que Fritzyk fuera uno de los mejores, a pesar de su nacimiento, y de que su *Ayo* aún rondara por allí.

—Muy bien, muy bien. Silencio —les gruñó Abrass y se giró hacia Axals.

—Los licanos acaban de entregarnos los cifrados de los puntos de reunión de los LMG, se nos ha cedido el sur y el este. Nombraremos a los grupos de asalto y saldrán en misiones de reconocimiento.

Se marchó hacia una de las habitaciones de registro. Axals al fin le había dado permiso para acceder a los videos recopilados del asalto. Tenía los nervios de punta y su pecho le dolía terriblemente. Necesitaba verlo, dolía imaginarlo, pero lo precisaba. Necesitaba saber la verdad sobre el silencio de Ani y de lo que sea que hubiera pasado. Necesitaba saberlo ya.

Domingo 20 de diciembre, 9:56. Mansión Licana.

Su hermosa Nanan acababa de entrar en la habitación con una bandeja de comida y un par de libros de la biblioteca principal, era una mujer de cincuenta y cinco años, postura regia y ojos completamente blancos. Tenía su cabello peinado hacia los lados, y se movía con la elegancia y precisión de alguien que llevaba tantos años sabiendo donde estaba todo, que no necesitaba verlo. Su Nanan era ciega por petición, una antigua petición que se había cumplido por el bien de su familia.

—Te he traído estos dos y tu padre insistió en que te entregara este. —Le tendió dos libros que conocía la mar de bien, y uno que resaltaba en letras doradas: «Estrategia de terreno», decía en su cubierta.

—¿Por qué?

—Ni idea, cariño.

Ayudó a Nanan con su bandeja y se dejó mimar tranquilamente. En pocos días sería navidad, por lo que la casa estaba muy activa. Habían traído un árbol enorme de pino y sus hermanos correteaban para comenzar a decorarlo. Navidad, como otras tantas festividades, era algo que habían adoptado de los humanos.

—Tus padres están recibiendo un montón de llamadas, la gente está volviéndose loca con la abdicación.

—Lo sé. ¿Y Lía?

—Un poco sobrepasada, pero lo ha estado llevando bien, va a ser una excelente reina. Es metódica, ordenada y siempre ha estado disponible para el pueblo.

A diferencia de los vampiros, quienes aún tendrían al Rey Yalex y a la Reina Ettel por algunos años más como gobernantes principales, en su pueblo el príncipe heredero debía comenzar a reinar a los treinta años, quisiera o no.

—Aún queda bastante por delante. Lo hará genial.

La mujer le sonrió y se retiró para seguir desarrollando sus funciones. Nanan había sido la niñera de todos ellos y aún tenía un montón de hermanos pequeños de los cuales encargarse.

Sola y aburrida, pronto comenzó a desesperarse. Quería salir de allí, necesitaba moverse el aburrimiento la estaba comiendo viva, pero si llegaban a pillarla en pie, la habían amenazado con volver a dejarla en el hospital.

Miró su celular, y con el corazón en la mano marcó el número de Aundrey. El botón verde tintineaba… había tenido esta batalla mental por días. ¿Qué le diría? ¿Cómo…? Gruñó, llevándose una mano al pecho y dejando el móvil en el mueble. De la misma manera se quitó las mantas de encima y con gran esfuerzo se levantó para dirigirse hacia el baño para tomar una ducha. Con movimientos lentos terminó apoyándose en la tina y refunfuñó, mientras peleaba con las cintas del camisón. Se lo quitó con un gruñido hasta que rozó uno de sus pechos, provocándose un estremecimiento que le puso los pelos de punta. Su corazón latía tan fuerte que sus oídos se taponearon. Su vientre se tensó, ese dolor extraño que había estado llevando todos estos días ahora se concentró ahí.

Se puso en pie con cuidado, apoyándose contra la pared, frente al espejo. Se conocía perfectamente, cada curva y cada pequeña peca de su cuerpo, y esa mínima curvatura no debería estar allí.

Un mareo la atacó, poniendo todo patas arriba. Se afirmó de la encimera, respirando con fuerza. No podía ser cierto, ¡no podía! Esos bastardos, ¿de verdad lo habían hecho? Jadeó mientras las lágrimas caían como torrentes y sus manos se pegaban a su vientre caliente. Todo fue tan rápido que se sintió desfallecer, la bruma se despejó y el ahogo la sobrepasó.

¿La habían…? lo habían hecho. Habían jugado y la habían manipulado, ¿Cómo? ¿Cómo? Un niño. Dioses… ¿Llevaba un niño creciendo dentro?

Salió del baño, agarrando su bata y soportando el dolor terrible de sus heridas, porque necesitaba a sus padres y también a sus hermanos. Necesitaba que le dijeran que era mentira, que era todo un maldito engaño de su mente angustiada y paranoica. Que se estaba volviendo loca. Claud fue quien la pilló mientras bajaba las escaleras de su dormitorio y quien corrió a su lado, al tiempo que trastabillaba hacia el salón principal. La apoyó para no caer con sus piernas temblorosas.

—Ani, ¿Qué…?

Estalló en llanto. Sus padres y Amelia saltaron desde su lugar. Lust, en cambio, corrió de inmediato hacia ella.

—Animic…

Agarró a su hermano, fuertemente, quien había sido siempre su más grande amigo y confidente.

—Dime la verdad…

—Ani… —Jadeó, palideciendo.

—Dime la verdad —susurró demandante cuando sus ojos cambiaron al color—, por favor —suplicó en un gemido lastimero.

—Lo siento —le respondió con su duro rostro, derrumbado por sus propias palabras—. Lo siento…

«Creemos que estás embarazada. Estás embarazada.»

Se desvaneció mientras todo le daba vueltas. Su último pensamiento fue en Aundrey, y que jamás podría volver a verlo a la cara… jamás.

***

Dolía. Dolía como jamás creyó que podría doler.

Su pecho se comprimió, dejando un vacío punzante. Sus miembros estaban inertes y su cabeza se hallaba apoyada contra la pared.

Se arrastró, mientras frías lágrimas, lágrimas de vampiro —una de las cosas más extrañas que un cuerpo como los de su especie podía hacer—, manchaban sus mejillas.

El video seguía y seguía… las pequeñas imágenes de su Ani siendo golpeada, electrocutada, envenenada y manoseada. Le dispararon, la golpearon, la torturaron. Sea lo que sea, ella no les dio lo que querían, porque así de cabezota era. Porque la estaban matando, pero no iba a nombrar a nadie de los que la habían apoyado en la primera redada.

Quería sangre, ansiaba destripar al maldito humano y verlo retorcerse de dolor en el suelo por lo que le había hecho, lentamente suplicando por un perdón que no iba a darle. Y moría por verla. Anhelaba abrazarla, decirle que era un inútil que no había podido protegerla, pero que llevaría todas sus cargas sobre sus brazos, porque no podía pensar en nada más que en ella sonriendo. Porque terminó necesitándola, extrañándola y ansiándola en su vida, a la licántropa más cabezota y gruñona que pudo encontrarse en la vida.

Tal vez, lo odiaba luego de todo. Simplemente, lo odiaba y por eso no le había hablado. Quizás, porque había dejado que se la llevaran, por no haberla protegido como se lo merecía… podía comprender aquello, podía entender su desilusión.

Aunque eso lo matara y destrozara.

24

Navidad, año nuevo, luna llena. Escándalos y tranquilidad. Principios de marzo y el invierno alejándose al fin.

Dos meses. Sus heridas físicas sanadas.

La negación pasó a la aceptación, y de la aceptación a la rabia y al dolor. Lamentos, días y noches. Esa pequeña cosita en su vientre traía consigo días de amor y de llanto.

«El pequeño no tiene la culpa», *«Podemos hacer algo, los humanos tienen técnicas»*. *«Es precioso, cariño. Es precioso…»*

Ver al pequeño frijol en una resonancia había tranquilizado todos sus ataques. Había llorado horas aquel día observando las impresiones de aquel pequeño tipo arroz/cachorro. Suyo. Sano. Normal. Habían sido las palabras perfectas: *«No apreciamos su genética completa, pero se ve cómo debe verse cualquier feto en gestación, licántropo o humano»*. Eran iguales hasta su nacimiento. Suyo, él era suyo y, además, era perfecto. Tenía casi tres meses.

—Perfecto —replicó frente al espejo de su habitación. Un pequeño y no demasiado abultado vientre, pero allí estaba.

—Oh, por los Dioses, va a ser TAN mimado —respondió una voz a su espalda. Ella miró a su hermano desde el reflejo.

—Cállate.

Se giró para tomar su carpeta mientras su hermano la acompañaba hacia el túnel de comunicación con la Academia.

—Los padres de Anet han estado preguntando un montón por ti.

Se tensó inmediatamente. Los padres de Anet y la misma princesa habían estado muy entusiasmados en hablar con ella, en especial la reina. Había logrado escaquearse por suficientes días, pero se le estaban agotando las excusas. No quería hablar con los reyes, no tenía cara para hablar con ellos luego de que la última vez entrara en su hogar y los obligara, a base de amenazas, a aceptar su plan para trabajar en equipo para salvar a su hija. Además del hecho de que estar en terreno vampiro podía ampliar los encuentros con él.

—No, no es por Aundrey… —señaló Lust.

Y como siempre su hermano obtuvo algunos poderes de lectura de mente, porque siempre sabía cuándo pensaba en Aundrey.

—Estoy ocupada…

—No estás suficientemente ocupada, solo estás rehaciendo los planes para comenzar el próximo semestre.

—Lo que es suficiente trabajo.

—Me ha llamado, ¿lo sabías?

Se le cerró la garganta de dolor. Sabía, lo sabía. Se llevó mecánicamente una mano al vientre.

—Te creía más valiente que eso, Ani.

Su hermano la detuvo, tomado su mano con cariño, pero ella no tuvo la cara de mirarlo y la garganta se le atrofió de dolor.

—No es… no tengo… yo… no puedo.

Vergüenza. Pura vergüenza, no tenía cara para hablarle. No tenía la fortaleza para mirarlo y que él viera lo que le habían hecho. No podría soportar la mirada que él pondría.

—Ni siquiera sabes lo que quiere decirte —susurró su hermano. Pero se negó, alejándose, mirándolo con los ojos llenos de lágrimas.

—No todos pueden tener un final feliz, Lust.

LUNES 8 DE MARZO, 21:38. MANSIÓN LICANA.

—Lo siento, cielo.

—No te preocupes —respondió y sonrió al celular.

—Puedo amarrarla y llevarla, pero haría enojar a mis padres si lo hiciera.

—Nada de alterar a tu hermana, Lust —le gruñó mientras reía con esa risa ronca y sexy que le ponía la piel de gallina.

—Iré a verte cuando me suelten de la Academia —le prometió, y ella no pudo disimular la sonrisa juguetona de esa promesa.

—Muy bien, estaré esperando.

Sonrió cuando Lust colgó, su madre hizo un ruidito de sumo disgusto, mientras su padre se reía más atrás. Estaban en el salón principal de la mansión.

—Todavía no puedo creerlo…

Rodó los ojos. Su madre era una mujer dura y de una larga, larga línea de vampiros poderosos. Aunque había sido criada como purista por su línea de sangre, había hecho menos escándalo del que creía cuando su relación con Lust se hizo firme y concisa a finales de año. La mujer creía que era solo un juguete, algo entretenido, ya que se les había vetado el derecho de *oppugnare* sobre los licántropos. Pero lejos de eso… sentía por ese bruto más de lo que podía explicar en simples palabras.

—Un licántropo —rezongó la mujer, revisando unos papeles.

—Te daré niños híbridos para que me dejes en paz.

Su madre y su padre se envararon de golpe. Ella rodó los ojos… nunca aprendía a quedarse callada.

—Un par de nietos, no me quejaría. Tu hermano es tan amargado, no me va a dar nietos hasta que cumpla setecientos. Tú podrías dármelos ahora si estás tan empecinada por ese licántropo.

Nietos. La base de la felicidad de cualquier vampiro. Los niños. Si eran nietos mejor, porque tenían todo el derecho de malcriarlos a gusto. Aunque fuera poco creíble, había una gran cantidad de vampiros que gustaban mucho de los hijos y nietos, cuando eran seres inmortales y los nacimientos eran tan lejanos y dispersos. Eran una bendición que se cuidaba como tesoro. En su pueblo ni siquiera había orfanatos, los niños huérfanos eran adoptados tan rápido que algunos vampiros hasta habían tomado a niños humanos por sus ansias de criar.

—Dioses.

—Una nena —resolló su padre—, han pasado tantos años desde que te tuvimos pequeña en nuestros brazos.

—Adopten a un humano —les gruñó.

No es que no quisiera tener algún día un bebé en sus brazos, pero primero tendría que explicarle a su licántropo que de hecho, ella si podía criar con él.

**

Revisó por decimosegunda vez los esquemas de sus nuevos planes de estudio. Su hermano y padre la habían involucrado en esto, y aunque quería mandarlos a freír espárragos, la verdad era que parecía entretenido. No tenía vocación de profesora, nunca se imaginó enseñándole a alguien algo con lo que había nacido, pero había revisado las pautas de enseñanza en la Academia y nadie estaba instruyendo a los novatos a moverse como una unidad estratégica, lo que le hacía preguntarse cómo diablos seguían vivos.

Iba a ser un trabajo de medio tiempo por ahora, ya que en un par de meses no podría moverse demasiado, todo y gracias a una panza enorme que no pasaría desapercibida para nadie.

Pero estaba feliz, por lo menos… ahorraría y tendría tantas cosas en su mente, que podría seguir adelante sin ataques de pena.

Era completamente aceptable, además, podría gritarle a un montón de adolescentes que siempre era una excelente manera de quitarse el estrés de encima.

LUNES 8 DE MARZO, 22:54. HOSPITAL VAMPIRO.

Uno, dos, tres golpes. Un cuarto y el saco se estremeció. Un pitido y la voz de Kegan en su oído.

—Es suficiente, ven aquí.

Su cuerpo se tensó por el cansancio. Tomó una toalla y se acercó a la esquina donde el vampiro lo estaba esperando con una aguja en alto. A veces creía que el sujeto lo hacía a propósito, mostrarle todo eso para que no pudiera escapar de los flashes ni de los estremecimientos que le proporcionaban las agujas; tal vez era algún tipo de terapia de shock arcaica, con lo viejo que era, sí, era una opción de la prehistoria.

Kegan era un viejo, viejísimo doctor que no aparentaba más de treinta y ocho años, tenía los ojos oscuros y usaba lentes de botella. Al parecer, era parcialmente ciego gracias a un experimento, o por lo menos eso era lo que se cotilleaba por los pasillos. Vampiros, chismosos siempre. Una curiosidad era la extravagante trenza hilada con una cinta blanca que llevaba siempre a la vista, con su cabello corto y cobrizo siempre solía resaltar sobre lo demás. Era un apacible, diestro y agradable sujeto... cuando no se era el que estaba al otro lado de sus demasiado curiosas manos.

Y ese día estaba insoportable como nunca.

Le agarró el brazo antes de que pudiera emitir un quejido. Extrajo su sangre y lo miró a contraluz mientras él cerraba la herida con una lamida, observándolo enojado.

—Creo que ya estás en condiciones de un restablecimiento de comida. Irás tres veces al mes a recibir tu porción de sangre, lo haremos por un par de meses hasta que volvamos a la normalidad. Es una lástima que ya no podamos beber de los licántropos, estaríamos sanándote más rápido con sus dones. Seguirás con tu dieta también.

—¿Hasta cuándo tendré que seguir comiendo?

—¿Te has sentido mejor? —le preguntó de vuelta y él gruñó.

Sí, se había estado sintiendo mejor. Su cuerpo no se cansaba con la misma facilidad, había vuelto a tumbar a Pablick sin problemas y estaba mucho más alerta que meses pasados. Su cuerpo había vuelto a su musculación anterior y se sentía rápido y liviano. Sano. Pero odiaba tener que estar recordando comer esas malditas semillas y ese desagradable té, porque realmente apreciaba mejor el café.

—Bien. Eso está bien... —Kegan guardó su muestra de sangre y sus otros instrumentos con un bufido.

—Me estás matando, ¿se puede saber por qué estás de tan de mal humor?

El sujeto se envaró. Era varios centímetros más bajo, se inclinó para mirarlo, por lo que se llevó los dedos a los ojos, como si estos le dolieran contra la luz detrás de él.

—Lo siento, lo siento. Se escuchan rumores extraños en el hospital licántropo, y esos sujetos son desagradables. No sueltan prenda con nada.

—¿Rumores? ¿Qué rumores?

—Mucha agitación, pero no nos quieren decir qué. Al parecer, algo grande está ocurriendo. Una anomalía genética interesante.

Iba a seguir preguntando cuando la alarma se extendió por todo el lugar. Ni siquiera dio dos pasos cuando su enlace se abrió con Axals.

—Los han interceptado. Malditos insectos. —Escuchó muchísimo ruido de fondo, y por un momento creyó que su jefe no le estaba hablando a él. Su celular vibró, Pablick acababa de enviarle un mensaje: *«Mahgis y Scort asesinados. Cals, Lums y Stroll desaparecidos.»*.

—¿Qué?

Sintió que el mundo se le venía encima.

—Lo han liberado. Han matado a todos mis *patronus* de turno. Paoblo ha sido liberado, los LMG lo han tomado. Esta libre, Aundrey.

—¡NO!

LUNES 8 DE MARZO, 23:10. MANSIÓN LICANA.

—Señora, creo que no deberíamos.

—Lo haces tú o lo hago yo, tú decides.

—Por lo menos, déjeme avisarle a su hermano.

—Sube al auto, *venatrix*, o me iré sin ti.

La alarma la había encontrado en la Academia. Los *patronus* habían estado moviendo al podrido de Paoblo de la celda del Consejo a un lugar de reunión con los *venatrix* para un intercambio de prisioneros. Los LMG se habían enterado y por ello habían atacado. Por lo que se sabía, habían matado a los cinco *patronus* y se habían llevado al sujeto. En el primer momento en que lo supo, su cuerpo entero se había descompensado. Pero algo aún más primitivo la había asaltado: Paoblo sabía dónde vivía. Paoblo podría ir cualquier día a su hogar, asaltaría sus pertenencias y tomaría su baúl. Su pequeño baúl.

El corazón le había dolido el pensar en ese asqueroso sujeto tomando las fotos con sus padres, las llaves de su hogar o los antiguos pergaminos de la familia Alcion/Garlon, su familia biológica. Había corrido hacia los estacionamientos tomando el primer auto de servicio cuando un joven *venatrix* la había seguido, consciente de que no podía dejarla desprotegida. Así que ahora estaba sentado a su lado, pálido como la luna y tecleando tan rápido en su teléfono que este iba a comenzar a echar humo en cualquier momento.

Ella lo ignoró. Si Paoblo estaba libre tenía, por lo menos, una hora para que este lograra enfocarse y atacar. El tiempo suficiente para llegar a casa, buscar su cofre y correr de allí antes de que sus padres y hermanos se alteraran.

Quince minutos fue lo que duró cuando el chico soltó un largo suspiro y contestó el teléfono.

—Voy a atraparte, a amarrarte, y jamás en la vida volverás a ver el cielo azul, ¿me escuchaste?

Lust le gritó desde el teléfono, ella en cambio miró al pálido muchacho, debía ser un estudiante o un muy novato *venatrix*, ya que, no llevaba ninguna arma encima. El chico tenía los ojos preciosos de un verde oscuro, el cabello color trigo y la mandíbula cuadrada con pequeñas heridas. Le quitó celular y le hizo un gesto para que mirara en la guantera. Lanzó el móvil sobre el salpicadero mientras veía por el reojo como este se relajaba al tener una pistola semiautomática en sus manos.

—¿Te das cuenta de lo que estás haciendo?

—¿Puedes calmarte cinco segundos? O terminaré lanzando el celular por la ventana.

—¿A dónde vas?

—A casa…

Escuchó perfectamente como su hermano se atragantaba.

—¿Qué… vas? ¿Qué? —formuló mucho más tranquilo, como si acaba de decirle que iba hacía un bunker. Un escalofrío de mal augurio le pasó por la espina dorsal.

—Voy a buscar algo, Lust.

—¿Quién está contigo?

—¿Cómo te llamas chico? —le preguntó al novato.

—Nyan, hijo de Skrull.

—¿No eres un estudiante? —lo interrogó Lust muy interesado.

—Sí, sí, señor.

—¿Por qué estás con mi hermana?

—La vi corriendo hacia el auto, creí que debía conseguir un poco de ayuda, ya que se veía nerviosa.

—Muy bien, chico. ¿Te das cuenta? Hasta él es más sensato que tú. Voy detrás de ti, Ani, ¿me escuchas? Y tú, chico, no le quites los ojos de encima a mi hermana o tu padre sabrá de esto.

—Sí-sí, señor.

Ella colgó el teléfono y se lo lanzó.

—Relájate. No ocurrirá nada.

***

«Va derecho a su casa. Creo que no sabe que estás viviendo allí.»
Miró el mensaje en su celular y sonrió. Una sonrisa de maldad.

25

Dejó que el auto se deslizara por el sucio aparcamiento mientras Nyan la miraba con ojos escépticos.

—¿Vivía aquí? —preguntó con ese tonito entre el asombro y el desconcierto.

—Todos tenemos sucios secretos —respondió con una leve burla—. Quédate aquí —le ordenó.

—Señora —rezongó al instante, pero ella en esto no iba a claudicar. Habían pasado meses desde que había estado en casa, ni siquiera quería pensar en la podredumbre que habría dentro.

—No. Aquí. Vigila el entorno o algo así.

El celular del chico comenzó a sonar, así que cerró la puerta y empezó a subir las escaleras metálicas corriendo, escondiéndose en su chaqueta por si el viejo dueño aparecía.

Lo primero que notó fue que los aleros de la casa habían sido arreglados. Y alguien, tal vez el viejo, había reparado el marco pequeño del baño. Novedades que no había hecho en los casi tres años que había vivido allí. Viejo usurero.

Abrió la puerta con su llave, logrando moverla con facilidad. ¡Y había arreglado la puerta también! Joder, podría haberse largado antes. Al cerrarla detrás de ella, se quedó congelada en el lugar.

Le costó adaptarse a la oscuridad, porque la ventana había sido sellada a conciencia. Su asombro le hizo aspirar con fuerza para embriagarse con el más delicioso olor; un olor que envió un chispazo directo a su corazón. Loca. Estaba loca. Pero no parecía ser así, porque la cama que había utilizado Aundrey todo este tiempo estaba hecha y en buen estado. Había armas, ropa y cosas que no estaban allí y que no deberían estar allí tampoco. ¿Por qué, joder, alguien en todo el mundo podría querer vivir en ese cuchitril cuando tenía un sueldo de *patronus*? Pero eso no era lo importante. Lo importante era escapar como una condenada.

Se giró lo más rápido que pudo para largarse de allí, solo para encontrarlo parado afuera, camuflado por las sombras, pero muy, muy él.

Tuvo un recuerdo parecido. Él al otro lado de la puerta y ella cerrándosela en la cara. Casi lo logró nuevamente, pero Aundrey lo vio venir, y la atrapó antes de que lograra su cometido. Sus piernas se movieron hacia atrás, completamente prendada de un par de enojados ojos grises que los encerró en la oscura habitación. Su sonrisa fue jodidamente depredadora. ¿Era posible que estuviera más grande? ¿Era posible que se viera aún más caliente? Entre la palidez de su encuentro sabía muy bien que sus mejillas se habían vuelto rojas como manzanas.

—Bueno. Hola, Ani.

***

No iba a perder la oportunidad por nada del maldito mundo, así que hizo deslizar en silencio su carro por el aparcamiento donde podía suponer que Ani había llegado. Un niño. Animic había traído como «protección» a un niño.

—¡Joder! —rabió enojado saliendo con rapidez. El chico lo miró asustado. No debía tener más de diecisiete años humanos y tenía enfundada en la mano una semiautomática. Por lo menos no temblaba y, aunque nervioso, parecía dispuesto a hacer su trabajo—. Espero que no te haya elegido sobre otros. —El pequeño *venatrix* se puso rojo de golpe.

—Yo la seguí porque no había nadie más —respondió, respirando con fuerza. Podía escuchar su corazón alocado.

—Muy bien. Quédate aquí —le ordenó mientras el chico asentía como si nada—. ¿Vas a hacerme caso porque sí? —preguntó ahora preocupado. Este volvió a abrir esos enormes ojos.

—Mi señor Lust llamó para informarme que, si veía correr como loca a mi señora Animic, mientras la perseguía un vampiro alto y moreno, no me incumbiera.

Bufó por las órdenes del licántropo y rodó los ojos.

—Tampoco si la escuchas gritar.

Subió de un salto en el momento exacto en que Ani abrió la puerta en un intento desesperado por escapar. Oh, Dioses, gracias. Menuda como hada cabreada, esos bonitos ojos dorados y su cabello en una coleta desordenada que le brindó un agradable escalofrío por la espina… Hasta que intentó cerrarle la puerta en la cara. Oh, no, claro que no. La encerró dentro y sonrió.

—Bueno. Hola, Ani.

Algo dijo, no pudo entender muy bien qué fue lo que pronunció. Su corazón latía tan fuerte que podía escucharlo. Su efluvio llenó tan agradablemente el lugar que todo en él enardeció por ella. Dioses, había extrañado verla, sentirla. Sus manos querían tocarla tan duro. Ansiaba poder abrazarla, tomar su adorable calor. Miró sus labios rosados y sus colmillos crecieron en su boca. Ansiaba decirle que quería probar un bocado de su calor y de su piel.

—Yo hmmm…. ¿Qué haces aquí? —preguntó carraspeando, moviendo sus manos nerviosamente por el lugar. Su cuerpo se inclinó a medias hacia la pared.

—Vivo aquí.

—Eso es lo que digo, ¿quién en su sano juicio vive aquí a propósito?

—Bueno, alguien dejó todas sus cosas botadas. —Ani se enfurruñó adorablemente, cruzando sus brazos sobre su pecho.

—Solo creí que se acumularía el polvo o algo así. No necesitabas quedarte…

—Te estaba esperando.

La licana lo miró. Sus mejillas se sonrojaron, sus ojos brillaron, y algo dentro de ella se apagó.

***

«*Te estaba esperando.*»

No quería escuchar eso, y cuando lo hizo todo su cuerpo entró en alarma. Atrapó ese grito de esperanza, de ilusión con la rapidez de un corazón roto y lo destruyó. Sintió cómo se apagó, cómo sus terminaciones se escondieron por pura vergüenza. No se atrevió a verlo a la cara porque dolía hacerlo.

Cuando Aundrey dio un paso ella se engrifó cual gato, a la defensiva. El vampiro se detuvo, vio el movimiento de sus manos como si ansiara tocarla, se ilusionó tanto que parte de ella peleaba por acercársele, por apretarse fuerte a su pecho, por permitirse solo un segundo sentir el confort de un abrazo que la hiciera mantenerse en pie.

—Deberías irte de aquí —susurró. Apretó los dientes cuando el impulso de llanto le agarrotó la garganta—. El sujeto... lo sacaron.

—Paoblo... —comenzaron a transpirarle las manos al momento en que Aundrey dijo el nombre del humano—, no deberías estar afuera...

—Solo vine por mi cofre.

No alcanzó a dar un paso cuando el vampiro, literalmente, la encerró contra la pared. Tenía sus dos brazos tensos a cada lado de sus hombros, todo de ella se mareó... quizás, por la cercanía, por su olor, por lo que significaba, por lo que era. Estalló en un llanto tan profundo, algo tan dentro de ella que no pudo hacer nada cuando le tomó las mejillas para levantar su rostro. Se ahogó de dolor, del más intenso que nunca había sentido, porque no sabía que podía, porque no sabía lo que le deparaba. Por el bebé, por ellos, por Aundrey.

—Siento no haberte cuidado —susurró. El bello y pálido rostro del vampiro colmado de preocupación tenía sus emociones quebradas muy marcadas. Sus dedos nerviosos por sus mejillas dejaban rastros de caricias ansiadas—. Lamento todo lo que ellos... —Su voz se entrecortó—. Oh, joder. Lo siento tanto...

Él no tenía nada que lamentar, nunca había sido el problema, pero cuando quiso decírselo... el solo hecho de verlo lo derrumbó todo dentro de ella. Lo abrazó, dándole ese abrazo que había ansiado tanto tiempo. Lo estrechó como necesitara hacerlo, con su cuerpo y su corazón por completo, abrazándolo tan fuerte que podía escuchar sus latidos entre los dos, absorbiendo ese calor tan único y del cual no tenía derecho a apropiarse. Podría quedarse allí vidas enteras y jamás sería suficiente. Podía morir otra vez y volvería exactamente a ese momento. Quería recordarlo... ese maravilloso momento.

—No me dejes —le susurró Aundrey en su oído, sus brazos se cerraron alrededor, acurrucando su rostro cerca de su cuello—, quédate conmigo...

Respiró con fuerza, utilizando toda su voluntad para separarse. Dioses...

—No puedo —manifestó muriendo por dentro. Llevó una mano a su pecho para tratar que su corazón dejara de doler. Su otra mano la alojó en el frente del pecho de este, anclándose a su presencia pero limitando su contacto para no decaer—. Debes irte... —Bajándola luego hacia su vientre. Deteniéndola en él—, no puedo. Ellos...

—¿Ani?

—Debes irte...

—No. No vas a deshacerte de mí tan fácilmente, no vas a...

—Por favor, Aundrey...

—Tenemos que...

—Estoy embarazada.

***

La frase quedó suspendida entre los dos.

Un rayo mental lo aturdió.

Embarazada.

Imágenes, cientos de imágenes de niños, bebés, risas y llantos. Una nube se cernió sobre ambos, pero la apartó con más de cien años de mejores recuerdos. Muchos mejores recuerdos.

Embarazada.

Fue como si le succionaran el cuerpo y su conciencia para dejarlo caer en la más completa armonía. Un bebe de Ani.

Supo que se mareó solamente porque Ani lo agarró de un brazo en un acto reflejo al tambalearse hacia atrás. Todo dentro de él explotó en alarma y en actos de protección. Sufrió un golpe de imágenes de posibles ataques en aquel momento y la paranoia ganó, agarrándola antes de que pudiera, tomándola en brazos, mientras iba directamente al pequeño cofre que estaba metido detrás de su cama, pudiendo imaginar por lo limpio y pulido que se hallaba, que era lo que la había traído a este cuchitril en primer lugar.

—¿Aundrey? ¿Qué estás haciendo? —le preguntó, aferrándose a su pecho. Tomó sus *Glock* de reserva y salió del departamento en tiempo record, observando todo su entorno en busca de peligro.

Limpio.

El pequeño licántropo pegó un salto cuando lo vio caer en el estacionamiento.

—¿Qué estás haciendo? —le formuló su licántropa aferrada al cofre.

—Chico, a mi auto, ahora —le gruñó mientras iba directamente al lado del copiloto donde dejó a una sorprendida y ruborizada licana. El licántropo se movió nerviosamente, mirando de un lado a otro sin entender nada, metiéndose en la parte trasera, asustado. Cuando los tuvo a los dos en el auto salió de allí tan rápido como pudo.

—¿Aundrey?

—Nunca. Nunca jamás volverás a salir sin un maldito contingente…

—¡No me vas a decir qué hacer!

—¡No lo vas a hacer ni por mí ni por ti, sino por él!

—¡Puede ser un ella!

—Pero va a ser un él.

—¿Tú? ¿Qué? ¿Qué estás haciendo?

—¿Exactamente en este momento? Te llevo de vuelta a la mansión.

—¿Qué? —murmuró suavecito—. ¡Ellos hicieron esto!

No. No lo hicieron. ¿Y si él?... Apretó con fuerza el manubrio, una parte de su cerebro estaba vuelto loco haciendo rápidas conexiones.

—¿Cuánto tienes?

Ani se enfurruñó y un silencio tensó el ambiente. El chico que se situaba atrás se hacía tan pequeño que esperaba que abrieran la puerta y lo lanzaran al camino solo para que escapara de esas dos temibles fieras. Pero en un acto reflejo, puso los seguros automáticos provocando un chasquido, obvio, solo por precaución.

Los ojos brillantes de Ani yacían sobre sí, al mismo tiempo que él admiraba sus mejillas sonrojadas bajo una piel levemente enfermiza.

—No sé lo que estás pensando, pero no. No.

—No sabes lo que estoy pensando. ¿Has ido al médico?

La licana volvió a enfurruñarse. Quería respuestas, quería saberlo todo.

—Es apenas una lenteja, pero ellos dicen que está bien…

**

Silencio, la ciudad de noche pasaba fuera de su ventana con una rapidez escalofriante.

Aundrey la estaba volviendo loca. ¿Qué quería? ¿Qué estaba pensando? ¿Estaba enojado? No podía saber, se veía ansioso, pero su rostro se tensaba y relajaba con demasiada frecuencia, como si miles de cosas le pasaran por la mente. Ilusiones, quizás.

¿O no?

NO.

NO.

Era imposible.

No es que se hayan protegido, pero era imposible… Los niños híbridos eran una rareza. Uno cada cien años y así de improbable.

Pero los LMG, según sus informes, aún no lograban la fecundación en su raza ni en la vampira. ¿O ella era la primera? ¿Era ella la primera? ¿Había sido tan simple con apenas un par de días allí? ¿Era eso así?

Imposible.

Ellos le habían hecho esto. Ellos, solo ellos con los pinchazos, los medicamentos, el olor nauseabundo de seres modificados…

Ellos la habían embarazado. No sabía cómo, ni en qué momento, pero ellos lo habían hecho.

—Por favor —pidió, cerrando los ojos y apretando su vientre con fuerza, con rabia. Aundrey le dijo algo pero no pudo, simplemente no pudo detenerse. Con él, allí todo era tan real.

Sintió como se desvanecía de nuevo en el caótico abismo de miedo y vergüenza, cuando una mano suave la hizo reaccionar. Sus ojos se enfocaron en aquellos dos pozos grises, tan intensos, tan hermosos. Su respiración estaba errática, no sabía cuánto tiempo había sucumbido a este nuevo ataque de pánico.

—Ani, mírame.

Se mareó ante su cercanía, y su corazón comenzó a latir tan rápido que le zumbaban los oídos.

—No quiero perderte, Ani. Mírame.

Y luego de esas palabras solo hubo silencio a su alrededor. ¿Se había desmayado? No, estaban en un estacionamiento de la

Mansión Licana y el chico corría hacía el interior como alma que lleva el diablo.

—¿Por qué…?

Aundrey la besó dulce y suavemente, interrumpiéndola. ¿Y ella? Se aferró a sus mejillas, a la agradable sensación de sus cabellos rozando sus muñecas, al cálido hormigueo de su cuerpo al tenerlo cerca. Se separó, dejando su mejilla posada contra la de él cuando el vampiro le quitaba el cinturón de seguridad, tomándola con la facilidad que pesa un saco de plumas y sentándola posteriormente sobre sus piernas para abrazarla. No pudo, aunque lo hubiera intentando no consiguió negarse al confort de cobijarse entre sus brazos… nuevamente.

—Te odio —le manifestó, apoyándose contra él.

—Lo sé.

—Mucho, mucho, estúpido vampiro.

—Vas a tener que odiarme mucho —le contestó—, porque no te voy a dejar ir. Quiero estar contigo, no sabes… lo mucho que quiero estar contigo.

Su corazón se hinchó ante esas palabras.

—Creo que puedo vivir con todo lo que te odio.

—¿Ani? —El vampiro la obligó a mirarlo. Tenía su rostro severo, pero sus ojos solo irradiaban ternura, una emoción tan intensa que cuando puso su mano delicadamente sobre su vientre, ella gimoteó atolondrada entre el asombro tan reconfortante; algo tan agradable que no había sentido en aquellas semanas—. Déjame cuidar de ti y del cachorro. Déjame cuidar de ambos.

***

—¿Cachorro? —preguntó con la emoción a flor de piel. Sus ojos brillantes eran una de las cosas más bellas que había visto. Cuando expresó la palabra «cachorro» algo dentro de ella desprendió puro y absoluto amor, irradiaba esperanza. Él quería ser esa esperanza.

—Sí —sonrió sinceramente. Un calor abrazador en el pecho se extendió por todos sus miembros.

Una enorme y genuina sonrisa con colmillos incluidos. Sus mejillas dolían, porque Ani no estaba peleando por alejarse. Su pecho se hinchó, la consonancia que había estado durmiendo por aquellos meses se abrió, aceptó y bailó en su interior, todo al mismo tiempo.

—¿De verdad quieres hacer esto? —formuló demasiado aturdida, tomando sus manos sobre su vientre—. No quiero… si haces esto y luego…

Volvió a tomar su mejilla. No importaba de donde había venido ese pequeño, si por algún poder místico era suyo o por la mala suerte de una intervención médica, pero era de ella e iba ser de él. Quería esto, lo deseaba como jamás había querido algo en la vida, porque era existencia, era emoción y sonrisas llenas de calor. Era lo que buscaba sin saberlo, era lo que anhelaba desde hacía años.

—Quiero hacerlo —le confió, besándola dulcemente una vez más. Quería demostrarle de tantas maneras sus pensamientos, sus acciones, su verdad.

—Cachorro —volvió a susurrar con otra sonrisa enorme. Dioses, era hermosa, parecía florecer entre sus brazos cuando comprendió el compromiso completo que quería formar con ella.

—Un cachorro. —Rio suavemente. Un bebé. Un niño.

—Nuestro cachorro —respondió ella todavía un tanto aturdida.

Esa frase, esa simple frase. Todo dentro de él se quebró, se desarmó y se unió para fundirse alrededor de ella, simplemente de ella, y de la familia que le estaba dando, su familia. Su única y maravillosa familia.

—Nuestro cachorro.

La risa limpia y llena de vida de su licántropa colmó sus oídos, quien se había encargado de amarrarlo para toda la eternidad, una que estaba dispuesto a vivir plenamente feliz a su lado.

EPÍLOGO

—¡Si no me devuelves mi maldito chocolate, voy a castrarte con una cuchara!

El vampiro hizo sonar la maldita alcancía de las malditas maldiciones en la maldita cocina. Desde que habían puesto esa cosa ella era la única que lo estaba rellenando, y Aundrey la molestaba diciendo que antes de que terminara el año ella ya tendría pagada la matrícula universitaria del cachorro. Pero es que la hacía maldecir mucho.

Gruñó enfurecida con su vientre de cinco meses mientras llegaba a la susodicha cocina, solo para quedarse momentáneamente aturdida al verlo sin camisa, con su espalda maravillosamente ancha y ese sedoso cabello suelto acariciando esa musculosa… ¡Concéntrate!

—Lo haces a propósito, ¿no es así? —le preguntó, tapándose los ojos con las manos. Dioses, quería tanto mirar. Era un maldito por ser tan comestible, por alterar sus malditas hormonas calenturientas e incontrolables y por estar exhibiéndose por toda la casa sin dejar nada a la imaginación. Sí, disfrutaba volverla una loca ninfómana.

Se le hizo agua la boca, ¡maldito exhibicionista! Su mente hizo esa cosa tan agradable y desesperante de recordar donde habían terminado el día de ayer luego de que Aundrey volviera del trabajo muy entusiasmado. Solo podía decir que tenía que limpiar debajo de la mesa, había una telaraña observándolos.

—¿Qué cosa? —inquirió suficientemente cerca para sentir la punta de sus nervios perturbarse por él, y más cuando la acarició a un lado del cuello, casi la deja pegada en el techo. Se obligó a mirarlo a la cara, a esa cara endemoniada llena de pura y sexy maldad.

—Lo disfrutas demasiado, ¿lo sabías?

—No me quejo —murmuró, dándole un rápido beso mientras llevaba un par de panqueques hacia la mesa.

—No… ¿Ahora aprendiste a hacer panqueques? ¿Qué quieres de mí, vampiro? —gruñó, arrastrando los pies hasta el desayunador. Aundrey sonrió todo complaciente, ¡y estaba aprendiendo a cocinar por ella! Literalmente, le había dicho que iba a matar a su bebé si seguía ingiriendo las cenas que ella preparaba. Era vergonzoso, aunque un poco lindo que Aundrey, que no comía más que un par de bocados, supiera cocinar mejor que ella.

—Doc dijo que te mantuviera alimentada.

—Soy una ballena.

—Eres una bonita ballena.

—Sigue así y dejaré que juegues al doctor más tarde.

Lo miró por el refilón de la taza. Aundrey sonrió, dibujando esa sonrisa enorme y con colmillos incluidos.

—No me des ideas.

Se rio encantada mientras el vampiro usaba su chocolate fundido para bañar sus panqueques, disfrutando de su desayuno/cena/lo-que-sea, el hombre limpió y se marchó para vestirse. En media hora tendrían que estar en el siútico hospital vampiro, donde Doc Kegan, un viejo vampiro de inestable conversación, le pondría un montón de cosas encima para evaluar a su pequeño cachorro. Cosas viscosas, chupadoras y heladas como paletas. Odiaba esas cosas heladas como paletas.

Habían sido meses de poca calma. Aundrey había terminado por convencerla para que compraran una pequeña casa de dos pisos en un condominio vampiro, donde tenían un subterráneo de emergencia. En él había rejas automáticas de seguridad en las ventanas y eran cuidados por dos *patronus* durante la noche y dos *venatrix* durante el día, como parte de las alianzas de protección que las dos razas habían concretado. No era su primera opción, pero entre esto y vivir con sus padres había sido la elección más sencilla, aunque sus vecinos fueran unos muérdagos antisociales.

Aundrey había estado enojado casi una semana cuando le dijo que sí podía pagar su parte de la casa. Al parecer, el hecho de haber estado viviendo en un departamento de mala muerte le había dado razones para creer que era una vagabunda o algo por el estilo. Pero sus padres biológicos le habían dejado tierras, la mansión quemada, además de una herencia suficientemente buena para vivir cómodamente por todo lo que le quedaba de vida. Y qué decir del dinero que le daban sus padres, el que había dejado de utilizar hacía cuatro años ya, y que con el correr del tiempo se había acumulado. Que no lo haya querido usar era solamente porque no quería que la rastrearan. Aundrey no había podido comprender esa lógica.

Así que vivían juntos. TODO UN MALDITO ESCÁNDALO. ¿De quién era el niño? ¿Quién la había embarazado? ¿Era del vampiro? ¿Era de un licántropo desconocido? ¿Un humano, tal vez? ¿Los LMG habían logrado la fecundación? ¿Por qué vivía con un vampiro? ¿Qué decían sus padres? ¿Era algún tipo de virus al estar encerrado con los LMG? ¿Era contagioso? Joder… Cuando le rompió la nariz al consejero Prekans por haber hecho un comentario bastante desubicado de su condición, la gente comenzó a esquivarla. No es que le molestara. De hecho, había ofrecido más narices rotas con tal que la dejaran tranquila y en paz. Y había funcionado.

Pero todavía tenía dramas, aún peleaba por aquí y por allá… Luego estaba Aundrey con una sonrisa encantadora, manos rápidas y toda una casa solo para ellos. Tenía un trabajo de medio tiempo y un montón de tareas de escritorio con las planificaciones de la Academia. Aundrey con los *patronus* subiendo de escalón semana a semana, volviendo ser jefe de patrulla, siguiendo la pista a un Paoblo rastrero y desagradable. Sanando poco a poco, juntos.

—¿Estás lista? —preguntó el vampiro entrando en la cocina vestido, gracias al cielo. Había amarrado su pelo en una coleta alta y ella no podía dejar de mirarla, era la cosa más atractiva que había descubierto, y lo odiaba por lo bien que se le veía.

—Sí.

Llegaron al hospital vampiro a paso de caracol. Si Aundrey no aprendía a entender que no era de cristal de verdad iba a terminar golpeándolo o robándole las llaves para manejar ella.

En fin, el maldito hospital vampiro. ¿Quién iba a pensar que de verdad existía uno tan grande y bien suministrado? Ella había escuchado que eran todas unas suites en vez de las típicas salas blancas, y aquello no estaba tan lejano. Los vampiros no solían enfermar, pero sí tenían que sacarse el plomo del cuerpo si les disparaban o tendían a quebrarse algo, para ser entablillados al menos por un par de días. Eran vampiros y se recuperaban rápido, pero había que vendarlos de alguna manera, especialmente si eran niños. Otro punto importante, tenían grandes suministros de sangre que Aundrey no quiso decirle de donde los obtenían, y estaban bien versados sobre la medicina humana, vampira y licana. Algunos de los más viejos hasta tomaban algunos aprendices para traspasarles la información. Kegan, de hecho, tenía a una simpática humana como aprendiz.

Las instalaciones se hallaban conectadas a los laberintos del Consejo, bajo la ciudad, pero ellos tenían su propio edificio dos pisos bajo tierra. Luego de los primeros meses asistiendo a las instalaciones licanas, cuando Aundrey había exigido entrar con ella, se había armado un caos de aquellos, por lo que había sido coaccionada —por Lust y Anet—, para aceptar tomar su embarazo con un doctor vampiro que había estado insistiendo mucho en verla. Aundrey había dado fe de su buena disposición, aunque ella se imaginaba que era más porque el mismo Doctor lo atendía a él y quería que ambos sufrieran lo mismo bajo sus curiosas manos.

El Doctor Kegan era ese tipo de vampiro que podía quedarse mirando un microscopio por siglos, contando las células de una prueba, y puede que realmente lo hiciera, por lo que decían los rumores. Anet y hasta los padres de esta habían intercedido por el vampiro. Raro, pero hasta sus padres habían aceptado que estar en manos de un vampiro viejo en medicina era mejor para ella.

Hablando del diablo… Los estaba esperando en el salón principal con sus lentes de botella y una sonrisa de lobo ansioso. Era más o menos de su estatura, delgado, y poseía el cabello corto cobrizo, además de una trenza detrás de la oreja que caía con una cinta plateada. Un detalle curioso que no se podía obviar.

—Estás radiante, querida —le comentó, abriendo sus brazos con exageración.

—Soy una ballena.

—Una hermosa ballena.

—¿No tienen otra frase ustedes dos? —preguntó mientras Aundrey la abrazaba por el otro costado, colocando una mano sobre su vientre distendido. Sus nervios se relajaron inmediatamente, porque el vampiro tenía esa cosa sobre ella, la aterrizaba cuando se le iban los nervios.

Pero la sonrisa… esa enorme sonrisa en el rostro del sujeto la puso un poco incómoda. Era como si estuviera fabricando una historia clínica en su mente solo con mirarla. En sus pesadillas se imaginaba que si no existiera esta tregua entre sus razas, Kegan, quizás, la tendría encerrada como ratón de laboratorio, inspeccionando su alterada y errática personalidad lobuna.

—¿Qué ocurre?

—Oh… Dioses, soy pésimo dando noticias.

—¿Ocurrió algo?

—Vengan conmigo.

El sujeto los llevó a un cuarto que se situaba al lado de su despacho, donde tenía un millón de cosas en formol que no quería mirar de cerca. Había también herramientas medievales corroídas por manchas de sangre y hasta la última tecnología, pulcras como el auto consentido del vampiro. Ese sitio parecía haber sido limpiado con una motosierra, ya que había papeles de años muertos en el suelo, además de manchas de tinta, esparcida por todos lados.

Sobre la mesa había una carpeta, el sujeto parecía que se le iba a caer la sonrisa de la cara. Movía las manos nerviosamente.

—Me estás dando miedo, viejo —replicó de pronto Aundrey, abrazándola por la espalda.

—Ven acá, Animic —expresó este, abriendo la carpeta. Aundrey hizo ese leve quejido de indignación cuando estaba demasiado cómodo y no quería separarse; internamente, adoraba ese quejido porque le salía tan natural que le calentaba el corazón. Se arrastró hacia el sujeto, mirando el pedazo de papel roñoso.

—¿Qué es esto?

—Hice una prueba de sangre…

—Haces un millón de pruebas de sangre y tienes mi sangre metida en millones de placas por todo el maldito hospital.

—Sí, regañona, pero déjame terminar. Solo que anteayer me llegó una muestra sorpresa… ¿Ves el grafico? ¿Ves la similitud?

—¿Qué? —formuló Aundrey cuando ella comprendió al fin las líneas igualadas de su sangre con la de quién diablos fuera el otro portador.

La sangre se le escapó del cuerpo, la sangre, el alma, el corazón.

Iguales. Eran portadores iguales.

Ese simple papel, ese simple papel con el grafico uno igual al otro. Las dos palabras en ambos costados como faros de puerto. Licántropo y Vampiro, unidos, juntos, equilibrados. Licano/vampiro... un híbrido. Un niño licántropo/vampiro. Uno en cien millones. Uno en cien años... dos, dos especímenes iguales.

Dos gráficos iguales, uno de ellos con las palabras grabadas en tinta, tan seguras, tan limpias y concisas. Licántropo y vampiro. Perfección.

Híbrido...

HÍBRIDO.

La mano cálida de Doc la aterrizó, apartándose de todo lo que sucedía en su caótica mente, porque esos ojos viejos brillaban de emoción.

—No fueron los LMG, Ani. Tu bebé es un muy real híbrido. Un licántropo/vampiro.

Las piernas le temblaron y Aundrey la sostuvo. Su corazón latía tan feliz contra su pecho que todo le dio vueltas. «*Nunca fueron ellos*», «*No fueron ellos...*». Esas frases quedarían eternamente grabadas en su corazón, porque su bebé era del vampiro, no de un experimento. De Aundrey, no una infiltración en su cuerpo. «*Nunca fueron ellos...*»

—¿Qué diablos, Kegan? —gruñó cuando él la alzaba con una facilidad mareante. Por lo que se escondió en su cuello, al mismo tiempo que cálidas lágrimas de felicidad bajaban por sus mejillas. Trató de no sollozar como una loca, mas no lo estaba logrando.

«*Nunca fueron ellos...*», era todo lo que podía repetir. Se aferró al vampiro con fuerza, porque su corazón le dolía de felicidad y su cabeza daba vueltas, mareada de alivio y sorpresa.

—Bueno, Aundrey, eres padre.

—Lo sé.

—No, me refiero a que eres en realidad el padre.

—Lo sé.

Con la vista nublada por las lágrimas miró a Aundrey, quien tenía el entrecejo fruncido, como si no entendiera por qué los dos estaban tan atacados.

—Eres el verdadero padre —le susurró con la voz ronca por las lágrimas y la emoción.

—Lo sé, Ani.

—¡No sé si estás siendo adorable u obtuso! —gruñó ella nuevamente y con los ojos aún más llorosos que antes.

—No estoy siendo adorable ni obtuso, solo estoy confirmando una realidad. No estaba siendo dramático, solo estaba explicando que fuera de donde fuera, si era mío o de una iluminación divina, seguiría allí para ser su padre, aunque tú no quisieras. —Le sonrió malvadamente dándole un suave abrazo, agachando su rostro hasta el de ella—. No puedo quererlo más de lo que ya lo hago en este momento, me tranquiliza que sea mío, pero sigo amándolo como lo amaba dos o tres minutos atrás.

Simplemente allí, en ese momento, su corazón se colmó de absoluto amor, de tranquilidad, de paz... toda ella se armonizó.

—Vampiro —manifestó muy sorprendida.

—¿Qué?

Sus mejillas se tiñeron de rojo ante la confesión, la sincera confesión que burbujeaba dentro de sí, se iba a morir atragantada si lo mantenía un segundo más.

—Creo que... me gustas.

El vampiro se rio bajo, sus ojos grises se iluminaron mientras la admiraba de manera burlona, ya que era la primera vez que, realmente, le decía que le gustaba.

—Tú también me gustas un montón. Casi... como que me caes bien.

Refunfuñó avergonzada, abrazándolo con más ganas que nunca, porque allí, en ese instante, todo parecía más claro, más nítido, más real. Además, estaba el hecho de que Aundrey le había dicho que le gustaba. ¡Ay, su corazón! Se llevó una mano a las mejillas calientes de vergüenza.

—Tanta emoción para nada —regañó Kegan, lanzándose en su asiento rechinante. Aundrey, entretanto, dejó sus pies nuevamente en el piso, sin soltarla, inclinándose contra la carpeta.

—¿De quién es esta muestra? —La leyó rápidamente—. ¿Es de anteayer?

—Sí. Cotpre la tomó.

—¿De quién?

—De la Princesa Anet...

***

Y fue así, como la risa histérica de Ani se escuchó resonar por todo el hospital.

CONTINUARÁ...

www.ingramcontent.com/pod-product-compliance
Lightning Source LLC
Chambersburg PA
CBHW031117030726
47496CB00002BA/583